BAIGNADE ACCOMPAGNÉE

Né en 1951, Serge Brussolo a beaucoup écrit. Il se consacre désormais au thriller, explorant le suspense sous toutes ses formes. Doué d'une imagination surprenante, il est considéré par la critique comme un conteur hors pair, à l'égal des meilleurs auteurs du genre, et certains n'hésitent pas à lui trouver une place entre Stephen King et Mary Higgins Clark. Il a reçu le Prix du Roman d'aventures 1994 pour *Le Chien de minuit*, paru au Masque, et son roman *Conan Lord, carnets secrets d'un cambrioleur*, a été élu Masque de l'année 1995.
Grand maître des atmosphères inquiétantes, Serge Brussolo a également reçu le Grand prix du jury RTL-*Lire* pour *La Moisson d'hiver* (éditions Denoël).

Paru dans Le Livre de Poche

L'Armure de vengeance

Avis de tempête

Baignade accompagnée

Le Château des poisons

Le Chien de minuit

Conan Lord

Les Enfants du crépuscule

La Fille de la nuit

Le Labyrinthe de Pharaon

La Main froide

Le Murmure des loups

Le Nuisible

Les Prisonnières de Pharaon

La Route obscure

Le Sourire noir

SERGE BRUSSOLO

Baignade accompagnée

Bathing unsafe, sharks swimming !

HACHETTE

Note de l'auteur

Le personnage de Peggy Meetchum a été présenté dans un précédent roman : *Les Enfants du crépuscule* (Éditions du Masque et Le Livre de Poche n° 17064) dans lequel l'héroïne enquêtait sur l'assassinat de sa sœur aînée. L'œuvre qui suit peut se lire indépendamment de cette première aventure.

Avertissement

Les personnages décrits par l'auteur sont imaginaires. Si, par coïncidence ou malice, des noms de personnes ou d'organismes réels venaient interférer avec la fiction, il ne pourrait s'agir que d'un pied de nez du hasard ou d'une farce désagréable d'une quelconque entité démoniaque, par conséquent le lecteur serait prié de ne point y prêter attention ou de réciter la célèbre formule des frères jésuites dont les derniers mots – *Ipse venena bibas* – ont pour fonction de retourner le maléfice à l'envoyeur, ce qu'en termes de démonologie on appelle tout simplement un « effet retour ».

1

Peggy a enfilé une combinaison de caoutchouc noir, classique, le modèle recommandé si l'on veut éviter d'attirer l'attention des requins qui sont nombreux dans ces eaux. Les couleurs vives — affectionnées par les plongeurs amateurs — sont repérées de très loin par les squales, et la jeune femme préfère éviter ce type de rencontre.

« On ne voit jamais venir un requin, lui a seriné son instructeur. C'est un principe de base. Une seconde avant l'attaque, il n'était pas là, tout paraissait tranquille. Une seconde après, il est déjà reparti en emportant ton bras ou ta jambe. Tu as à peine eu le temps de le voir passer. Le requin sort du néant et y retourne aussitôt, c'est pour cette raison que tous les systèmes de défense qu'on a pu inventer à ce jour ne servent à rien, ou presque, car ils présupposent que tu as eu le temps de repérer la bête, et de la mettre en joue, or ça ne se passe jamais de cette façon. Les seuls requins qu'on peut voir sont justement ceux qui ne vous attaquent pas. Le requin tueur, lui, t'a repéré bien avant que tu ne perçoives son approche. Il a tout calculé dans son ordinateur de plongée : l'angle d'attaque, la vitesse. Il ne fera qu'un passage, un seul, mais il arrachera le maximum de viande. Les scientifiques parlent de prélèvement tissulaire massif... Prélèvement tissulaire, mon cul! Il te bouffe, oui! Le requin attaquant est un fantôme. Il se matérialise et s'évapore en un clin d'œil. Il n'a peur de rien, il n'éprouve aucune douleur. Les tripes à l'air, il se bat encore. Il n'a aucun sentiment. C'est le plus débile et le plus dangereux des prédateurs qui rôdent le long de nos côtes. »

Peggy a jeté l'ancre pour immobiliser le canot. Elle crache dans son masque, le rince à l'eau de mer. Le soleil chauffe la combinaison de Néoprène d'une manière insupportable et elle a hâte de s'immerger. Elle harnache la bouteille d'air comprimé sur son dos. Les outils sont dans un sac qui va lui servir de lest. Des cormorans décrivent des cercles au-dessus de sa tête, espérant quelque nourriture. Elle hésite à se mettre à l'eau. Encore une fois, elle inspecte l'horizon, la plage, les vagues... Elle a l'impression d'être seule, mais ça ne veut rien dire. Elle se méfie des types de l'EAC qui s'acharnent sur elle depuis plusieurs semaines, avec l'espoir de la faire craquer. Comme tous les gens qui n'ont plus rien à perdre, ils n'hésitent jamais à aller trop loin. La dernière fois, pendant qu'elle nageait à trois mètres de profondeur, ils se sont servis d'un lanceur à air comprimé (un outil qui sert d'ordinaire à expédier les grappins d'un navire à l'autre) pour catapulter, depuis la plage, une poche de sang à transfusion volée dans les réserves d'un quelconque hôpital. Projeté dans les airs par le gaz s'échappant du canon, le sachet a décrit une courbe au-dessus de la mer avant d'éclater en touchant les vagues. Aussitôt le sang s'est répandu, véritable signal d'alarme pour tous les squales des environs. Quand on sait qu'un requin est capable de détecter l'odeur d'une goutte d'hémoglobine dans plusieurs tonnes d'eau salée, il est facile de comprendre que le contenu du sachet crevé devait émettre à l'intention des prédateurs des environs un signal comparable à celui de dix sirènes d'usine mugissant au milieu de la nuit dans une ville endormie. Peggy est remontée en catastrophe, les intestins liquéfiés par la peur. Si elle s'était trouvée plus bas, occupée à travailler sur l'épave, elle n'aurait pas vu la tache sombre se répandre au-dessus de sa tête...

Une fois dans le canot, elle a récupéré le sachet crevé flottant à la crête des vagues. L'étiquette lui a permis de voir que le sang utilisé était de son groupe. O. Coïncidence ou avertissement ironique ? Ce serait bien là un trait d'humour digne de Larker Boyett. Une sale blague qui aurait pu avoir des conséquences dramatiques. Mortelles.

Aujourd'hui, elle hésite à plonger. Le vent est tombé et le soleil chauffe le caoutchouc de la combinaison au-delà du supportable. La jeune femme étouffe. Elle scrute la ligne de végétation bordant la plage. Sont-ils là, embusqués derrière les gumbo-limbos avec leur catapulte ? Elle décide de se mettre à l'eau. Elle maudit Brandon, son amant. S'il était là, il pourrait monter la garde dans le bateau et l'avertir au moindre danger ; mais Brandon a disparu depuis trois jours. Il est coutumier de ces fugues. Quand il réapparaît, il ne faut surtout pas s'aviser de lui poser la moindre question ou jouer à la femelle jalouse, ce serait le pousser à repartir aussitôt.

Peggy se laisse couler au sein de la masse bleue luminescente où le soleil se dilue en coulées irisées, en arc-en-ciel liquide. Le poids des outils l'entraîne vers le fond. Elle ne peut s'empêcher de scruter l'océan autour d'elle, mais la visibilité est réduite à une dizaines de brasses. C'est trop peu pour avoir le temps de repérer un squale en approche rapide. Leur peau est un camouflage parfait.

« On raconte qu'ils attaquent les hommes par méprise, parce qu'ils les prennent pour des phoques ou des tortues, lui a dit son instructeur Paddy Devereaux, un *Conch* pur jus, dont la famille a toujours habité les Keys. Mais c'est de la merde en barre. Moi j'affirme qu'ils préfèrent la chair humaine à celle des phoques, et qu'ils savent très bien faire la différence. »

Peggy ne sait pas ce qu'elle doit croire. Dès qu'on aborde le sujet des requins, deux clans se forment, aussi hystériques l'un que l'autre : celui des amis de la nature qui vous explique que le requin est une bête merveilleuse, sensible, aimante ; et l'autre, qui voit en lui une incarnation du diable ou du grand Léviathan mentionné dans les Écritures.

Quant aux psychiatres, ils discernent dans la terreur inspirée par ce prédateur une crainte symbolique du vagin...

Peggy songe à tout cela tandis qu'elle coule vers le fond. Il y a peu de végétation à cet endroit. Le sable est d'une blancheur neigeuse, on dirait de la cendre. Si on commet l'erreur de le frôler du bout des palmes, il s'élève et trouble l'eau tant il est pulvérulent.

Les Keys attirent une foule de plongeurs du dimanche à l'imagination enfiévrée par les récits des chasseurs de trésors professionnels. Fisher et les lingots d'or espagnols de l'*Atocha* ne cessent d'éveiller de nouvelles vocations. Tous veulent visiter des épaves, découvrir des merveilles sous-marines inédites. On ne sait plus que faire pour contenter ces hommes-grenouilles jamais rassasiés. Une statue du Christ a été immergée non loin d'un récif de corail. Parfois, un prêtre équipé d'un masque et d'un bi-pack d'air comprimé vient dire la messe au pied de la sculpture, au milieu des poissons, pour un public de vacanciers enthousiastes. Il a même célébré plusieurs mariages dans ces conditions très particulières. Heureusement, aucun requin tigre ne s'est encore invité à la noce !

Elle bat doucement des palmes. L'épave est enracinée à 100 pieds de profondeur, ce qui autorise une plongée de 25 minutes sans aucune nécessité d'observer des paliers à la remontée. Ce détail est important car les touristes, impatients, respectent rarement les pauses lors du retour. Les jeunes s'ennuient et filent vers la surface d'un coup de reins, incapables de comprendre que l'azote contenu dans leur sang est en train de se changer en grosses bulles qui provoqueront une embolie dès qu'ils auront fait surface. Lorsqu'elle explique ces principes de base, au moment de la plongée, personne ne l'écoute. Planter l'épave à 180 pieds aurait été beaucoup plus impressionnant, car le décor de roches volcaniques déchiquetées l'aurait mise en valeur, ajoutant à l'aspect mystérieux de sa structure.

— C'est trop risqué, a-t-elle affirmé à Brandon. À 180 pieds, si l'on veut remonter sans palier, on est obligé de rester seulement 5 minutes au fond. Vu le prix qu'on réclame, ils crieront à l'arnaque. Pour une balade d'une demi-heure, il faut compter 4 paliers pendant lesquels il leur faudra faire du surplace cramponnés à une corde étalonnée : 6 minutes de pause à 9 mètres, 17 minutes à 6 mètres, 27 minutes à 3 mètres. Ça représente une remontée de 50 minutes. C'est trop long, ils vont s'ennuyer. Il s'en trouvera toujours un pour nous fausser compagnie.

— C'est vrai, a admis Brandon. Mais une demi-heure sans bouger c'est chiant.

— C'est le prix à payer pour ne pas se retrouver avec des bulles de gaz dans le cerveau et devenir aphasique, lui a rétorqué Peggy sans cacher son irritation.

Brandon a 25 ans, elle en a 31. Parfois elle a l'impression d'être sa mère. Elle espère qu'il n'éprouve pas la même chose.

De toute manière il était difficile d'aller plus profond ; le paysage sous-marin se dégrade vite, contrairement à l'image qu'en donnent les documentaires filmés. Le spectre solaire s'appauvrit au fur et à mesure qu'on descend. Les couleurs s'évanouissent. Le rouge disparaît dès 2 mètres, le jaune à 15. Ne subsistent plus alors que le vert et le bleu. À 60 mètres il fait déjà très froid, l'eau est « immobile », le mouvement des vagues inexistant. À partir de 100 mètres c'est l'angoisse, le vestibule de la grande nuit des abîmes, les territoires crépusculaires. La lumière devient si faible qu'on se croirait éclairé par la flamme d'un briquet.

« Ce serait comme d'explorer une cathédrale par une nuit sans lune à la lueur d'une allumette ! » explique-t-elle aux vacanciers qui lui reprochent de ne pas plonger assez bas.

Elle a bien des soucis avec les groupes de touristes. L'accumulation des bulles d'air qui s'échappent des embouts, par exemple. Les requins sont de grands insuffisants respiratoires. Leur système de ventilation est trop rudimentaire pour leur énorme carcasse et ils ont tendance à se jeter avidement sur tout supplément d'oxygène. Un nuage de bulles représente pour eux une invitation à un festin.

Et puis il y a les filles qui plongent lorsqu'elles ont leurs règles. Les hommes-grenouilles professionnels prétendent que les squales repèrent les *Tampax* à dix kilomètres à la ronde. Encore une fois, Peggy n'a jamais pu déterminer s'il s'agissait d'une légende inspirée par la misogynie du milieu, mais elle ne veut prendre aucun risque. Or il est très délicat d'expliquer à une jeune femme qui a dépensé beaucoup d'argent pour venir passer ses vacances à Key West qu'elle sera privée de plongée tant qu'elle n'en aura pas fini avec ses « petites affaires ». Elle doit également débouter les femmes enceintes à cause des risques de formation de bulles d'azote à l'intérieur du placenta, et du danger d'avortement que cet accident implique.

Le massif corallien est infesté de requins pointes-noires, assez agressifs. La plupart du temps ils ne mesurent pas plus de 60 centimètres, mais il en est qui atteignent les 2 mètres. Heureusement, on les voit assez peu.

Tout à coup, l'épave jaillit du brouillard liquide, son étrave dressée au-dessus du récif de corail, ses flancs couverts de concrétions marines. Peggy constate avec une certaine satisfaction qu'elle a fière allure. Il faut y regarder à deux fois pour se rendre compte qu'il s'agit d'une supercherie. Le bateau est en réalité un décor imputrescible en polymère. Une masse imposante qui ne pèse presque rien. Il faisait partie des objets d'ornementation sous-marine que son ancien patron, Dex Mullaby, implantait jadis sous la mer à l'intention des touristes.

— C'était mon boulot, a-t-elle expliqué à Brandon lorsqu'ils ont décidé de se lancer dans l'aventure. Je dessinais en quelque sorte des nains de jardin pour hommes-grenouilles. Des nains de jardin sous-marins.

— Quoi ? a marmonné le jeune homme. J'y comprends rien.

— Des décors, a dû gloser la jeune femme. Comme ceux qu'on met dans les aquariums, mais en beaucoup plus grand. Dex fabriquait ça à taille réelle, ou presque. De faux galions pirates, des ovnis échoués, des capsules spatiales englouties. Ensuite il allait les immerger dans les récifs et organisait des visites sous-marines. Les touristes adoraient. Mon boulot c'était de concevoir les plans sur ordinateur, de définir le prix de revient.

Quand Dex Mullaby est mort d'un infarctus, l'année dernière, Peggy a racheté la dernière attraction sortie de son imagination : le yacht pétrifié. Une épave impressionnante, dans le style début de siècle, avec des bordées de bois et un accastillage en cuivre. En réalité, tout est en plastique, même les pseudo-concrétions qui recouvrent le navire englouti, mais dans le brouillard des fonds marins il n'est guère possible de s'en rendre compte. Par les hublots des flancs, on peut lorgner l'intérieur du bâtiment, notamment ce que Peggy appelle « la salle de bal ». Dex a eu cette idée en visitant les ruines de Pompéi, une ville de l'Antiquité ravagée par un volcan, quelque part en Italie. Il en avait ramené des photographies un peu morbides représentant des gens momifiés par la lave ou les pluies de cendre. L'une d'entre elles montrait un couple en train de faire l'amour.

— Bordel ! a-t-il déclaré avec son habituelle élégance, tu te rends compte ? Ils étaient en train de baiser et la cendre les a statufiés en plein orgasme. Génial, non ? C'est une idée pour nous, ça. Faut l'exploiter. Je vois bien un truc sous-marin dans le même genre. Un paquebot style *Titanic,* mais planté dans la vase à quelques brasses d'un volcan éteint. Tu me suis ? Tous les passagers ont été pétrifiés au moment du naufrage, au beau milieu de leurs activités. Il y a ceux qui dansent dans la salle de bal, et puis dans les cabines, ceux qui se disputent, se flanquent des baffes... ou qui baisent. Ou encore un voleur qui en profite pour piquer des bijoux. Enfin, plein de petites histoires, des trucs qu'on lorgnerait par les hublots comme par un trou de serrure. Des morts statufiés en plein mouvement. Des trucs sordides — l'orgie des matelots à fond de cale — et des scènes romantiques : le baiser à la proue du bateau, les deux amants statufiés pour l'éternité. Je le sens bien, ça, bébé ! On fera plonger les touristes à la verticale de l'épave, en leur serinant plein de recommandations bidons : pas touche au rafiot, risques de pétrification, on regarde seulement. On lorgne. Le côté voyeur ça marche toujours. Faut simplement tenir la balance entre les deux, du sexe pour les mecs, du sentimental pour les nanas. Tu vas travailler là-dessus. Dessine le bateau, les décors, tout ça très riche, croisière de milliardaires. Et fignole les mannequins, pétrifiés mais pas trop, qu'on distingue bien les détails des habits, des bijoux.

Il était très excité. Le projet fut intitulé « Le Cimetière marin ». Tout serait moulé dans un plastique léger teinté dans la masse selon une technique que les studios cinématographiques utilisaient pour les effets spéciaux. En plein air, sous le soleil, les artefacts ainsi obtenus ne faisaient guère illusion, mais il en allait différemment sous l'eau, où l'œil humain perçoit les choses de façon distordue, à travers un voile de vase en suspension, et dans une lumière avare.

Il avait fallu abandonner l'idée du paquebot pour se contenter d'un simple yacht, car les coûts de construction s'étaient révélés trop élevés. Peggy avait fait du beau travail, et le décor qu'elle avait brossé faisait vraiment son effet. Le yacht fantôme sortait à peine des ateliers quand Dex avait été foudroyé au milieu d'une partie de tennis sur un court de Miami Beach.

— Il utilisait trop de poppers, marmonna un ami lors de son incinération. Le nitrite d'amyle lui a bouffé le cœur.

Pour payer les créanciers, le matériel de l'entreprise fut mis aux enchères. Au terme d'une nuit blanche passée à peser le pour et le contre, Peggy décida de vider son compte épargne pour acheter le yacht pétrifié, et d'exploiter elle-même l'attraction. Le sort lui a été favorable. Contrairement à ce qu'elle redoutait, aucun propriétaire de manège forain ne s'est présenté à la vente publique, ce qui lui a permis d'acquérir le yacht au prix plancher. En attendant d'obtenir les autorisations d'immersion, elle a dû le parquer dans son jardin, sous des bâches pour le protéger du soleil. Elle a vécu deux mois d'angoisse, guettant les bulletins météo, tremblant qu'ils n'annoncent l'arrivée d'un cyclone.

— Si une tornade s'amène, expliqua-t-elle à Brandon, elle aspirera le bateau dans les airs et nous perdrons tout.

Mais elle a eu de la chance, et ils ont pu enfin

amarrer « l'épave » par 100 pieds de fond. Avant chaque visite, elle vient vérifier les câbles dissimulés qui maintiennent la structure en place car le yacht est léger et pourrait remonter à la surface, ce qui ne ferait pas très sérieux.

Ce n'est pas un mauvais placement. Dex avait vu juste. L'aspect voyeur de l'attraction attire de nombreux touristes. Au début elle a eu peur qu'ils réagissent mal, qu'ils l'accusent de fumisterie, mais elle n'a pas tardé à se rendre compte qu'ils avaient envie d'y croire et qu'ils abandonnaient tout sens critique dès qu'ils approchaient du récif. Il faut dire que le discours de Peggy est au point. Juste avant de plonger, elle leur répète :

— Faites bien attention, l'épave est instable. Elle est très exactement couchée sur une faille de l'écorce terrestre. Une faille volcanique. Il suffirait d'un rien pour qu'elle glisse dans cette lézarde. C'est pourquoi je vous demanderai de ne pas la toucher. Si elle basculait dans le gouffre, nous serions aspirés à sa suite par l'effet de succion. Regardez, c'est tout.

Cet avertissement agit sur les plongeurs du dimanche à la manière d'un aiguillon. Leur excitation monte en flèche car ils se voient, dès lors, comme d'intrépides aventuriers.

Sont-ils réellement dupes ? Elle n'en sait rien. Quoi qu'il en soit, elle n'a jamais enregistré de plaintes. Les femmes, les jeunes filles, sont souvent émues lorsqu'elles reviennent à la surface. Les hommes ont fait de nombreuses photos, principalement de la cabine où gisent les amants statufiés. Lorsqu'elle prend les inscriptions, Peggy a toujours soin de préciser que cette promenade ne s'adresse pas aux enfants, et qu'elle risque de choquer les âmes sensibles.

— Plus tu prendras de précautions, plus ça les émoustillera ! lui avait dit Dex Mullaby.

Elle a pu vérifier, une fois de plus, qu'il avait raison.

*

Elle se propulse à lents coups de palme. Toutes ses économies sont là, sous ses yeux, dans la brume liquide et bleuâtre du fond. Quand elle arrive à la tête d'un groupe de touristes, elle n'oublie pas de remuer subrepticement la vase, pour diminuer la visibilité et accroître l'atmosphère angoissante qui se dégage de l'épave couchée sur bâbord. Avec le temps, elle a finalement décidé de se débarrasser du couple qui s'embrassait à la proue du navire, car elle ne le trouvait pas crédible. De plus, en dépit de ses avertissements, les plongeurs ne pouvaient s'empêcher de le toucher. Aujourd'hui, les touristes doivent se contenter de se presser autour des hublots pour lorgner les scènes à l'intérieur des cabines, ou de la salle de bal. Les grandes poupées blanches, « pétrifiées », sont assez effrayantes, il faut l'avouer, surtout lorsqu'on fait courir sur elles la lumière d'une torche électrique. Il y a le bal, avec ses danseurs figés, dont on devine encore les costumes et les bijoux, les mains du pianiste soudées par le calcaire aux touches de son instrument, et les poissons, bien sûr, qui vont et viennent entre les statues, s'immiscent entre les visages. Peggy a beau savoir qu'elle se trouve en face d'une supercherie, elle ne peut s'empêcher d'éprouver une légère inquiétude tant la mise en scène est réaliste. Les effets de distorsion du milieu liquide — grossissement 1/3, raccourcissement des distances 1/4 — ajoutent à l'étrangeté du tableau.

Tous ces objets pétrifiés — les tentures, les draps des couchettes, les vêtements, le couple qui fait l'amour, le petit chat qui joue avec un bouchon de champagne, les petits amoureux qui se tiennent les mains, les matelots qui boivent du rhum au goulot et rient à gorge déployée — à la surface, sous le soleil de Floride, ne faisaient guère illusion, il faut bien l'avouer! Il suffisait de s'en approcher pour découvrir qu'on était en présence d'un décor de film d'épouvante. Mais ici ils deviennent différents... étrangement convaincants.

Peggy entreprend de longer la coque afin de vérifier l'état des amarres plantées dans le récif de corail. Elle a posé le minimum de fixations pour rester discrète. Elle vérifie que le sac lesté est toujours en place au creux des pierres. Il contient des cartouches d'acétate de cuivre et de teinture noire, un mélange dont on équipe les *life jacket shark chaser,* les gilets mis au point par l'US Navy pour les pilotes, en cas de crash en haute mer. Elle s'est également procuré ce produit synthétique qui, paraît-il, aurait le goût et l'odeur de la chair de requin pourrie, et qui effraierait les squales. Elle n'ignore pas cependant que la Navy, après y avoir englouti des millions de dollars, a récemment décidé de ne plus mettre un *cent* dans la recherche du produit miraculeux et mythique qui tiendra enfin les requins à distance. À ce jour, on n'est pas encore parvenu à mettre au point un répulsif véritablement efficace. Il n'y a pas de règles, pas de constantes, ce qui met en fuite un requin laisse son compagnon de chasse indifférent. Les spécialistes ont dû se résoudre à avouer qu'ils n'y comprenaient rien.

Mais Peggy ne veut rien laisser au hasard. Jusqu'à présent elle a eu la chance de ne subir aucune attaque. Avant le passage d'un groupe, elle fait un « lâcher » d'acétate de cuivre sur le périmètre de l'épave. Elle sacrifie à ce rite davantage par conscience professionnelle que par conviction. Elle sait qu'il n'existe aucune arme efficace contre les requins à part les champs électriques agissant par électronarcose, trop compliqués et trop chers à installer. Pour se rassurer, elle emporte un fusil-harpon de calibre 12 qui tire des balles de CO_2 comprimé. Lorsque le projectile pénètre dans le corps du squale, il libère son gaz, contraignant l'animal à remonter en catastrophe, telle une bouée subitement gonflée, mais là encore l'utilité du gadget reste à démontrer, car la résistance de l'eau affaiblit considérablement la puissance de pénétration du projectile, si bien que la balle reste fichée dans l'épiderme de la bête sans jamais toucher les organes profonds et évacue sa charge gazeuse à l'extérieur.

Il faut dire que la peau du requin est comparable à de la toile émeri, hérissée de denticules ; elle transforme le plongeur en écorché vif rien qu'en l'effleurant. Pour l'utiliser en tant que cuir, il faut d'abord la poncer.

Peggy n'aime pas songer à tout cela lorsqu'elle est sous l'eau, mais son cerveau tourne en roue libre, et elle ne peut s'en empêcher.

Dès qu'elle a vérifié l'amarrage, elle allume une grosse lampe et inspecte l'intérieur du bâtiment par les hublots. Il ne faudrait pas que les statues se détachent de leur socle et se mettent à flotter dans les cabines, révélant du même coup qu'elles sont creuses !

Elle a prévu un système de fixation à base de vis qui permet de récupérer la figurine pour la ramener à l'atelier en cas d'avarie. Cela ne s'est jamais produit, mais il faut tout envisager, surtout avec les pointes-noires, nerveux, qui mordillent les câbles. Leur petite taille leur permettrait de se faufiler dans le yacht s'ils avaient le malheur de découvrir une ouverture et Peggy tremble à l'idée du saccage qu'ils organiseraient alors. Ils seraient bien foutus de mettre les mannequins en pièces, ce qui réduirait l'intérêt de la visite à néant.

Le halo de la lampe de plongée glisse sur les visages anonymes des danseurs pétrifiés, leur donnant soudain une mobilité illusoire qui met la jeune femme mal à l'aise. Les têtes blanchâtres esquissent des mimiques... Quand elle vient ici avec un groupe, Peggy n'est nullement sensible à l'atmosphère morbide de l'épave ; elle est alors trop occupée à surveiller les vacanciers, mais le malaise s'insinue en elle chaque fois qu'elle nage sur le site en solitaire. Elle a beau s'y préparer, elle finit par succomber à son propre piège, à la mise en scène qu'elle a patiemment élaborée sur sa table à dessin.

Alors qu'elle va s'éloigner de la coque, elle tressaille. Il lui a semblé voir *bouger* les doigts du pianiste sur le clavier, là, dans la salle de bal...

« Arrête de t'auto-suggestionner ! pense-t-elle. Ce ne sont que des figurines de plastique. Tu as passé l'âge de jouer à te faire peur. »

Elle n'est pas à une profondeur assez importante pour subir les effets fantasmatiques d'une narcose. Elle décide de traiter l'hallucination par le mépris et se prépare à battre des palmes pour remonter... mais les doigts de la statue bougent encore.

C'est comme si le cadavre pétrifié jouait une symphonie silencieuse à l'usage des poissons. L'effet est terrifiant. Peggy nettoie le hublot avec sa paume et colle son masque contre la vitre. Elle a l'intuition que quelque chose va de travers. Est-elle en train de perdre les pédales ? Cela peut arriver aux plongeurs professionnels spécialisés dans le travail en grande profondeur. Les hautes pressions finissent par leur déglinguer le cerveau, mais elle n'a jamais plongé très bas... ou alors deux ou trois fois. Il n'y a pas grand-chose à voir dans les grands fonds, et l'impression de claustrophobie due à la totale obscurité finit par y devenir oppressante.

Elle doit aller voir. Sur le pont du yacht elle a soigneusement dissimulé une trappe de visite ; elle s'y rend, la soulève et se glisse dans les entrailles de la fausse épave. C'est comme si elle pénétrait dans les coulisses d'un théâtre. Entre les saynètes disposées devant les hublots il n'y a que des couloirs de circulation. Pas de machines, pas de coursives, pas de cuisine. La salle de bal est en réalité une espèce de grande boîte fixée à l'intérieur de la coque. Ce dispositif permet d'effectuer les réparations sans être gêné par l'étroitesse des lieux. Peggy actionne le système d'éclairage sur batterie dont elle use avec modération afin de ne pas l'épuiser trop vite. Aujourd'hui elle a besoin d'y voir clair... Les poissons sont surpris par ce brusque flot lumineux et refluent en désordre. La jeune femme se glisse dans la salle de bal. Elle doit évoluer avec précaution pour ne pas heurter les figurines. La plupart sont aussi grandes qu'elle, et elle n'aime pas les frôler. Sous l'eau, ces pantins qu'elle connaît pourtant par cœur lui semblent hostiles.

« Je suis idiote », pense-t-elle sans parvenir pour autant à se rassurer.

Elle s'approche du pianiste mais les bulles qui s'échappent de son masque brouillent sa vision. L'espace d'une seconde elle a l'impression que la statue blême va tout à coup se lever du tabouret, se retourner, lui arracher son embout ou la saisir à la gorge pour la noyer, là, au fond de l'épave. Elle se sent très seule, et de vieilles terreurs l'assaillent. Des peurs de petite fille. Agacée, les nerfs à vif, elle pose la main sur l'épaule du pianiste. Elle le sent bouger. Elle voit ses doigts s'abaisser sur le clavier.

Elle est sur le point de s'enfuir... puis la raison l'emporte; elle réalise que le socle de la statue est légèrement déboulonné. C'est à cause de ce jeu que le mannequin s'agite au gré des courants, tantôt s'élevant, tantôt s'abaissant... La vase en suspension a complété l'illusion. Il n'y a pas de fantôme, rien qu'une statue de plastique qui ballotte dans l'eau. Peggy cherche ses outils. Au moment où elle s'apprête à revisser le socle, elle distingue quelque chose dans le pied du pantin. Un tube métallique, gros comme le bras, en acier chirurgical. On l'a glissé à l'intérieur de la statue pour le cacher, mais on a commis l'erreur de mal reboulonner le socle.

Elle s'immobilise. Elle a un mauvais pressentiment. La présence du container semble indiquer que quelqu'un utilise l'épave comme une boîte à lettres. Tout de suite, elle pense à la drogue, c'est l'hypothèse la plus logique. Le yacht est facile à repérer ; de plus, en dehors des visites guidées, personne ne s'en approche. Et puis c'est un décor de plastique, dans lequel on peut se glisser sans danger, ce qui ne serait pas le cas d'une vraie épave.

Inquiète, elle récupère le container, le glisse dans son filet. Sa première idée est de le porter à la police. Elle ne veut pas risquer de passer pour la complice d'éventuels trafiquants. Mais il est toujours dangereux de se retrouver mêlée à une histoire de drogue. Elle ferait peut-être mieux de le laisser là et de faire comme si elle n'avait rien vu ?

Elle hésite. Elle consulte son ordinateur de plongée, il est temps de remonter. Elle achève de revisser le socle du pianiste et sort de l'épave. Le fait qu'on ait justement choisi le pianiste pétrifié (facile à identifier) prouve qu'il s'agit bien d'un rendez-vous entre trafiquants. Cela dure peut-être depuis un bon moment, comment savoir ? Et si la DEA avait déjà repéré leur manège ?

« Les flics des Stups s'imaginent sans doute que je travaille avec les dealers, pense-t-elle en proie à un début de panique, que je prends livraison des colis... que les visites guidées ne sont qu'une couverture ? »

Quand elle fait surface, elle est presque certaine qu'elle va se retrouver encerclée par une nuée d'armes automatiques. Heureusement, il n'y a personne. Elle se hisse dans le canot, crache son embout. Une fois débarrassée de ses bouteilles, elle examine l'objet. Un beau cylindre en acier brossé de 30 centimètres de long. Il est hermétiquement fermé, lourd. À l'épreuve des chocs, du feu...

Elle n'ose pas l'ouvrir. Elle pense à une souche bactériologique, un virus mortel...

« Et pourquoi pas un prélèvement organique extra-terrestre ? » ricane-t-elle intérieurement.

Elle finit par empoigner les deux parties du cylindre et les fait tourner en sens contraire. À l'intérieur, emboîté dans un alvéole de mousse haute densité, il y a un petit flacon sans étiquette rempli d'un liquide incolore.

— Merde, murmure-t-elle.

Elle se dépêche de refermer le cylindre. Tout ça pue le trafic de drogue à cent lieues à la ronde. Elle est sur le point de jeter le boîtier par-dessus bord. Elle ne peut s'y résoudre. Mieux vaut sans doute le garder en lieu sûr le temps de prendre une décision ? Elle sait qu'avec les gens de la DEA elle sera immédiatement considérée comme suspecte. D'ailleurs elle a déjà été mêlée à une histoire criminelle, ce qui ne plaide pas en sa faveur.

Elle en parlera à Brandon, dès ce soir. En attendant, elle n'a qu'à cacher le tube en bordure de la plage. L'enterrer au pied d'un palmier.

Elle lance le moteur du canot et file vers la grève. Elle regrette déjà d'avoir ramené le container à la surface. Elle aurait dû le laisser en bas, faire comme si elle ne s'était rendu compte de rien.

Une fois sur la plage, l'embarcation tirée au sec, elle s'isole dans la végétation pour creuser un trou dans la terre avec son poignard de plongée. Puis elle prend un repère afin de pouvoir identifier l'endroit.

Une petite voix intérieure lui souffle qu'elle vient de commettre une erreur dont elle ne va pas tarder à se repentir.

2

Peggy entend le bruit qui lui fait peur à travers l'épaisseur du rêve dont elle est pourtant enveloppée. C'est le grignotement des rats de palmiers, des rongeurs qui vivent sous l'écorce des arbres, ce qui oblige les services de voirie à peler les troncs pour leur faire la chasse. Quand cela se produit, on voit les nuisibles s'éparpiller en tous sens, à la grande horreur des touristes.

Mais ce n'est pas le seul aspect déprimant de l'archipel. Sur la plage, il y a les mouches de sable qui vous piquent les chevilles, les mollets, les cuisses... Ensuite, il y a la pollution en provenance de Miami qui a fini par tuer le fameux bleu indigo *made in Florida,* célébrité de l'endroit. Certains jours, l'eau devient laiteuse, saturée de micro-organismes. Ou encore totalement rouge à cause d'une algue proliférante (le *gymnodinium brevis*) qui se décompose en répandant une odeur pestilentielle.

Et puis, à Key West, tout au bout de la chaîne des îlots reliés par des ponts, il y a les couples de sidéens, venus contempler une dernière fois le paradis terrestre avant de s'enfoncer dans la nuit de l'agonie... Des couples de fantômes pathétiques, le moins malade soutenant celui qui a déjà entamé le dernier voyage.

Peggy sait qu'elle exagère. La plupart des vacanciers ne voient rien. Elle est sensible à la présence des moribonds parce qu'elle vit ici, et que les paysages de carte postale n'ont plus aucun effet sur elle.

— Je fais une overdose de paradis..., a-t-elle coutume de déclarer à ses amis.

— Mais, Peg, lui rétorque-t-on, les gens paient une fortune pour venir passer leurs vacances dans les Keys, et ils accourent du monde entier!

C'est vrai, mais elle n'y peut rien. Les gens s'extasient devant le tableau tandis que Peggy Meetchum, elle, voit les craquelures de la toile, la peinture qui s'écaille, les défauts d'exécution. Elle devrait partir, ce serait la meilleure solution, mais pour aller où? En outre, elle a peur de ne plus être capable de se réacclimater à la vie en appartement. Ici, l'océan vient mourir à cinquante mètres de son bungalow. Un logement dans un immeuble c'est comme une caisse dans un entrepôt, non?

« Je partirai si les termites se mettent à bouffer la charpente... », se répète-t-elle pour s'accorder un délai.

À Miami, on ne plaisante pas avec les termites qui ont déjà fait s'écrouler plus d'une maison.

Peggy se lève avec difficulté car elle dort dans un hamac depuis qu'elle a retrouvé des blattes de dattier entre ses draps. C'est un vieux bungalow en stuc, troué de fenêtres à jalousies... et gorgé d'humidité, qu'elle a acheté pour une bouchée de pain. Plus personne n'accepte de vivre aussi près du rivage depuis que les Cubains traversent la mer sur des radeaux de fortune pour se lancer à l'assaut du grand rêve américain. Ils le font avec un enthousiasme et une naïveté puérils, certains s'imaginant qu'aux États-Unis personne n'a besoin de travailler.

— Je ne pourrais pas vivre comme vous, lui a déclaré une vacancière new-yorkaise. Surtout avec ces clandestins qui débarquent en pleine nuit! Ils pourraient s'introduire dans votre maison... Vous n'avez même pas de porte blindée. Sans signal d'alarme je me sens toute nue.

Peggy entre dans le cabinet de toilette, se passe de l'eau sur le visage. Elle est d'une minceur étonnante, sans un pouce de graisse sur le corps. Ses cheveux blonds sont coupés court, de façon garçonnière. Les intellectuels descendus des villes grises ont l'habitude de lui dire qu'elle ressemble à Jean Seberg, une actrice des sixties, dans *À bout de souffle,* un film français vénéré par les étudiants dans les cinémathèques de campus. Mais Peggy n'a jamais vu *À bout de souffle.* Quand on lui a expliqué la signification du titre, elle a répliqué qu'aller voir un tel film serait un comble pour une plongeuse professionnelle. Et puis c'est un très vieux film en noir et blanc, or elle n'aime déjà pas le cinéma en couleurs.

Elle n'apprécie pas davantage Humphrey Bogart auquel on voue un véritable culte à Key Largo en raison du film du même nom, et dont la légende assure que pas un plan ne fut tourné sur l'île ! On la regarde de travers quand elle déclare que Key Largo n'est qu'une lagune saumâtre tout juste bonne pour les alligators. Les vacanciers détestent qu'on casse leurs rêves.

Dans les Keys, tout lui paraît désormais frelaté. Même la maison d'Ernest Hemingway, dont pas un des meubles n'est d'origine.

Peut-être a-t-elle passé trop de temps ici ?

Devant la glace, elle se peigne avec les doigts, ce qui n'est pas difficile étant donné la modeste longueur de ses cheveux. Elle ne porte qu'un tee-shirt et un slip. La moiteur de la maison rendrait insupportable tout habillement plus élaboré. Elle s'immobilise, mal à l'aise, cherchant dans sa mémoire ce qui a bien pu la réveiller. Un claquement ? Une idée désagréable lui traverse l'esprit : *Auraient-ils recommencé ?*

Elle ne supporte plus Larker Boyett et sa bande de cinglés qui la harcèlent sournoisement, multipliant les blagues de mauvais goût.

« Allons, songe-t-elle, sois franche, avoue plutôt qu'ils te font peur. »

Avant de sortir, elle saisit une vieille batte de base-ball dont l'extrémité arrondie — la surface de frappe, disent les hommes — présente des marques de profondes morsures, comme si un chien s'était acharné sur elle.

Elle ouvre la porte et sort sur la terrasse, les yeux baissés vers le sol. Une bête a dû se faire prendre, un chat errant, ou un rat de palmier... Un jour ce sera un enfant, mais ils s'en moquent. C'est elle qui est visée, elle ne l'ignore pas. Ils espèrent la faire craquer, et la semaine dernière elle a bien failli se faire prendre. C'est si facile, il suffit d'un moment d'inattention, et hop !

La batte en avant, elle écarte la végétation du petit jardin qui entoure le bungalow. Jardin est un terme bien pompeux pour désigner la broussaille qui a débordé des parterres, jailli d'entre les dalles. Les fougères géantes. La mousse espagnole qui dégringole des arbres. Quelqu'un d'autre (une femme d'intérieur ?) aurait entretenu ces plantations mais Peggy ne s'est jamais sentie attirée par tout ce qui appartient au domaine terrestre. Son élément c'est l'eau. Elle ne se sent bien que lorsqu'elle nage ou lorsqu'elle plonge. Elle se demande parfois comment elle fera lorsqu'elle sera devenue vieille et que les rhumatismes lui interdiront de brasser les flots ou de lutter contre les vagues. Elle a 31 ans, elle trouve que la vie commence à filer de plus en plus vite. Depuis quelque temps elle rêve de trains mal aiguillés, de rendez-vous ratés, d'avions qui décollent sans elle.

Mais après l'assassinat de sa sœur aînée *, il y a

* Voir *Les Enfants du crépuscule*, Le Livre de Poche n° 17064.

un an, elle a eu le plus grand mal à replonger dans le réel. Il lui a semblé qu'elle resterait à jamais prisonnière du cauchemar, que la vie ne se remettrait pas en marche.

— C'est curieux, a-t-elle expliqué au psychiatre qu'elle a brièvement consulté. Cette histoire m'a terrifiée... et pourtant, quelque part, je me suis sentie *excitée*. Ça me plaisait. J'ai eu l'impression de vivre plus vite... de vivre enfin. C'est malsain, non ?

L'analyste lui a répondu que beaucoup de vétérans du Viêt-Nam avaient eu la même impression, et qu'on appelait cela le syndrome de l'ancien combattant.

— C'est l'adrénaline, a-t-il conclu, ça peut devenir une drogue, ça amplifie les sensations, ça décuple la perception.

— D'accord, a répondu Peggy, mais ça ne m'aide pas beaucoup de le savoir.

Pendant six mois, elle s'est sentie sur le point de basculer dans quelque chose d'incontrôlable. Aujourd'hui encore elle ne sait pas quoi. Des expériences extrêmes : le sadomasochisme, les sports violents, les combats clandestins à mains nues, la prostitution de haut vol... Il n'y avait plus de bornes, *tout devenait possible.* Elle était déboussolée, morte, anesthésiée. Elle a commencé à fréquenter les bars louches, à suivre des types bizarres. Aujourd'hui, elle surnomme cela « sa période glauque », et elle s'efforce de ne plus y penser, mais des images gênantes continuent à la poursuivre dans son sommeil. Elle a honte d'avoir fait certaines choses, de s'être prêtée à des jeux qui l'auraient dégoûtée si elle avait été dans son état normal. « Ce n'était pas moi, se dit-elle quand ces souvenirs l'assaillent. C'était quand j'étais folle... je ne suis pas responsable. »

Mais elle n'y croit qu'à moitié.

*

La batte de base-ball tendue vers le sol, elle fait le tour de la maison, frappant systématiquement les buissons, les touffes d'herbe. Elle est sûre qu'ils ont piégé les alentours. Les gumbo-limbos, ces arbres tropicaux qui poussent de manière anarchique, enserrent le bungalow de leurs branches hirsutes.

Peggy finit par découvrir l'origine du claquement qui l'a réveillée. Un piège dissimulé dans les herbes, et qui s'est refermé sur un rat de palmier, le coupant presque en deux. Elle s'agenouille. Ce n'est pas la présence du mécanisme qui est étrange, c'est sa forme. On lui a donné l'allure d'une gueule de requin miniature. La courbe des deux mâchoires articulées ne peut tromper.

Un jour elle s'y laissera prendre, elle posera le pied sur l'une de ces saloperies et se fera trancher les tendons. Elle est certaine que le ressort est assez puissant pour l'entailler jusqu'à l'os.

« Salauds », murmure-t-elle pour elle seule en se redressant.

Elle frappe rageusement les taillis qui l'entourent. S'il y a un autre piège, il se refermera sur le bois de la batte. Elle se demande si elle doit appeler la police. Elle l'a encore fait la semaine dernière mais ils ont pris un air gêné.

— C'est délicat, lui a déclaré un sergent. Vous comprenez, ces types, ce sont des infirmes. Si on les harcèle, ils auront beau jeu d'alerter la presse et de monter l'affaire en épingle. J'enverrai quelqu'un leur faire la leçon. Après ça, s'ils persistent...

Elle a bien senti qu'ils ne la prenaient pas au sérieux. Ils ont dû déjà la ranger dans la catégorie des excentriques, pour ne pas dire des suspectes. Ne vit-elle pas avec un type plus jeune qu'elle ? Un drôle de mec fiché par les services de police... Il est certain que Brandon ne doit pas leur plaire, et que sa présence ne contribue pas à faire d'elle une citoyenne honorable.

Peggy est la première à admettre que Brandon

n'est pas un garçon sérieux, mais c'est le seul qui ait réussi à la tirer du mauvais trip où elle s'était engagée après la mort de sa sœur. Sans lui, elle ne sait pas comment elle aurait fini. Elle commençait à être connue dans le club très fermé des drogués de l'extrême. On se chuchotait son nom dans la pénombre des bars : « Peggy Meetchum, une fille un peu barge. Rien ne lui fait peur. On peut lui proposer des trucs, elle ne demande que ça... » Et des trucs, on lui en avait proposés, mais elle en voulait toujours plus. Elle était sur la mauvaise pente, celle qui conduit les filles tout droit aux *snuff movies*. Mais elle n'y pouvait rien. Dès qu'elle cessait d'avoir peur, elle se sentait morte. Seule la peur lui redonnait le goût de vivre, seule la peur la réveillait.

Oui, sans Brandon, ce petit bon à rien, ce glandeur au sourire d'éternel *teen-ager,* elle aurait basculé pour de bon.

*

Ne trouvant plus rien dans les buissons, elle décide de rentrer au bungalow. Doit-elle parler de l'incident à Brandon ? Elle redoute ses réactions irréfléchies. Il est capable de voir rouge et de se précipiter au Club pour casser la figure à ceux qui ont posé le piège. C'est inenvisageable, on ne peut pas frapper des infirmes, même s'ils sont dans leur tort et s'ils se livrent à une campagne de harcèlement des plus douteuses.

De retour dans la maison, elle se verse un whisky. Ses mains tremblent. « Tu devrais être contente, pense-t-elle, après tout, c'est ce que tu voulais, non ? Avoir peur ! »

Elle sait que ses sentiments sont ambivalents. Les gens du Club l'inquiètent par leurs idées fixes, mais en même temps leurs farces dangereuses lui occupent l'esprit, et c'est ce dont elle a besoin en ce moment.

Avant la mort de Lisa, sa sœur, elle se considérait comme une fille saine, simple ; après ce qu'elle a vécu dans l'horrible maison de poupées de la famille McGregor, sa vision des choses a changé du tout au tout, et elle n'a plus jamais été la même.

Le psy lui a dit :

— Il faut de la patience. Les rescapés des catastrophes aériennes, des prises d'otages, éprouvent tous des sentiments analogues aux vôtres. Ils ont eu horreur de ça... et en même temps, quelque part tout au fond d'eux-mêmes, ça leur a plu parce que le drame les a projetés hors de la routine quotidienne. Ils ont connu, l'espace de quelques heures ou de quelques minutes, une accélération de la sensation qui leur fait défaut par la suite. Vous êtes comme eux. Par rapport à l'intensité que vous avez connue lors des événements auxquels vous avez été mêlée, la vie normale vous parait sans saveur. Inconsciemment, vous voulez vous rebrancher sur la haute tension. Votre démarche n'est pas différente de celle des coureurs automobiles qui mettent leur vie en jeu chaque fois qu'ils prennent le volant.

Peggy hésite à se verser une seconde rasade. Non, il ne faut pas. Les excès des derniers mois ont déjà altéré sa forme physique, elle en a conscience. Lorsqu'elle est sous l'eau, elle se fatigue plus vite qu'auparavant. Son temps d'apnée s'est écourté et, avec les bouteilles, elle a subi plusieurs petits malaises dont elle n'a soufflé mot à personne. Par moments, elle a peur d'être en train de vieillir. Elle fait beaucoup de gymnastique par crainte de la cellulite. Elle doit demeurer séduisante. Quand elle plonge avec les touristes, les regards des clients s'attardent toujours sur ses cuisses nues, impeccables. Ils fantasment sur son corps, elle a dû l'admettre. Avant, elle plongeait revêtue d'une combinaison en caoutchouc noir qui la protégeait des morsures éventuelles du massif corallien, mais

Brandon lui a fait prendre conscience qu'elle devait jouer à fond la carte séduction.

— Mets ton bikini jaune, lui dit-il. C'est tes fesses qu'ils regarderont sous l'eau, pas les épaves.

— Tu veux me faire bouffer par les requins? ricane-t-elle. Le jaune est justement la couleur qui les attire le plus.

Elle fait quelques pas dans la maison. Au bout d'un moment elle se surprend à glisser des coups d'œil sous les meubles, comme si elle allait découvrir d'autres pièges tapis dans la pénombre. D'autres mâchoires de requin miniature, en acier chirurgical. Pourquoi pas? Le bungalow n'est pas protégé, il ne leur serait guère difficile de s'y introduire pour glisser une autre de leurs machines infernales dans le tiroir d'une commode... voire dans son lit! Lorsqu'ils sont enclenchés en position ouverte, ces pièges occupent peu de place. Il est possible de les glisser sous une couette ou un drap sans qu'on remarque leur présence.

C'est peut-être également pour cette raison qu'elle a choisi de dormir dans un hamac depuis quelque temps.

Tout à coup, elle se souvient du cylindre découvert cet après-midi au fond de l'épave. Elle réalise qu'elle l'avait gommé de sa mémoire. Elle se demande s'il ne s'agirait pas par hasard d'une nouvelle « blague » de Boyett et de ses sbires.

« Ça ne peut pas continuer! décide-t-elle, il faut en finir! »

Elle récupère son jean sur un fauteuil Bahamas, le secoue pour en faire tomber d'éventuelles blattes de palmier, et l'enfile. Sur la commode, elle prend ses clefs de voiture. Elle va au Club leur dire sa façon de penser. Arrivera ce qui arrivera.

Elle jette son sac de voyage à l'arrière de sa voiture et démarre. Elle conduit un gros break Dodge démodé, dont les portières sont recouvertes de placage de bois. Ce qu'on appelait dans les années cinquante une « Canadienne ». Le moteur a été refait à neuf, à la main, par un mécanicien homosexuel de Boca Raton.

C'est à peu près tout ce qu'elle possède avec le bungalow pourri de la plage et la maison de ses parents, dans le comté de Saltree, la maison où sa sœur Lisa a été assassinée, et qui tombe en ruine.

3

Larker Boyett laisse ses mains courir sur le volant de la Cadillac Sedan de Ville rose qu'il conduit lentement au ras du trottoir. Il prend son temps, il sait qu'il est beau et que les femmes le regardent du coin de l'œil. Il porte un tee-shirt coupé au ras des épaules qui met en valeur ses bras musclés. Il sourit. Il a un très beau sourire d'éternel étudiant et des cheveux blonds frisés, drus. Les filles lui trouvent un air de ressemblance avec Richard Gere, mais ça l'ennuie parce qu'il n'aime pas cet acteur.

Il a un besoin compulsif de cette petite mascarade à laquelle il se livre de plus en plus souvent. La décapotable, le tee-shirt... il ne lui faut rien de plus pour accrocher le regard des femmes. Les jeunes, les vieilles, il n'existe plus que par leurs yeux, le temps qu'elles s'imaginent contempler un homme comme on n'en voit guère qu'au cinéma. Une bête de sexe, le partenaire idéal, celui qu'on rêve d'exhiber à son bras pour rendre les copines vertes de jalousie. L'illusion dure jusqu'au moment où Boyett doit descendre de son véhicule, ouvrir la portière et sortir le fauteuil roulant en alliage ultraléger déposé sur la banquette arrière. Alors le moignon de sa jambe droite apparaît au grand jour. La cuisse amputée à 15 centimètres au-dessus du genou, et que le short laisse à nu. Il tient à ce que sa mutilation soit visible, cela fait partie de sa stratégie. Il n'a jamais été un infirme honteux, loin de là. Il brandit ses blessures comme un drapeau.

Le fauteuil déplié, il s'y glisse, attrape la pile de brochures dans la boîte à gants, et se propulse sur l'allée gravillonnée qui conduit à la porte d'entrée de la villa par laquelle il a choisi de commencer sa tournée. Il sait qu'on le regarde à travers la baie vitrée. La mère, les gosses. Encore une fois, il prend son temps. Il veut que la femme pense : « Quelle pitié ! Un si bel homme... » Il veut qu'elle prenne conscience du gâchis qu'est devenue sa vie. Cela lui épargnera les longs discours. S'il était moche, on se contenterait de le prendre en pitié, mais il a toujours fasciné les femmes... Du moins, il les fascinait avant l'accident, car depuis qu'il a perdu sa jambe il a cessé d'avoir des rapports sexuels. Il est devenu impuissant.

— C'est dans votre tête, lui ont dit les médecins, il n'y a aucune lésion organique ou nerveuse qui puisse justifier cette défaillance. Votre blessure n'a pas touché la zone génitale. En fait, votre apparence physique actuelle vous fait horreur, et vous refusez de l'imposer à une partenaire. Pour éviter de vous retrouver au lit avec une femme, votre inconscient vous met dans l'incapacité d'assurer la moindre performance sexuelle. De cette manière, la confrontation ne peut pas avoir lieu. Il vous faut dépasser ce blocage.

Ils ont voulu qu'il entame une analyse, mais Boyett sait que ces foutaises ne l'amèneront nulle part. Il doit régler le problème à sa façon, comme il l'a toujours fait depuis qu'il a quitté la maison de ses parents pour fonder sa propre entreprise, à 15 ans. Il en a 33 aujourd'hui, il est trop vieux pour changer ses habitudes.

La porte à moustiquaire s'ouvre, la mère des enfants s'avance, indécise. Elle est rousse, avec un short très court. Elle a les cuisses fortes. Pas jolie, pas laide, banale. Elle s'applique un peu trop à ne regarder *que* le visage de Boyett, ce qui lui donne un air un peu halluciné.

— Je vous rassure tout de suite, madame, s'empresse de lancer Larker, je ne vends rien et je ne collecte pas de fonds. J'ai vu que vous aviez des enfants, et j'ai pensé qu'il était de mon devoir de vous informer au plus vite afin qu'il ne leur arrive pas ce qui m'est arrivé. Avez-vous entendu parler de l'EAC ?

— Non, balbutie-t-elle.

Larker la sent désorientée, inquiète. Il n'a pas l'intention de lui dire que l'acronyme EAC *(Eated Alive Club)* cache en fait le Club des Dévorés Vifs, qu'il a fondé et dont il est le président.

— Nous sommes une association d'infirmes, explique-t-il de sa voix bien timbrée qui faisait jadis merveille dans les conseils d'administration. Une association qui regroupe les personnes ayant subi une attaque de requin sur le littoral des Keys. Avant, j'étais à la tête d'une chaîne de magasins de mode masculine, j'ai eu la mauvaise idée de venir en vacances ici, à Key West. J'ai été attaqué par un requin tigre alors que je nageais dans moins d'un mètre d'eau. Il m'a arraché la jambe en un seul passage. Ma vie a été brisée. Des dizaines d'attaques semblables ont lieu chaque année, mais la presse n'en parle jamais. À cause du tourisme, on la bâillonne. Savez-vous par exemple que les requins sont capables de s'acclimater à l'eau douce et qu'ils remontent facilement les égouts, les canaux ? On en a trouvés dans certaines tranchées d'irrigation, là où personne ne s'attendait à les voir surgir. Contrairement à ce qu'on s'imagine, ils peuvent nager dans très peu d'eau, moins de 50 centimètres, ce qui leur permet de se faufiler partout.

Il parle avec conviction et chaleur, mais en prenant soin de ne pas s'emballer car il ne faut pas que sa haine devienne apparente. La femme regarde à la dérobée son moignon.

— La Floride détient le palmarès mondial des attaques de requins, affirme-t-il. Cette brochure vous donnera tous les chiffres nécessaires. Les squales, principalement des *bulldogs,* se faufilent dans les égouts de Miami, attirés par les charognes et les rats ; ils ont déjà dévoré plusieurs employés des travaux publics. On en a découverts dans les Glades, mais aussi dans les rivières. Des enfants qui pataugeaient à l'intérieur des terres, à 20 kilomètres du front de mer, ont été attaqués par un *bullshark,* ils sont morts des suites de leurs blessures. La puissance musculaire des squales leur permet de nager à contre-courant et, comme je vous le disais tout à l'heure, ils s'acclimatent très bien à l'eau douce.

— Je ne savais pas, bégaie la jeune femme.

— Moi non plus, dit Boyett. Avant de perdre ma jambe, je ne m'intéressais pas à ce genre de chose. Je pensais que tout ça n'arrivait qu'au cinéma.

— Que faut-il faire ?

— Écrire à la municipalité, exprimer vos inquiétudes, et nous apporter votre appui. L'EAC milite pour l'assainissement des côtes de Floride. Nous voulons que les requins soient déclarés hors la loi lorsqu'ils nagent à moins de 3 kilomètres des plages des Keys. Nous exigeons leur extermination préventive pour les empêcher de pulluler. Ce sont des monstres, des bêtes stupides, sans intelligence et sans le moindre sentiment. Leurs petits se dévorent entre eux, dans le ventre de leur mère avant même d'être nés, c'est tout dire ! On n'a jamais pu les dresser. Ce sont des prédateurs venus de la nuit des temps, des survivants directs de l'ère des dinosaures.

Il se tait. Il sent qu'il a trop parlé, et avec véhémence. Il sourit, ajoutant juste ce qu'il faut de tristesse à sa mimique pour faire fondre la jeune maman.

« Allez ! pense-t-il, fais-en provision, ma poulette, c'est pas souvent qu'un beau gars dans mon genre a dû te couler des œillades pareilles. »

— Est-ce... est-il possible de vous aider ? murmure la vacancière. Peut-on vous faire des... dons ?

— Non, je vous remercie, madame, fait Larker Boyett en manœuvrant son fauteuil pour prendre congé. Nous ne faisons pas partie de ces associations qui prennent prétexte de leur malheur pour ponctionner les citoyens. Nous nous autofinançons. Notre mission consiste à pousser un cri d'alarme, et à faire que l'écho de ce cri retentisse aussi loin que possible.

Avant de lui tourner le dos, il ajoute :

— Vous avez de beaux enfants, ce serait dommage qu'un requin leur fasse ce que mes compagnons et moi-même avons subi.

Un dernier sourire et il s'en va.

Emballée, la nana ! Il a été bon, il le sent. Il a toujours beaucoup d'impact sur les femmes. Avec les hommes, il la joue sur un autre ton. Le style : « Vous croyez que c'est facile de vous mettre au lit avec une fille quand on est comme moi ? » Mais ça marche moins bien, justement parce que les mecs le trouvent trop beau et qu'ils ont un réflexe instinctif de jalousie. Boyett sait très bien qu'au plus profond d'eux-mêmes, ils ne peuvent s'empêcher de penser : « Bien fait pour ta gueule, bellâtre, comme ça tu ne baiseras plus nos femmes ! » C'est pour cette raison qu'il s'arrange pour n'avoir affaire qu'aux épouses, aux divorcées, aux mères célibataires. Dans la brochure, il a reproduit plusieurs photos détaillant des morsures de requin. Des clichés atroces. Tout est réel, il ne truque rien, ni les images ni les chiffres. Il a aussi inséré plusieurs témoignages, dont le sien, qui exposent les circonstances d'une attaque ayant eu lieu dans un endroit réputé tranquille, lorsque le nageur s'y attendait le moins.

Ça s'est passé comme ça en ce qui le concerne. Il en rêve presque chaque nuit. Il nage dans une eau d'un bleu de carte postale, et soudain il éprouve un choc brutal à la jambe. Pas de souffrance, non, un choc, *c'est tout,* comme s'il avait été heurté par une voiture. Alors, tout à coup, la mer devient rouge autour de lui, et il réalise qu'il nage dans son propre sang. Il voudrait vérifier qu'il est encore entier, mais le sang opacifie l'eau. Un bras se referme sur son cou, on le tire vers le rivage. Ce doit être Plankett, son associé. Un type assez quelconque, à qui il abandonne les filles dont il s'est lassé. (Mais Plankett est riche, c'est grâce à ses capitaux que Boyett a pu ouvrir la chaîne de boutiques et...)

Brusquement la souffrance le submerge et il sent... il sent qu'il lui manque quelque chose... qu'un morceau de lui n'est plus là. Il le sait immédiatement, au contraire de tout ce que racontent les blessés de guerre sur l'effet « fantôme » des membres amputés. On le traîne sur le sable. Il entend Plankett hurler : « Un garrot ! Merde ! Passez-moi quelque chose pour lui faire un garrot, vous ne voyez pas qu'il est en train de se vider ? »

Les deux filles — des top-models de Los Angeles levées chez Sloppy'Joe — se sont mises à pousser des cris suraigus. Plus tard, Plankett lui dira qu'en guise de garrot il a utilisé le soutien-gorge de l'une des pétasses et que cette initiative a déclenché un scandale terrible parce qu'il s'agissait d'un prototype destiné à un défilé de mode.

Dans l'ambulance, Boyett reste conscient, en dépit de la perte sanguine importante. Une image le hante : le requin qui fiche le camp sous les flots, sa jambe en travers de la gueule. Une image de bande dessinée. Les infirmiers essaient de le nettoyer car il est gluant et rouge de la tête aux pieds... (pardon : de la tête *au* pied !) Il sait déjà que sa vie est foutue, et ce con de Plankett qui lui parle de greffe, de prothèse électronique, et qui ponctue son discours de

« et ça se voit à peine, tu sais, une fois qu'on a appris à marcher avec... ».

Boyett sent que son associé jubile intérieurement. Cette fois c'en est fini du trop beau mec qui lui faisait de l'ombre et lui abandonnait ses laissés-pour-compte !

Boyett a un goût de sel dans la bouche, celui de son sang et celui de l'eau de mer. Il se jure d'entreprendre un régime désodé s'il survit à sa blessure. Mais a-t-il vraiment envie d'y survivre ?

Après...

Après il ne sait plus car on l'a anesthésié pour l'expédier en chirurgie.

Il revit la scène très souvent, en rêve, et se réveille en battant des bras, une douleur fulgurante irradiant dans son moignon. Contrairement aux mutilés du Viêt-Nam, il n'a jamais eu l'impression que sa jambe était toujours là. Jamais il n'a eu envie de la gratter. Non, il a toujours éprouvé un vide terrible, un manque. Il lui semble parfois que les choses auraient peut-être été moins pénibles s'il avait effectivement bénéficié de cette illusion de membre fantôme dont on parle tant. Cela aurait pu l'aider à supporter une prothèse, à y voir un nouveau membre ?

Après l'accident, il a tout perdu, les amis, les filles... Un infirme, ce n'est pas réjouissant, et guère valorisant à exhiber en société. Dans le milieu qu'il fréquentait, on ne tolérait pas la moindre disgrâce physique, et il suffisait d'une simple verrue pour être mis au ban. On ne s'occupe pas de mode avec une jambe en moins, ça la fout mal. Aller aux défilés en fauteuil roulant ? Très peu pour lui. Et puis personne n'a envie d'être habillé par un éclopé. Plankett lui a racheté ses parts et continue à lui verser des royalties sur certains brevets qu'il a déposés. Il a également touché un beau paquet en provenance de l'assurance souscrite lorsqu'il était *cover boy* (une assurance qu'il était d'ailleurs sur le point de résilier !). Une prime d'un million de dollars en cas de perte définitive d'un membre... Ça lui a permis de voir venir, de réinvestir ses capitaux dans d'autres activités, et de mettre sur pied le Club des Dévorés Vifs, la seule chose qui l'intéresse encore aujourd'hui. La seule chose qui le maintienne vivant et l'empêche de se tirer une balle dans la bouche.

*

Il s'est réinstallé au volant. La Sedan roule doucement entre les massifs de poivriers sauvages et les pins d'Australie. Le fauteuil plié sur la banquette arrière, il a repris son apparence d'homme normal. Les femmes lui sourient. Elles ont, en l'apercevant, une sorte d'étincelle avide au fond des yeux. Une lumière qu'il connaît bien, qui lui fait chaud.

Il se donne l'illusion d'être encore normal. D'être encore entier. Le feu de la haine lui acidifie l'estomac. Il se vengera, ce n'est plus qu'une question de temps, et ce n'est pas cette petite conne de Peggy Meetchum qui lui mettra les bâtons dans les roues. Il y veillera.

D'ailleurs, ses gars et lui n'ont plus grand-chose à perdre.

4

Peggy doit ralentir car elle arrive à la hauteur de la propriété qui sert de siège à l'EAC. Sa colère est en partie tombée, et elle se demande si, après tout, elle ne s'est pas enflammée un peu artificiellement dans le seul but d'oublier le problème du tube d'acier découvert dans l'épave.

Plus elle y réfléchit, plus elle est persuadée qu'il s'agit d'une nouvelle machination de Boyett. Veut-il, par ce moyen, lui faire comprendre qu'il peut la compromettre aux yeux de la DEA ? Ce serait assez dans son style. Que contient le flacon ? De la morphine... ou simplement de l'eau distillée ? Elle aurait bonne mine si elle se pointait chez les flics avec une bouteille remplie d'eau du robinet. C'est pour le coup qu'elle passerait pour cinglée !

Elle immobilise le véhicule devant l'entrée du Club des Dévorés Vifs. C'est une belle maison dans le style Bahamas années 50, avec des jalousies à toutes les fenêtres. C'était jadis un bordel, comme en témoignent les coquilles Saint-Jacques renflées, sculptées dans le bois des poutres, des rambardes, et dont la fonction était de prévenir les matelots de la véritable nature du lieu. Le jardin n'est plus entretenu depuis longtemps, et les gumbo-limbos ont proliféré, noyant la véranda dans une jungle de branches ramifiées à l'excès qui dissimulent les fenêtres du rez-de-chaussée. Les raisiniers ont fait le reste.

La jeune femme remonte l'allée cimentée. Boyett a fait enlever les gravillons et couler une dalle pour faciliter l'accès aux handicapés. Les graviers déstabilisaient les béquilles. Il a aussi installé un pan incliné qui permet aux fauteuils roulants d'atteindre aisément la véranda. Une plaque de cuivre bien astiquée brille au soleil.

EATED ALIVE CLUB, ça sonne comme une mauvaise blague mais il ne faut pas s'y tromper, les gens qui entourent Boyett sont du bois dont on fait les fanatiques. Incapables de se réinsérer dans la société après leur accident, ils s'accrochent à leur revanche. Larker Boyett est leur gourou, ils sont ses féaux, ses commensaux, ses croisés. La haine du requin leur tient lieu de tables de la loi. Peggy ne les aime pas. Ils ont souffert, c'est vrai ; leur vie a été saccagée, c'est également vrai, mais ils se servent de leur infirmité comme d'un passe-droit qui les affranchirait pour l'éternité des lois communes. La jeune femme pense que c'est un alibi un peu facile.

Elle escalade le pan incliné. Borowsky est là, dans le vestibule, un bidon de cire à la main : il astique une table espagnole. Il approche de la trentaine, il a été champion de surf avant le drame, il aurait pu devenir une vedette internationale sponsorisée par les plus grandes marques américaines, mais, un beau matin, un requin tigre a réduit sa planche en miettes et lui a arraché le pied gauche avant de le mordre à la poitrine. Borowsky en conserve une horrible cicatrice qu'il exhibe avec fierté, comme tous les membres du club. « 400 points de suture », annonce-t-il fièrement lorsqu'il surprend un regard braqué dans sa direction. On dirait la créature du baron Frankenstein. Son torse, ouvert en deux dans le sens de la hauteur, a été en partie broyé par les mâchoires du requin capables de déployer une pression de 3 tonnes au centimètre carré. Le sternum enfoncé, les côtes en miettes, tout a été remis en place tant bien que mal, et le résultat n'est pas un chef-d'œuvre d'esthétique, il faut bien l'avouer. Le plus effrayant, c'est la marque des dents, en creux, un pointillé qui s'étend depuis le haut de la hanche jusqu'au creux de l'aisselle. On a l'impression que Borowsky s'est enfui d'une salle de dissection en cours d'autopsie... et qu'il s'est recousu lui-même, avec les moyens du bord.

Tous les membres du Club sont pareillement marqués. Boyett les encourage à refuser le port des prothèses. Peggy juge cet exhibitionnisme malsain.

— Il est pas là, grogne l'ancien surfeur en lui jetant un coup d'œil hargneux. L'est parti distribuer les brochures. Va pas tarder à rentrer.

La jeune femme pénètre dans la demeure qui sent l'encaustique. Décoration maritime. Beaucoup d'objets en cuivre : sextant, boussole, astrolabe, longue-vue. Aux murs : des mâchoires de requin, grandes, petites, ou gigantesques, avec des étiquettes qui pendent, les mêmes qu'on attache aux pièces à conviction dans les procès. Boyett veut sans doute suggérer de cette façon qu'il s'agit d'armes mortelles. Au-dessus du bar, on a aligné les photographies de blessures, encadrées telles des gravures anglaises. Difficile de les regarder sans se sentir gagné par la nausée.

— Pourquoi vous revenez ? grogne Borowsky. Vous savez bien qu'on ne peut pas adhérer au Club si l'on n'a pas subi au moins 200 points de suture.

En plus c'est vrai ! C'est bel et bien la condition *sine qua non* posée par Larker Boyett afin d'écarter les aventuriers en mal de sensations fortes. Pour être inscrit sur les listes du groupe, il faut pouvoir faire la preuve d'une amputation majeure ou porter, inscrite dans sa chair, la trace d'une morsure de première grandeur. La hiérarchie du Club est fondée sur l'importance de la blessure subie et des dommages psychologiques qu'elle a entraînés :

chômage, divorce, impuissance sexuelle, perte de statut social, ruine. Les adhérents apprécient beaucoup ce classement qui, pensent-ils, leur rend enfin justice.

« Considérez vos plaies comme des galons gagnés au combat ! » leur répète Boyett, qui n'est pas — paradoxalement — le plus marqué du groupe. Toutefois, il reste le fondateur du Club, et ses moyens financiers lui permettent de tirer les ficelles en toute indépendance. Sa conversation est pleine de métaphores guerrières, il aime se donner des airs de général embusqué au fond de son bunker et préparant quelque sanglante contre-offensive. Il a bien manœuvré, et ses adhérents le vénèrent comme un dieu vivant. D'ailleurs il subvient aux besoins de nombre d'entre eux, que leurs infirmités avaient condamnés à la clochardisation faute d'une bonne assurance. Il a regroupé autour de lui une douzaine de victimes qui lui doivent tout, et dont il a fait sa garde prétorienne.

Peggy s'assied dans un fauteuil en rotin. Des piles de brochures d'information encombrent le plancher. Boyett se sert de ces tracts pour répandre la panique chez les vacanciers. Il distille un mélange savant d'hystérie et d'anecdotes véridiques mais qui, tirées de leur contexte, prennent un tour effrayant. Il généralise à outrance des accidents exceptionnels, misant sur le sensationnalisme des clichés qu'il a collectés ici et là.

Peggy entend la Cadillac du maître des lieux s'arrêter devant la maison. Elle se raidit, prête à l'affrontement. Elle doit rester calme car Boyett se contrôle à merveille. On dirait même qu'il n'a pas de nerfs. Elle entend Borowsky chuchoter : « L'autre conne, la Meetchum, elle est encore là... »

Le fauteuil roulant crisse sur le pan incliné.

— Chère ennemie, s'exclame Boyett en franchissant le seuil. Quelle joie de vous accueillir, êtes-vous venue me dire que vous acceptez enfin ma proposition ?

Il est très beau, et Peggy éprouve toujours un petit choc au creux du ventre quand elle le voit. Il est rare de rencontrer un spécimen d'humanité masculine aussi somptueux. La perfection de ses traits lui a épargné ce côté efféminé — équivoque — qu'ont souvent les mâles trop séduisants. Il ne se donne même pas la peine de charmer; en fait il se comporte comme un moine, un ermite, détaché à jamais des attraits de la chair féminine.

D'un signe de la main, il signifie à Peggy de passer dans son bureau. La pièce sent la fumée de cigare et l'eau de toilette Armani. Les lambris sont tapissés de photographies de mode. On y voit Boyett faisant la couverture de différents magazines. Boyett posant pour des publicités de sous-vêtements, d'eaux de toilette, de cravates ou de chaussures. Cet étalage est un peu insistant. On comprend bien qu'il est là pour souligner tout ce que le président du Club a perdu. D'autant plus qu'on a malicieusement intercalé entre ces photos des clichés pris à l'hôpital, et montrant Larker sur son lit de souffrance, les traits tirés.

Peggy attaque bille en tête, elle parle du piège en forme de mâchoire déposé dans son jardin. Boyett l'écoute en hochant la tête tel un médecin qui prend mentalement note des symptômes d'un malade.

— Je ne suis pour rien dans cette histoire de piège à loup, affirme-t-il. Je pense que c'est là le fait d'éléments du Club incontrôlés. Je ne suis pas un chef militaire, je n'ai aucun pouvoir sur ces gars-là.

Il ment, bien sûr.

— Je comprends que vous deveniez nerveuse, reprend-il. Le danger n'est pas à négliger. Mais plus vous tarderez à nous aider, plus l'exaspération de mes pauvres compagnons ira croissant. Ces types ont tout perdu, ils sont devenus des objets de répulsion pour leur femme, leur petite amie, voire leurs enfants. On les a chassés de leur emploi parce qu'un infirme fait fuir les clients. Comment leur reprocher d'avoir envie de mordre, eux qui ont été déjà tellement mordus ?

Peggy pousse un soupir ostensible pour signifier qu'elle n'est pas dupe de ces grosses ficelles de télévangéliste.

— Aidez-nous, murmure Boyett en la fixant dans les yeux. C'est en votre pouvoir, ce sera pour vous l'occasion de faire une bonne action.

Peggy sait ce qu'il veut. Afin de payer les dernières traites de l'emprunt qu'elle a souscrit pour acheter « l'épave », elle a accepté d'assurer la surveillance d'un parc à requins. C'est un simple boulot de concierge qui consiste à vérifier les systèmes de sécurité et à contrôler la forme physique des squales évoluant à l'intérieur d'un périmètre délimité par des filets électrifiés. Les animaux sont la propriété d'un laboratoire pharmaceutique qui les utilise pour des greffes de cornée ou de peau, des études sur le squalène. Ce n'est rien d'autre qu'un vivier géant dont, trois ou quatre fois dans l'année, on sort un spécimen pour le convoyer vers un laboratoire de Miami, ou plus loin encore. En tant que plongeuse professionnelle, Peggy semblait toute désignée pour assurer la maintenance de l'enclos. Elle a posé sa candidature sans y croire ; on l'a recrutée immédiatement. Par la suite, elle a appris qu'elle avait été l'unique postulante. C'est un travail de routine, sans grand danger si l'on s'entoure des précautions nécessaires. Jamais on ne lui demande de plonger au milieu des squales, elle est seulement là pour les nourrir et s'assurer que le filet de protection qui les isole de l'océan ne s'abîme pas. Quand l'un des animaux est malade, elle doit téléphoner au laboratoire qui dépêche un spécialiste. Certains des requins s'ébattant dans l'enclos valent très cher, en raison des traitements qu'on leur fait subir. Au début, Brandon s'était mis dans la tête qu'il s'agissait d'expériences militaires, elle lui a répondu que c'était idiot. Le Pentagone n'aurait pas recours à des civils pour surveiller ses investissements.

— Vous savez ce que je veux, dit Boyett d'une voix sourde de prédicateur filmé en gros plan à l'occasion d'une émission religieuse. Donnez moi l'un de vos requins. Ou plutôt : vendez-moi l'un de vos requins, je vous le paierai un bon prix. J'en ai besoin pour ma thérapie.

— C'est absurde, siffle Peggy. Je n'en ai pas le droit et, de toute manière, vous n'êtes pas psychiatre. Vos méthodes ne reposent sur aucun fondement scientifique.

— C'est sûr, ricane Boyett. Moi, je n'ai pas appris dans les livres. Ce que je sais, je l'ai compris dans l'eau, au moment où l'on m'arrachait la jambe. C'est une autre sorte d'examen, vous ne croyez pas ?

La jeune femme s'applique à respirer lentement. Il est doué. Aucun argument ne le désarçonne.

— Votre entêtement devient suspect, souffle Larker. Je me demande s'il ne faudrait pas y voir une sorte de racisme. Le racisme envers les infirmes, on n'en parle jamais, mais il existe. Dès qu'on n'est plus complet, on passe de l'autre côté du miroir, on devient un mutant qui fait peur aux enfants. Je vous dégoûte, c'est ça ?

— N'essayez pas de me culpabiliser, dit Peggy, ça ne marchera pas. Je ne peux pas toucher aux requins de la réserve, certains valent une fortune. On les a bourrés d'implants, on leur a greffé des glandes ou je ne sais quoi. Leurs ailerons sont utilisés pour traiter les grands brûlés...

— Ça, c'est ce qu'on vous raconte, pour vous donner bonne conscience, insinue Larker. En réalité, ils alimentent bêtement l'industrie des cosmétiques. En fait de grands brûlés, ils servent à fabriquer des pommades antirides. Ce n'est pas de la recherche médicale, c'est de la foutaise.

— Nous avons déjà eu cette discussion, laissez tomber. Je ne prendrai pas le risque de me retrouver en prison pour vos beaux yeux. Si vous voulez un requin, allez le pêcher en haute mer. Il y a des tas de skippers qui vous loueront leur bateau et le matériel nécessaire.

Boyett soupire et manœuvre son fauteuil d'infirme dont les roues crissent sur le plancher.

— En haute mer, vraiment ? fait-il en levant les sourcils. Avec ma bande d'éclopés ? Vous nous voyez en train de manipuler des cannes, de hisser un squale à bord ? Vous ne comprenez pas que la mer nous fout une trouille de tous les diables ? Qu'à l'idée de grimper de nouveau sur un bateau nous chions dans notre froc ?

Il s'approche de la jeune femme. La pénombre qui règne dans la pièce accentue son charme de beau ténébreux.

— Votre réserve à la gomme, insiste-t-il, c'est comme une grande poissonnerie. C'est encore à notre portée. Pas besoin de bateau d'expédition en mer. Il suffit d'un gros container rempli d'eau salée et d'un camion. Une fois le requin capturé, nous le ramènerons ici, dans la piscine qui est derrière la maison. Je l'ai fait remplir d'eau de mer. C'est un sacré bassin, votre bestiau y sera à l'aise.

— Et qu'en ferez-vous ?

— Vous le savez bien. Nous nous rassemblerons, moi et mes gars, autour de la piscine, chacun armé d'un harpon, comme au temps des hardis baleiniers de Nantuckett, et nous commencerons à le larder de coups. C'est foutrement résistant, un requin, avec une peau pas facile à entamer. Quand on essaie de le harponner, c'est comme si on tapait dans un mur... ou dans un pneu de tracteur ; ça ne semble pas vivant. Mais c'est ce que nous voulons, ça sera plus long, pour lui... et pour nous. L'attente, c'est déjà la moitié du plaisir.

— Vous êtes dingue.

— Non. C'est ça ma thérapie. La revanche, la revanche longuement savourée. Je vois ça d'ici. Peu à peu, la piscine se remplira de son sang, et ce connard de poisson commencera à s'autodévorer.

Vous savez qu'un requin blessé s'attaque à lui-même ?

— Parfois, oui. C'est l'odeur du sang qui le rend fou. Il se mutile la queue.

— Nous le mettrons en charpie à coups de lances, de gaffes, de piques ; bref, de ce qui nous tombera sous la main... Quand il sera tout à fait mort, nous le mangerons. Cru, à mains nues, pour lui rendre la monnaie de sa pièce. Et quand ce sera fait, alors nous pourrons recommencer à vivre. La malédiction prendra fin.

Boyett se tait. Il respire difficilement. La sueur fait briller son visage. « Il est fou », pense Peggy. Elle devine qu'il fait fausse route, que le sacrifice du squale ne le guérira pas. Il ne s'agit ni d'un envoûtement ni d'une cérémonie vaudou, mais d'une belle psychose solidement structurée. C'est pour cela qu'il est dangereux. Qu'ils sont dangereux, tous.

Il pose sa main sur celle de la jeune femme. Peggy s'en veut de laisser échapper un frémissement. Elle aurait voulu rester impassible, mais il est trop bel homme, ce genre de type qui n'existe d'ordinaire que sur les écrans des cinémas.

— Peg, chuchote-t-il, vous ne voulez vraiment pas nous aider ? Nous permettre d'échapper à cet enfer où nous croupissons, mes compagnons et moi-même ?

Sa main est brûlante. La jeune femme sent son visage s'embraser car elle vient d'imaginer cette paume sur son ventre, entre ses cuisses... et elle sait qu'il le sait. Elle se lève pour rompre le contact. Trop précipitamment.

— Je ne crois pas en votre thérapie, lâche-t-elle. Je comprends ce que vous endurez mais ce massacre ne servira à rien. Après avoir tué ce requin, vous découvrirez que vous êtes aussi mal qu'avant. Alors vous voudrez en tuer un autre, et encore un autre... Vous deviendrez comme ces chasseurs blancs du Kenya qui exterminaient les panthères, au début du siècle, parce que l'une d'entre elles les avait rendus boiteux. Le génocide ne vous rendra pas ce que vous avez perdu.

Boyett rit doucement. Un rire sourd qui roule dans sa poitrine.

— Peg ! Peg ! dit-il, pitié ! ne me servez pas cette vieille soupe, ce prêchi-prêcha de dame pieuse, pas vous... Je sais que vous êtes une survivante, comme moi. Vous avez passé de sales moments et vous avez bien failli ne plus jamais sortir de la parenthèse où vous étiez enfermée. C'est faux ? Après l'assassinat de votre sœur vous avez sacrément déconné. On en parle encore dans certains bars assez spéciaux. Vous avez été très près de basculer dans le trou noir. Ici, au Club, nous en sommes encore là... Au fond de la nasse, au fond du puits. Si nous ne tentons rien, nous finirons par nous faire sauter la tête au fusil de chasse. Quelqu'un comme vous devrait comprendre ça. Je sais que vous êtes une sympathisante, même si vous le cachez. Alors je vous le redis : aidez-nous. Vendez-moi ce requin. Le prix importe peu.

— Merde ! s'emporte la jeune femme. Ce n'est pas le vivier d'un restaurant de Miami Beach. On n'y puise pas comme ça. Il y a un registre des entrées. Si l'une de ces bestioles tombe malade, je dois aussitôt tirer la sonnette d'alarme et un vétérinaire débarque en hélicoptère dans les deux heures qui suivent. Votre foutu requin, les types des laboratoires verraient tout de suite qu'il est porté manquant.

Boyett hausse les épaules.

— Ça peut s'arranger, élude-t-il. Il suffit d'ouvrir un trou dans le filet qui délimite l'enclos. Ça vous fera un alibi.

— Peut-être s'il s'agissait d'une bête faisant un numéro dans un quelconque seaquarium pour touristes, mais pas dans le cas présent. Pas quand le requin en question représente un tel investissement. Il y aura une enquête, je serai virée. J'ai besoin de cet argent.

— On peut discuter d'une compensation...

— Non. Fichez-moi la paix. Et dites à vos sbires de ne plus rôder autour de chez moi.

Boyett lève les mains au ciel pour signifier qu'il est impuissant devant ce genre de chose.

— Je ne les contrôle pas, fait-il d'un ton qui n'a plus rien d'aimable. Ce sont des gars un peu dérangés, instables, aux réactions émotionnelles excessives. C'est vrai qu'ils peuvent se laisser aller à des initiatives dangereuses, mais qu'y puis-je ? Ils comprendraient mal que j'intervienne en faveur d'une femme qui s'obstine à être notre ennemie... et qui affiche un tel dégoût pour les infirmes.

— Plus de pièges dans mon jardin, martèle Peggy. Plus de sang à transfusion dilué dans l'eau quand je suis en plongée... ou bien je porte plainte pour de bon.

Boyett a un sourire méchant.

— Les flics ne vous écouteront pas, Peg, siffle-t-il. Vous avez mauvaise réputation dans l'île. Vous savez bien : toutes ces histoires qu'on raconte dans les bars...

La jeune femme lui tourne le dos et quitte le bureau. Borowsky ricane en la voyant passer. Dans le jardin, trois infirmes boivent de la bière en exposant leurs cicatrices de morsure au soleil. Des touristes les photographient. Les séides de Larker Boyett prennent complaisamment la pose.

Peggy grimpe dans la Dodge. La colère l'étouffe. Elle n'est pas idiote, elle a parfaitement perçu les menaces de Boyett. Il prépare une nouvelle saloperie. Il va la harceler, jusqu'à ce que les choses finissent mal.

Elle démarre. Au moment où elle s'engage dans le flot des voitures, elle réalise qu'elle ne lui a pas parlé du cylindre de métal découvert dans l'épave.

5

Brandon écoute les bruits de la maison. Il est allongé sur le lit de cuivre, sous le ventilateur dont les pales ne brassent pas l'air assez vite pour apporter une quelconque amélioration à la moiteur régnant dans le bungalow. Peggy est partie à Miami faire le tour des agences de tourisme, qui enregistrent les inscriptions des vacanciers en vue de la prochaine plongée. C'est une routine qui ennuie Brandon. « Je suis fait pour vivre dans l'extrême, se plaît-il à répéter. Dès que l'intensité baisse, je préfère entrer en hibernation. »

Il a toujours été comme ça. Même dans son enfance. On disait qu'il avait le diable au corps. C'était faux, il éprouvait juste une terreur panique à l'idée de s'ennuyer. L'ennui c'est l'antichambre de la mort, quand ça lui tombe dessus il a l'impression d'être en train de devenir un zombie coupé du monde des vivants. Il serait prêt à se lancer dans n'importe quelle connerie pourvu que le manège se remette en marche. C'est ce qui l'a conduit à devenir cascadeur... Le besoin de vivre perpétuellement en « avance rapide ». Il n'a pas la moindre patience. Il n'ouvre jamais un livre. Il a le plus grand mal à regarder un film jusqu'au bout. Il est incapable d'attendre qu'un plat soit cuit à point.

— Tu abrèges, lui reproche Peggy, tu zappes, tu ne prends jamais le temps.

Il entend bouger dans la salle de bains, c'est Ma'Jameson, une vieille bonne femme un peu dingue qui vient faire le ménage. Elle a l'obsession des cyclones ; chaque fois qu'elle s'amène ici, elle vérifie que Peggy a bien mis à jour sa panoplie d'ouragan : les conserves, l'eau minérale, les piles pour le transistor. Elle perquisitionne dans l'armoire à pharmacie pour faire la chasse aux médicaments périmés qu'elle collecte pour d'obscures œuvres de charité.

Brandon se moque souvent d'elle à ce propos.

— Vous allez les tuer, les pauvres, si vous leur filez ces saloperies ! ricane-t-il. Mais c'est peut-être ce qu'ils veulent, les mecs qui dirigent ces organismes. Si ça se trouve, ils travaillent pour la CIA.

Ma'Jameson se défend avec vigueur, lui reprochant son manque de cœur. En ce moment, elle est encore en train d'examiner bouteilles et flacons, ses lunettes de lecture au bout du nez. Brandon la soupçonne de piquer des comprimés dans les tubes de tranquillisants pour son usage personnel. Il pense que la vieille est accro à la codéine et qu'elle a inventé cette histoire d'œuvre de charité pour se couvrir. Il est à peu près sûr qu'elle vole également des préservatifs pour ses petits-fils, car elle a la terreur du sida. C'est une maigre femme aux cheveux bleutés, aux allures d'infirmière retraitée, très digne. En réalité, elle n'a aucune connaissance médicale et aurait même un léger penchant pour le rhum.

Brandon se lève, nu. Il espère que son irruption va mettre en fuite la bonne dame. Il est assez beau, genre Elvis dans ses débuts, une goutte de « King Creole » dans le sang. 6 pieds 1 pouce. En dépit de son passé tumultueux de cascadeur, il n'a pas une cicatrice sur le corps, et pourtant il n'a jamais pris la moindre précaution.

— Je faisais les trucs les plus dingues, a-t-il expliqué à Peggy lorsqu'il l'a rencontrée. Je te montrerai des cassettes où on me voit.

Et il a cité des films célèbres, énumérant les scènes d'action où il a pris la place de la vedette.

— Tous ces mecs qui jouent les héros sur l'écran, a-t-il complété, ce sont de sacrés trouillards. Z'ont deux petits pois collés au fond du slip à la place des couilles. Dès qu'il y a un poil de danger, ils remontent dans leur caravane pour se faire polir les ongles par une manucure. Et dire qu'il y a des gens qui les prennent pour des surhommes !

Brandon ne ment pas ; des risques, il en a pris beaucoup. Beaucoup trop. Il a fait des choses invraisemblables, folles, suicidaires, sans jamais écoper d'une éraflure. Avec sa voiture, il a heurté des murs de brique, s'est jeté dans le vide depuis le quatrième étage d'un parking, il a roulé dans un canal rempli de pétrole enflammé. Il a même été parachuté d'un avion à cheval sur une *Harley-Davidson* !

— Je sais conduire tout ce qui a un moteur, dit-il. Bateau, avion, bulldozer, n'importe quoi.

Les metteurs en scène l'appréciaient parce qu'il n'hésitait devant aucune prouesse. Souvent, même, il en rajoutait, corsant l'idée initiale. Il semblait parti pour faire une sacrée carrière, mais les choses ont mal tourné.

Un type avec qui il devait faire une cascade à l'intérieur d'un camion en flammes s'est tué au cours de la séquence. On a murmuré que c'était la faute de Brandon qui — une fois de plus — avait cédé à la tentation d'en faire trop. Il y a eu une enquête, suite à la plainte déposée par la veuve du pauvre mec, mais il a été blanchi.

« Une simple fausse note, a-t-il pensé, ce sera bientôt oublié. »

Il se trompait. Il a eu un deuxième accident, avec un hélicoptère tombant dans la mer. La fille qui l'accompagnait s'est retrouvée avec la colonne vertébrale brisée. Paralysée à vie, elle a préféré se suicider une semaine après sa sortie de l'hôpital.

« Un porte-poisse... Ce mec-là porte malheur, faut pas s'en approcher. » Voilà ce qu'on a commencé à murmurer dans les studios. Il est devenu celui qui s'en tire toujours par miracle alors que les autres y laissent leur peau.

— Il y a des gens comme ça, a décrété une actrice frottée d'occultisme. On pourrait presque croire qu'ils ont passé un pacte avec le diable pour se tirer des pires situations. La mort ricoche sur eux. Au lieu de les atteindre, elle touche quelqu'un d'autre. Oui, c'est ça, ils font dévier le danger vers une victime innocente. Généralement on dit qu'ils ont de la chance, mais on se trompe, c'est autre chose. En réalité, ils se débrouillent pour que les innocents meurent à leur place.

Brandon sait que tout cela est absurde, hélas les gens de cinéma sont superstitieux. Dès que le bruit a commencé à courir, certains acteurs, plusieurs cascadeurs ont refusé de travailler avec lui. Quand il a demandé des explications, on lui a répondu :

— Tu es incontrôlable, tu fiches la trouille aux gens de la profession, voilà ! Ils n'ont plus confiance en toi, tu la joues trop perso. Tu cherches à te mettre en vedette sans jamais penser aux règles de sécurité. Même un cascadeur qui a les burnes aussi grosses que des pamplemousses doit savoir jusqu'où aller trop loin.

Brandon a tout de suite compris qu'on s'en tiendrait désormais à cette version. En réalité, on voyait en lui un porte-guigne.

Pour gagner sa vie, il a accepté de tourner au Mexique, dans des conditions effroyables, sans garantie de sécurité, même la plus élémentaire. Malheureusement, là aussi, les choses sont allées de travers. Un autre de ses partenaires s'est tué au cours d'une séquence d'escalade. Brandon, lui, s'en est tiré par miracle. Au lieu de tomber dans le vide, comme son coéquipier, il a atterri sur une saillie de la roche, à 3 mètres à peine au-dessous de l'endroit où la corde qui les retenait s'est rompue.

On a parlé de mauvais œil, de chance insolente (une sur un million !). Encore une fois cette stupide histoire de « ricochet » a circulé de bouche en bouche. *Brandon Clare, l'homme sur qui la mort rebondit avant de s'en aller frapper quelqu'un d'autre !* Connerie !

Ce qu'on lui reproche, en fait, c'est d'être né sous une bonne étoile, d'avoir la chance dans le sang.

Il a dû repasser la frontière, apprendre à vivre dans une caravane comme tous les paumés. Comble de malchance, un jour qu'il avait pris une fille en stop au bord de la route, un Mack chargé de poutrelles leur est rentré dedans sur la Tamiami trail. La gamine a été tuée sur le coup, Brandon s'est extirpé du tas de ferraille sans une éraflure. Il y avait heureusement des témoins, et sa responsabilité n'a pas été mise en cause, mais il a conservé de cette nouvelle aventure une mauvaise impression. « Et si c'était vrai ? » s'est-il surpris à penser la nuit dans son lit repliable, à l'arrière de la caravane du trailers park.

— T'y peux rien, gars, lui a dit un vieux machiniste, un dinosaure qui travaillait déjà aux studios du temps des films en noir et blanc. C'est ta malédiction. Quand il pleut sur toi, ce sont les autres qui sont mouillés.

*

Brandon fait irruption dans la salle de bains, mais il rate son effet. Ma'Jameson lève les yeux au-dessus de ses lunettes de lecture pour examiner son pénis. Elle prend un air blasé pour lui faire comprendre qu'elle en a vu d'autres. Elle radote quelque chose à propos des médicaments périmés.

— Vous gardez trop de flacons sans étiquette, c'est dangereux, vous risquez de vous tromper et de vous empoisonner. Il ne faut jamais laisser les étiquettes écrites par le pharmacien se décollcr.

Brandon ne l'écoute pas, improvise un pagne avec une serviette de bain et passe dans la cuisine pour boire un café.

— Laissez tomber, crie-t-il à l'intention de Ma'Jameson. Rentrez chez vous, vous en avez assez fait pour aujourd'hui.

Il n'aime pas l'avoir dans les pattes.

La vieille renonce à trier les bouteilles et part en grommelant qu'ils n'auront qu'à s'en prendre à eux s'ils finissent par s'intoxiquer en avalant des remèdes périmés. Brandon ricane. Une porte claque. La Pinto de la mégère démarre dans un grand bruit de ferraille. Brandon peut enfin siroter son café cubain.

Il songe à sa rencontre avec Peggy, dans un bar à vin. Ce soir-là, ils étaient tous deux bien imbibés. Il connaissait Peg de vue. On racontait des choses à son propos : qu'elle était dingue, glauque. Certains la rangeaient dans la catégorie des dominatrices, d'autres voyaient en elle une vicieuse : « C'est le genre de fille à n'atteindre l'orgasme que dans un avion en flammes, chuchotait-on, à consommer avec modération. »

Ils se sont raconté leurs décalages mutuels. Elle, sa sœur assassinée, lui, sa malédiction.

— Faut pas m'approcher, a-t-il murmuré, j'attire le danger comme le paratonnerre attire la foudre.

— Ça tombe bien, a-t-elle soufflé. Il n'y a que la peur qui me maintienne en vie.

Voilà, leur association s'est bâtie sur ces bases. Elle est plus vieille que lui, mais ça ne se voit pas trop car elle est bien conservée pour une fille de 31 ans. C'est une marginale qui n'est pas encore parvenue à retomber sur ses pieds, ça la rend agréable à vivre. Jusqu'à sa rencontre avec Peggy,

Brandon n'avait jamais réussi à vivre plus d'une semaine avec une femme. En règle générale, il les trouve chiantes, trop sérieuses, dépourvues d'humour et de fantaisie, obsédées par les responsabilités et les tâches ménagères. Il n'a jamais su quoi leur dire... mais avec Peg, les choses sont différentes. Là où une autre deviendrait agent immobilier pour gagner sa vie, Peggy fabrique des épaves en plastique. C'est cool.

Brandon pense à la conversation qu'ils ont eue la veille au soir. Cette histoire de cylindre métallique caché dans l'épave. Elle a décidé d'y voir une machination de Boyett visant à la ridiculiser aux yeux des flics. Peut-être bien. Mais c'est pas sûr.

Depuis un moment, Brandon cherche une combine pour se remettre à flot. Il n'a pas envie de devenir guide touristique sous-marin, c'est trop pépère, ça ne l'exalte pas. Ce serait mieux si les requins attaquaient, mais cela n'arrive jamais. Au début, quand il accompagnait Peg, il scrutait le fond, le fusil-harpon à la main, attendant qu'un squale surgisse pour en découdre. Ne voyant rien venir, l'ennui l'a saisi.

Pourtant il ne manque pas d'idées. Ainsi, la réserve où sont entreposés les squales du laboratoire lui a inspiré un trait de génie : pourquoi ne pas s'entendre avec les barons de la drogue de Miami et leur proposer d'y faire disparaître les corps encombrants ? Les requins n'en laisseraient pas une bouchée. Il suffirait de lui livrer les cadavres à la nuit tombée. Il se chargerait alors de les pousser dans le bassin...

Quand il a exposé son plan à la jeune femme, elle a choisi de considérer la chose sous l'angle de la plaisanterie.

— De toute manière, ça ne marcherait pas, a-t-elle déclaré. Les requins ne mangent pas tous les jours. Ils ont un cycle digestif très lent, en grande partie parce qu'ils ne mâchent pas les aliments. Par conséquent leur estomac reste longtemps rempli. C'est la raison pour laquelle on a parfois retrouvé dans leur ventre des débris corporels datant déjà de plusieurs semaines. Tes cadavres se décomposeraient bien avant que nos pensionnaires en aient fini avec eux. Et puis les morts ne bougent pas... Or les requins préfèrent attaquer les proies en mouvement.

Brandon n'a pas insisté. Il ne faut jamais demander leur avis aux femmes. Elles sont trop raisonnables, ça les empêche de se lancer. C'est pour ça qu'elles sont toujours restées dépendantes des hommes. Elles manquent de folie.

Il se verse une nouvelle tasse de café. Il n'a plus d'argent et il ne veut pas être entretenu. Il lui faut mettre quelque chose sur pied le plus vite possible.

« Et si j'allais voir Boyett ? pense-t-il. Si je proposais au Club de lui vendre le foutu requin qu'il attend depuis si longtemps, à l'insu de Peg, bien sûr. »

Mais il hésite. C'est une idée bancale. Il ne connaît pas grand-chose aux requins. Il pourrait bien sûr plonger dans la réserve pendant que la jeune femme s'occupe d'un groupe de touristes, mais comment capturer un squale sans l'aide de personne ? Car ce ne sont pas les béquillards du Club qui pourront lui prêter main-forte pendant l'opération ! Quand les toubibs du laboratoire viennent chercher un spécimen, ils débarquent avec une équipe de spécialistes. Ils utilisent des aiguillons électriques pour forcer le requin à entrer dans un container. Les mecs plongent à trois, habillés de combinaisons couvertes d'anneaux métalliques, comme les cottes de mailles des chevaliers du Moyen Âge. Un jour, Brandon a enfilé l'un de ces costumes de protection, il pesait au moins 15 kilos ! Une étiquette précisait que chacun d'entre eux était composé de 600 000 anneaux. En dessous, par mesure de sécurité, on revêt un maillot en

Kevlar, la matière dont on fait les gilets pare-balles. Les dents des requins ne peuvent ni crever ni déchirer ce tissu synthétique.

— Il ne faut pas se leurrer, a soupiré Peggy, c'est indéchirable, c'est vrai, mais ça ne protège pas de la pression des mâchoires. Si l'on n'est pas mordu, on n'en est pas moins broyé. N'oublie jamais que les mâchoires du requin développent une pression de 3 tonnes au centimètre carré. C'est comme d'être pris dans une presse hydraulique. La chair compressée éclate comme celle d'une saucisse qu'on serrerait entre ses doigts.

Pour toutes ces raisons, Brandon s'imagine mal descendre seul dans le bassin. Et puis il n'aime pas Boyett car il devine que Peg n'est pas insensible au charme du bel infirme.

Quoi qu'il en soit, il lui faut du fric. Une mise de fonds pour se remettre à flot. Il aimerait mettre au point une sorte de cirque du danger où des mecs prendraient des risques incroyables sous les yeux du public. Il serait leur patron, et cette fois personne ne pourrait le mettre dehors. Il appellerait ça *le rendez-vous des gladiateurs*. Ça en jetterait un max. Il y aurait du sang sur la piste chaque soir, et le public se battrait à l'entrée. Dans sa tête, il a commencé à échafauder des numéros. Des accidents automobiles non truqués, par exemple, sur lesquels on pourrait parier. Des voitures se heurtant de plein fouet. Les conducteurs ne portant ni casque ni ceinture de sécurité. Il y aurait un gros paquet à gagner et il a la certitude qu'il recruterait vite des volontaires dans le public.

Il doit faire un effort pour reprendre le fil de ses réflexions.

Hier soir, Peggy lui a parlé du container de métal brossé. Elle a évoqué la possibilité d'une embrouille imaginée par Boyett. Brandon, lui, penche plutôt pour le trafic de substances illégales. Pas forcément la drogue, non, peut-être l'espionnage industriel.

Ou alors un médicament miracle dont la *Food and drug administration* refuserait l'entrée sur le sol des États-Unis.

Ils ont failli se disputer. Brandon voulait aller déterrer le truc, Peggy refusait. Il a fini par la convaincre. Ils sont allés creuser au pied du palmier, mais la bouteille en elle-même, pleine de liquide incolore, n'a rien d'excitant. Comment savoir ce qu'elle contient ? Pas possible de la faire analyser par un labo, alors ?

Brandon pense à Burly Sawyer. Un ermite qui vit au milieu des Everglades, autrement dit Bouillasse-ville, au sud de Miami, là où la cité se désagrège pour céder la place aux champs de citrouilles. Burly tient le milieu entre le sorcier indien et le bonze sur le point de s'immoler par le feu. Il a beaucoup voyagé, il sait des choses, il a vu des trucs dingues. Il était snipper au Viêt-Nam, il vivait dans les arbres, déguisé en singe, son fusil en travers des cuisses. Par la suite, il n'a jamais vraiment réussi à redescendre sur terre.

Une impulsion pousse Brandon à aller demander conseil à Burly. Ça représente un long chemin en voiture pour remonter les Keys et rejoindre Miami mais il ne voit pas à qui d'autre s'adresser... et puis il n'a rien de prévu aujourd'hui. Ni demain, du reste. Ni les autres jours.

Il s'habille, récupère le container dans le freezer où il était planqué et saute dans sa voiture, une vieille Buick Century.

Pendant le parcours, il ne pense à rien. Il est capable de faire le vide, ça le débranche du réel au point qu'il lui arrive de perdre la notion du temps. Quand il arrive au terme du trajet, il a l'impression de s'éveiller d'une sieste faite les yeux ouverts. Avec une aisance stupéfiante il glisse la Buick entre les énormes masses des Peterbilt, Western Star, Kenworth et autres Freightliner qui dévalent la piste dans le grondement de leurs moteurs.

*

Les Glades, le territoire de nulle part, une bouillie de terre, une éponge végétale qui s'émiette sous les infiltrations venues de l'océan. C'est fibreux, proliférant, maladif; ça pousse et ça se délite en même temps, avec, par là-dessus, un brouillard de moustiques qui vous entrent par tous les orifices, les oreilles, les narines pour vous dévorer cru. Brandon estime qu'il y a à peu près autant de moustiques dans les airs que de brins d'herbe sur le sol. Dès qu'on quitte la route, on court le risque de se trouver nez à nez avec un alligator. Il y a des accidents tous les ans : des chiens qui disparaissent dans la gueule des crocos embusqués, des touristes qui s'obstinent à vouloir faire trempette dans les marigots en dépit des panneaux d'interdiction... ou qui essaient de nourrir les sauriens comme s'il s'agissait d'animaux familiers. Brandon en a vu qui allaient à la rencontre des alligators, un beignet à la confiture à la main!

Toute une faune vit là, rescapée d'une autre époque. Des bêtes mais aussi des hommes, en rupture avec la société. Humanité de braconniers qui écorchent les grands lézards pour fournir en cuir les marchands de bottes texanes. Les Indiens ne sont pas les derniers à s'introduire en fraude dans les réserves pour voler les œufs de croco dont ils sont friands. Les gardes forestiers leur font la chasse, parfois cela se termine assez mal.

Brandon passe devant l'entrée du parc de Florida Bay sans s'arrêter. Seule une partie des Glades est protégée. (Heureusement! Sinon les flicards seraient partout!) On y a construit des chemins sur pilotis pour les touristes, avec de petits panneaux plantés çà et là qui vous expliquent ce qu'il faut regarder. On a même ouvert des campings. Brandon pense qu'il faut être singulièrement taré pour vouloir passer la nuit au pays des maringouins, mais tous les goûts sont dans la nature, pas vrai?

Il atteint enfin la zone franche de ce que les Indiens appelaient « le fleuve d'herbe »... *Pa-hay-Okee.*

Il s'arrête sur une aire de stationnement en se demandant pourquoi on ne coule pas une belle dalle de béton sur cette saloperie de marigot. 6 000 km^2 de marécage, ça en représente du terrain à bâtir ! Et on serait enfin débarrassé de ces foutus moustiques !

Il loue pour quelques dollars une pirogue en aluminium chez un vendeur d'appâts. Le canot bosselé s'engage entre les hautes herbes élastiques. L'eau est à la fois partout et nulle part ; des couloirs qu'on ne distinguait pas la seconde précédente s'ouvrent sous la pression de l'étrave. Brandon pagaie avec ardeur. Il va chez Burly Sawyer, le vétéran, un vieux type qui n'a jamais pu se réacclimater à la vie citadine et s'est réfugié là, dans l'enfer des Everglades. Il y mène une existence de guide, de braconnier, et cultive son personnage de marginal en vivotant dans des conditions inimaginables.

Brandon l'a rencontré sur le tournage d'un film, alors que l'équipe tournait quelques plans dans les marécages. Le côté suicidaire du cascadeur a séduit le vieux soldat. Ils se sont revus par la suite. Le rituel est toujours le même : Brandon loue un canot en aluminium, le charge de packs de bière, ajoute une ou deux bouteilles de whisky et s'enfonce dans la mangrove.

Burly est un vieux dingue de 65 ans. Les cheveux longs et blancs lui croulent sur les épaules. Il porte un gilet, un pantalon en peau de requin (une matière 300 fois plus résistante que n'importe quel autre cuir, et à l'élasticité incomparable). Une panoplie inusable avec laquelle on l'enterrera s'il ne se fait pas bouffer par un alligator. Comme beaucoup de survivants du Viêt-Nam, il est un peu barge, la tête remplie de conneries mystiques : le Tao, le Zen, les forces de la nature. Il est superstitieux en diable, persuadé qu'il a survécu au « Merdier » parce qu'il a su porter les bonnes amulettes, les bons grigris. Il ne faut pas le contrarier car il devient vite méchant, et c'est un tueur redoutable malgré son âge. Les crocodiles des marais l'ont appris à leurs dépens. Il habite une cabane enracinée sur un hammock, une sorte d'îlot constitué de racines entremêlées, de mousse et autres saloperies où des bestioles gigotent toute la journée. Brandon ne pourrait pas vivre comme ça, dans la crasse, la moiteur et les mouches, mais Burly répète sans cesse que « Les Glades, c'est Disneyland comparé au Viêt-Nam ».

— Les crocodiles sont dangereux, admet-il, mais ils sont bêtes, c'était pas le cas des petits hommes jaunes, là-bas.

Peut-être qu'il en rajoute pour faire le fanfaron devant un jeunot ? Peut-être aussi qu'il a réellement fondu un fusible ? Sa cabane est une horreur, mieux vaut se dispenser d'y entrer et rester sous le vent. Il y a pendu son béret des *Airborne Rangers* à un clou, comme un crucifix. Et quand il est pété, il chante l'hymne de son escadron : *Pray for war.* Tout un programme.

Au début, Brandon amenait des journaux de cul, avec des pages centrales dépliantes de toute beauté, mais Burly lui a dit qu'il pouvait remballer sa camelote, ça ne l'intéressait pas. Il est détaché de la chair, paraît-il. Un truc bouddhique : on se débarrasse de tout désir, on apprend à ne plus avoir envie de rien. Burly appelle ça la sérénité, Brandon trouve que ça ressemble plutôt à l'existence que doit mener un cadavre embaumé.

Malgré tout, il aime bien Burly. Le vieux *grunt* lui a appris des choses essentielles qui peuvent servir dans la vie de tous les jours. À différencier les alligators des crocodiles, par exemple. Les premiers ont la tête en forme de U, les seconds en forme de V (ou le contraire... ? Brandon ne se rappelle plus très bien) mais ce sont là des trucs qui comptent vraiment, pas des conneries apprises dans les bouquins.

L'ancien soldat l'a entendu venir. Croyant à une inspection des gardes forestiers, il s'est planqué. Il s'est fabriqué une planque très chouette : un crocodile momifié long de 4 mètres, complètement creux à l'intérieur, et qui s'ouvre tel un coffre. Dès qu'il se sent menacé, Burly s'y allonge, referme le « couvercle » sur lui, et attend que le danger s'éloigne. Qui aurait l'idée d'aller agacer un alligator à demi enfoui dans la vase ? Il surnomme la bestiole son « canot de sauvetage ».

— C'est moi, gueule Brandon. Le visage pâle amène de l'eau de feu pour l'homme-médecin.

Le vieux émerge de sa cachette. Impressionnant, style Clint Eastwood décharné jouant dans un remake de *Kung-fu* revisité par un metteur en scène défoncé à l'acide. Il a de très grosses mains, un peu étonnantes chez un homme aussi maigre. Beaucoup de nerfs et tendons à fleur de peau. Des mouvements rapides de reptile qui mettent mal à l'aise.

Ils s'installent, déconnent, boivent trois canettes de *Blue Ribbon* chacun, histoire de s'échauffer. Le zen lui a pas passé le goût de la bière, au vieux ! Brandon sort le container métallique, expose sa provenance en trois mots, mais le braconnier ne l'écoute pas, on dirait que quelque chose a fait tilt en lui. La forme de la bouteille, ou on ne sait quoi...

Burly se penche sur le flacon dont il a fait sauter le bouchon caoutchouté. Une drôle d'expression passe sur son visage, mélange de mélancolie et d'incrédulité.

— Bon Dieu ! On ne peut pas se tromper, c'est inimitable, murmure-t-il, je croyais bien ne plus jamais sentir cette odeur-là. Où as-tu trouvé ça ?

Brandon lui explique.

— C'est de la dope ? demande-t-il.

Burly a un rire lourd.

— Ouais, ricane-t-il. On peut dire ça comme ça. Une *sacrée* dope, mais pas le genre que tu imagines. Pas le petit machin qui vous fait planer. Là-bas, au Nam, on en parlait en chuchotant de ce truc. C'est une arme, une arme liquide, pas une petite connerie chimique pour jeunots cherchant à se donner des sensations.

Il hésite à poursuivre. Brandon devine que le vieux est sur le point de balancer le flacon dans l'eau saumâtre du marigot. Comme s'il avait la trouille de ce morceau de passé qui vient de le rattraper, là, dans un refuge où il se croyait pourtant coupé du reste du monde. Burly se racle la gorge et finit par dire :

— C'est un produit mis au point par les laboratoires de la *Shadow Company,* les détachements avancés de la CIA, les soldats fantômes, si tu préfères... Des tueurs qui n'existaient pas officiellement. Des bataillons dont l'Armée feignait d'ignorer l'existence. C'est sur eux qu'on testait ce truc.

— Ça servait à quoi ?

— C'est un accélérateur de métabolisme. On lui donnait des tas de surnoms : l'élixir de Superman, les chaussettes de Peter Pan, l'œil de la mouche...

— L'œil de la mouche ? Ça veut rien dire.

Burly esquisse un geste irrité.

— T'y connais rien, grogne-t-il. Pour une mouche, tout ce que fait un homme est d'une incroyable lenteur. Même le mouvement le plus rapide lui apparaît comme filmé au ralenti. Ça tient à ce que le métabolisme d'une mouche tourne dix fois plus vite que le nôtre. C'est pour cette raison qu'il est si difficile d'attraper un insecte volant. Il nous voit venir à l'aise avec nos gros sabots. Ce produit, les types des labos clandestins l'ont mis au point pour le tester sur certains soldats des commandos. Une fois que ce truc te coule dans les veines, tu deviens comme la mouche dont je te parlais tout à l'heure. Rapide, fichtrement rapide, dans un monde incroyablement lent.

— Hé, tu déconnes ? ricane Brandon (mais il sait déjà qu'il a envie d'y croire).

Burly ne l'a même pas entendu, perdu dans ses souvenirs, il continue à monologuer d'une voix proche de la transe.

— J'ai connu des types qu'en avaient pris, souffle-t-il. Ils disaient qu'avec cette dope on voyait les balles de fusil s'approcher au ralenti, centimètre par centimètre, et qu'on pouvait les éviter sans problème. Il paraît qu'elles se déplaçaient dans l'air comme des billes noires et qu'il était possible de les faire dévier de leur trajectoire en leur tapant dessus avec une poêle à frire. Ça les amusait autant que le base-ball.

— C'est vrai ? interroge Brandon, la gorge soudain sèche.

— Ouais, martèle Burly Sawyer, imagine un monde de lenteur où tout mouvement met une éternité à s'accomplir, et toi tu te déplaces au milieu de tout ça, rapide comme l'éclair. Ta vitesse s'est décuplée. Tu peux éviter les balles, les bombes, tu prends l'ennemi de vitesse. Tu es si rapide que les tireurs ont le plus grand mal à te distinguer. Tu n'es plus pour eux qu'une silhouette floue, une ombre, peut-être même que tu es complètement invisible ! Alors ça devient un jeu d'enfant de cavaler jusqu'au nid de mitrailleuses qui canarde les copains et de liquider les tireurs. C'est du gâteau de t'infiltrer dans les bases ennemies, même en plein jour, et de faire sauter l'arsenal, les avions, les hélicos... puisque personne ne peut te voir. Tu files comme le vent, si vite que l'œil humain ne parvient pas à enregistrer ton image. Et les autres sont là, autour de toi, figés comme des statues. On dirait des lapins mécaniques dont les piles sont usées.

— C'est à ça qu'on le destinait, ce produit ? à des actions de sabotage ?

— Ouais. Aux opérations « éclair »... Liquider les tireurs embusqués, tomber sur l'ennemi avant qu'il ait eu le temps de comprendre ce qui lui arrive.

— Et ils l'ont testé, je veux dire, en vrai, sur des mecs ?

Burly hoche affirmativement la tête.

— Bien sûr, mais c'était pas sans danger. Les premiers sont morts de crise cardiaque. Leur métabolisme s'emballait. On raconte que lorsqu'on les ramassait, ils avaient vieilli de 30 ans en une demi-heure. Les rides, les cheveux blancs, tout quoi ! Des petits vieux... C'était le contrecoup de la drogue.

— On dirait une connerie de film de science-fiction. J'ai déjà vu des trucs comme ça dans *Twilight zone.*

Le visage de Burly se ferme. Sa grosse main se verrouille sur le bras du jeune homme et le serre, jusqu'à la souffrance.

— M'accuse pas de mentir, trou-du-cul ! gronde-t-il. Je n'invente rien, j'ai des copains qui ont participé aux essais. Ils étaient prêts à tout pour sortir du Merdier. Ils se disaient qu'en voyant venir les balles ils auraient peut-être une chance de revenir vivants au Vieux Pays. J'ai parlé avec eux. Ils disaient que c'était sensas, vrai de vrai, que c'était comme si tu te baladais dans un film au ralenti, en conservant ta vitesse normale, mais qu'en réalité c'était l'inverse qui se passait. Quand tu prends cette dope, les autres te semblent lents parce que *toi* tu vas vite. Très, très vite. Le problème c'est qu'on ne peut pas s'injecter cette merde bien longtemps. Y a tout de suite des effets secondaires, dès la troisième piqûre.

— On se met à vieillir ?

— Non, mais la peau s'enflamme sous le frottement de l'air. C'est comme pour les capsules spatiales qui rentrent dans l'atmosphère, le frottement les chauffe à blanc, tu as déjà vu ça à la télé... Là, c'est pareil. Tu as l'impression de courir dans un vent brûlant, si brûlant que tout ton corps se couvre de cloques. Au retour des missions d'infiltration, les mecs s'écroulaient, brûlés au troisième degré, pas beaux à voir. C'était le prix à payer. Le prix de l'invisibilité.

Brandon regarde le flacon. Un produit qui vous rend invisible... enfin, *pas vraiment,* mais d'une certaine façon. Il essaie d'emboîter les hypothèses dans sa tête. Une idée germe en lui, encore floue.

— Et si on se contente d'une ou deux injections ? hasarde-t-il. Y a pas de conséquences ?

Burly hausse les épaules.

— Sans doute pas, ça dépend de la constitution de chacun. L'ennui avec ce machin, c'est qu'on en devient dingue. Les gars à qui on l'avait injecté voulaient y repiquer, malgré les brûlures, les cheveux qui foutaient le camp. Ils voulaient tous connaître ça une nouvelle fois. L'impression d'être hors du monde, tu vois ? De pouvoir tout maîtriser. Imagine une voiture qui arrive à cent à l'heure droit sur toi, dans la réalité elle t'écrase comme une merde de chien. Là, grâce à la dope, tu la vois s'approcher comme si elle avançait seulement de 15 centimètres à la minute, tu as tout le temps de l'éviter. C'est pas seulement de la vitesse, ce truc, c'est du temps sous forme liquide. Du temps injectable.

Brandon ne l'écoute plus que d'une oreille distraite. Les délires du vieux, il s'en fiche. Il pense à autre chose.

— *Un hold-up...,* dit-il soudain. Un type qui s'injecterait ça, tu crois qu'il pourrait entrer dans une banque, piquer le fric et sortir au nez et à la barbe des gardes, sans que quelqu'un ait le temps de le voir faire ?

— Probable, grommelle Burly. C'est pour ça qu'on l'a inventé. Des coups de main rapides, comme tu dis, au nez et à la barbe de l'ennemi.

Brandon ferme à demi les yeux. Il se voit, filant comme le vent, silhouette grise déguisée en courant d'air, un fantôme transparent, bleuâtre, qui zigzague entre les clients. Il passe de l'autre côté des guichets, il prend les liasses de billets, les jette dans un sac. Tout se déroule en quelques fractions de seconde. De même qu'on ne peut voir une balle jaillir du canon d'un revolver, on ne peut surprendre son image. C'est à peine si les caissiers ont le temps de remarquer un nuage de fumée. Ils se massent les yeux, persuadés que leur vue se brouille. Brandon est déjà dans la rue. Il slalome entre les passants, si lents qu'ils ont l'air de mannequins plantés dans le trottoir, tels des arbustes en pots.

— Je sais à quoi tu penses, grasseye Burly. C'est jouable, mais faudra prendre tes précautions. Les billets, faudra les ranger dans un sac ininflammable, sinon ils prendront feu... et toi, il faudra également que tu portes un costume en amiante, comme les pompiers, sinon ta peau sera arrachée par le frottement de l'air. C'est de cette manière qu'on a fini par les équiper, les gars des commandos... On aurait cru des pompiers du pétrole ; tu sais, les mecs qui éteignent les puits en flammes. Et même de cette façon ce sera pas facile. Tu auras l'impression de traverser un incendie. De plonger dans le ventre d'un volcan.

— Ça dépend de la dose qu'on s'injecte, non ?

— C'est vrai. Mais si tu veux aller vraiment vite, il te faudra la maxi-dose. Avec une petite injection, tu te mettras simplement à courir comme un champion olympique, pas davantage. Pour devenir invisible, tu devras t'envoyer dans les veines une pleine seringue de cette merde.

Brandon examine le contenu de la fiole. Combien de shoots possibles ? Pas des masses. Une demi-douzaine ?

— Comment c'est arrivé dans l'épave, ce truc ? marmonne-t-il.

Le vieux hausse les épaules.

— Probable que c'est la dernière bouteille du produit, hasarde-t-il. Quelqu'un avait dû en garder une souche quelque part, là-bas, en Asie. Il attendait de trouver preneur. C'est pas évident à vendre un machin comme ça. Personne ne veut y croire, et quand tu fais l'article, t'as l'air d'un allumé de première. Toi-même, en ce moment, est-ce que tu me crois vraiment ?

— J'sais pas.

— Tu vois bien !

Brandon réfléchit. Cette dope, c'est un signe du destin, une perche qu'on lui tend. Il sait bien que, de nos jours, si on n'a pas fait fortune à 30 ans, on n'est qu'une merde, un débris. Le succès, ça se joue très jeune, de plus en plus, y a qu'à regarder les stars de la chanson. À partir de 30 ans, on est sur la mauvaise pente, alors on occupe le reste de sa vie à claquer le pognon qu'on a engrangé durant sa gloire. À déjà 25 ans bien sonnés, il ne lui reste plus tellement de temps pour se constituer un trésor de guerre. Il referme la main sur le flacon. Il a décidé de croire aux folies que vient de lui débiter le vieux soldat des marécages. Il n'a pas peur, il sait qu'il est né sous une bonne étoile, qu'il a la chance dans le sang.

— Fous-le en l'air ou prends-en bien soin, conclut Burly. Et garde-le bien bouché. Je ne sais pas ce qu'il y a dedans mais ça s'évapore vite. Un quart d'heure à l'air libre et il n'en restera plus une goutte. *Haute volatilité,* disaient les toubibs. À mon avis, c'est pour cette raison que tout ce qu'on tenait en réserve a disparu. Tu as entre les mains le dernier dinosaure vivant créé par la *Shadow Company.* À toi de juger s'il vaut mieux lui tordre le cou ou le laisser vivre.

6

Peggy s'agenouille au bord du bassin. Elle est venue nourrir les requins dont elle a la charge. Le bassin occupe une crique assez large, propriété du groupe pharmaceutique qui lui paie un salaire de concierge. L'eau est peu profonde. La réserve forme un carré approximatif de 150 mètres de côté, une arène naturelle prise en tenaille par le massif corallien. C'est comme une piscine géante aux parois coupantes, rugueuses, constituées d'un amalgame de coquillages millénaires. Le fond est à 20 mètres, l'eau pure. Cette crique privée, interdite au public, est fermée par un filet immergé empêchant les squales de prendre le large. À cet endroit de la frontière, on a planté des concombres de mer dont les requins fuient les sécrétions. Cette précaution les oblige à rester loin du filet car, à la différence des dauphins, les requins supportent très mal l'emprisonnement. Ils deviennent fous à brève échéance, et tous ceux qu'on a voulu acclimater dans les seaquariums réservés aux touristes ont fini par s'automutiler en se jetant contre les parois des bassins.

Peggy est toujours prise d'un léger vertige lorsqu'elle doit se déplacer au bord de la « piscine » pour nourrir les bêtes. Son travail est simple, il consiste à veiller à l'approvisionnement des viviers contigus qu'elle fait remplir de poissons vivants par les pêcheurs de la côte. De temps à autre, elle ouvre la paroi mobile du vivier pour permettre aux poissons d'entrer dans le grand bassin. Les requins ont besoin de chasser pour se maintenir en forme, on ne peut se contenter de les nourrir de pièces de viande inerte. Sur le pourtour de la réserve on a planté des écriteaux jaunes portant la mention :

Bathing unsafe. Sharks swimming!

Une muraille de barbelés interdit aux touristes de s'approcher. Des systèmes de détection sophistiqués surveillent les abords des lieux. Si une personne non autorisée franchit la limite du périmètre, des sirènes se mettent à mugir et une alarme se déclenche dans la maison de Peggy. De l'extérieur, la réserve évoque davantage le repaire d'un savant fou qu'une enclave écologique.

La jeune femme est contrariée, tendue. Non à cause des squales, dont elle voit filer les silhouettes inquiétantes à travers les moirures de la surface, mais par ce que lui a raconté Brandon la veille au soir, à son retour des Glades.

Il était très excité, trop excité. Peg n'aime pas le voir dans cet état. Plus maintenant qu'elle a retrouvé un semblant de sérénité. Il lui a rapporté les propos de Burly Sawyer, le bonze des marécages. La légende de l'élixir de vitesse. D'abord elle n'y a pas cru.

— Burly est dingue, a-t-elle répliqué, tu le sais bien, il a vécu toute la guerre du Viêt-Nam en état second tellement il était défoncé. Même après sa démobilisation il n'est jamais tout à fait redescendu sur terre. Il frime pour t'impressionner...

Quand elle a vu le visage de Brandon se fermer, elle a compris qu'elle venait de faire une erreur. « Je me suis comportée comme une femme normale, a-t-elle pensé, et ce n'est pas ce qu'il attend de moi. Je dois être une complice, pas une maman raisonnable, sinon il aura vite fait de plier bagage. »

Depuis quelque temps, Brandon s'ennuie, elle le

voit bien. Nager au milieu des requins ne l'amuse pas, la menace est trop aléatoire à son goût. On n'est jamais certain d'être attaqué… « C'est chiant », répète-t-il. Il a besoin de vivre dans l'extrême, de baigner en permanence dans l'adrénaline.

*

Brusquement, elle a la sensation d'être observée. Elle se redresse, regarde par-dessus son épaule. Il y a une TransAm noire arrêtée devant la grille de la réserve. Un type seul au volant, le coude à la portière. Il porte des lunettes noires, il regarde dans sa direction… comme s'il voulait qu'elle remarque sa présence. Il porte un veston de lin crème en matière tropicalisée (selon la terminologie en usage). Il a une peau ivoirine d'Asiatique. Bel homme, les pommettes très saillantes, le nez droit et fin, à la japonaise. S'il était acteur de Kabuki, il y tiendrait à coup sûr le rôle de *wakashû-gata,* c'est-à-dire de jeune premier.

Peggy se sent épinglée par son regard. Elle ne parvient pas à lui donner un âge précis. Entre 30 et 40 ans. Au moment où elle esquisse un geste, il démarre. La TransAm disparaît dans un nuage de poussière sèche et de coquillages écrasés. Elle reste décontenancée, un nœud d'inquiétude au creux du plexus. Hantée par la vision fugace de cet inconnu aux cheveux coupés ras. Les verres miroirs lui faisaient des yeux d'insecte.

Elle termine son travail, vérifie les bandes témoins des enregistreurs qui analysent le métabolisme des squales au moyen de capteurs fixés sur le corps des animaux. Aucun des monstres marins n'est malade, elle peut rentrer chez elle.

Elle branche le système d'alarme, verrouille toutes les portes blindées et quitte la réserve.

Pendant qu'elle roule, elle se surprend à jeter de fréquents coups d'œil dans le rétroviseur de la

Dodge. Personne ne la suit. Pas de TransAm noire, pas d'énigmatique Japonais.

Elle repense à la discussion orageuse qu'elle a eue avec Brandon au sujet du container mystérieux. Il va revenir à la charge, elle le sait. Il s'ennuie avec elle, leur période d'état de grâce sexuel touche à sa fin. Ils n'ont plus envie de se jeter l'un sur l'autre à tout bout de champ. C'est maintenant que l'avenir de leur relation va se jouer. Brandon n'est pas fait pour la tendresse... Il veut de la passion, du déchaînement. Il adore les scènes de ménage qui se terminent au lit, les réconciliations sur l'oreiller. On commence par se flanquer des gifles puis on se donne du plaisir à en perdre la tête. Un cérémonial que Peggy commence à trouver un peu trop mécanique. Elle se demande pourtant ce qu'elle fera s'il la quitte. Elle a peur de se retrouver seule, comme avant, face à des gens normaux qui la regardent bizarrement. Après ce qu'elle a vécu, elle n'a plus sa place parmi eux, elle se ferait l'effet d'une louve chez les caniches. Elle ne sait rien de Brandon, ou presque. Elle connaît le corps du jeune homme par cœur, elle serait capable de dire combien il a de grains de beauté sur le pénis, mais elle ignore tout de ses sentiments réels, de ses aspirations. Il n'a jamais voulu se livrer, c'est vrai, mais a-t-elle réellement cherché à creuser ? Ils se sont appliqués à vivre dans l'instant, sans jamais prendre le temps de s'interroger l'un l'autre ; aujourd'hui ils paient le prix de cette partie de cache-cache sentimental où l'histoire de peau primait sur le reste. On ne passe pas le restant de sa vie avec un homme uniquement parce qu'il a une belle bouche, non ? Peut-être aurait-il fallu essayer de construire autre chose... mais quoi ?

Absorbée dans ses pensées, elle a failli dépasser le bungalow. Elle se gare.

« Tu vas céder, pense-t-elle en verrouillant les portières. Tu n'as pas le choix. »

7

La seringue est là, posée sur un plateau laqué, à côté d'un petit flacon dans lequel Brandon a versé deux doses prélevées dans le container d'origine.

— Faut essayer, répète-t-il. *Juste pour voir*. Après, si ça ne marche pas, on sera délivré de la tentation. Tu comprends ? On pourra au moins se dire qu'on n'a pas manqué quelque chose d'important.

Il n'a pas peur, pas du tout. Il sait qu'il est né sous une bonne étoile, et qu'il a la chance dans le sang.

Peggy ne répond pas. Elle songe à certaines drogues, antimétaboliques redoutables, qui vous donnent le cancer dès la première injection. Malgré cela, elle sent palpiter au fond d'elle le désir d'essayer...

« Tu n'es pas complètement guérie, constate-t-elle. C'est encore là. Ça te hante. Le besoin de toucher le feu... de plonger au cœur du volcan. »

Elle n'a jamais été tentée par les paradis artificiels, mais là, c'est autre chose... un prolongement des disciplines sportives, la porte ouverte à une démultiplication des possibilités physiques. Un super-dopant ? C'est peut-être dans ce but qu'on essaie d'introduire clandestinement « l'œil de la mouche » sur le territoire des États-Unis. Un médicament pour une génération de mutants. Elle contemple le liquide incolore qui stagne au fond du flacon, ça semble si anodin.

— Okay, capitule-t-elle. On essaie. Rien qu'une fois, pour voir.

Elle ne sait plus si elle souhaite vraiment l'échec de la tentative. Elle a les mains moites, le corps parcouru de picotements. Brandon prépare la première injection pour elle. Une mini-dose, histoire de goûter... Peggy lui tend son bras. Il ne lui fait pas mal. Il a l'habitude des piqûres. Dans le milieu des cascadeurs, on est souvent amené à s'injecter des analgésiques, de la cortisone pour combattre de vieilles douleurs.

— Tu sens quelque chose ? lui demande-t-il.

Elle secoue négativement la tête. Non, ni brûlure ni sensation de froid. Une brusque angoisse la saisit. Elle se dit qu'elle a été folle d'accepter, que son cœur va s'arrêter, qu'elle va mourir d'une OD, là, au seuil du bungalow. Elle éprouve le besoin de marcher. Derrière elle, Brandon s'injecte le reste du produit. Elle ne lui prête plus attention, elle traverse la terrasse, marche vers la plage, vers les vagues. Il lui semble... Il lui semble que les bruits de la nature lui parviennent déformés, comme si elle écoutait une bande magnétique tournant trop lentement.

Le cri des mouettes... Le cri des mouettes est étrange, interminable, caverneux. Les vagues ont l'air de déferler au ralenti.

« C'est une illusion, pense-t-elle, c'est seulement une illusion. Le produit a dû déclencher une importante décharge d'adrénaline dans mon corps, c'est ce qui entraîne cette impression de ralenti. »

Elle connaît bien ce mécanisme. La peur provoque la sécrétion d'adrénaline, l'adrénaline emballe toute la machinerie physiologique, et le temps a soudain l'air de se démultiplier. C'est pour cette raison qu'au cours d'un accident on a toujours l'illusion de voir les événements se dérouler image par image et qu'on s'étonne de n'être pas capable de réagir alors que les choses vont si lentement. Elle a ressenti cela à plusieurs reprises, lorsqu'elle a été attaquée par un requin, puis lorsqu'elle a failli être écrasée par un camion à Miami...

Elle ne veut pas être dupe.

L'homme qui ne vit pas à la même vitesse que ceux qui l'entourent : le rapide chez les lents, le lent chez les rapides... un thème archi-usé de la littérature de science-fiction. Elle ne tombera pas dans le panneau. Ce n'est qu'une illusion d'optique. Elle entend son cœur s'emballer. Elle a chaud, terriblement chaud. Une fièvre géante l'embrase de la tête aux pieds. Elle doit se rafraîchir au plus vite sous peine de prendre feu. Elle arrache ses vêtements. Nue, elle plonge dans les vagues. L'eau n'est pas plus épaisse que d'habitude, contrairement à son apparente lenteur qui lui donnait des allures de sirop d'érable ou de miel renversé. Peggy s'enfonce en diagonale dans le bleu liquide. Elle file comme une torpille, sans presque bouger les pieds. L'impression est grisante mais terrible aussi. Le frottement de l'eau, à cette vitesse, ne va-t-il pas lui arracher la peau, l'écorcher vive ? Jamais elle n'a nagé aussi rapidement, elle pourrait doubler un Chris-Craft lancé à pleine vitesse. En une fraction de seconde, elle domine la fausse épave, en fait le tour, s'élance vers le grand large. Elle a assez d'élan pour rejoindre Cuba. Elle est devenue une torpille humaine, un missile sous-marin. Elle creuse derrière elle un sillage où les poissons sont aspirés.

Elle ne sait pas depuis combien de temps elle est sous l'eau. Dix minutes, un quart d'heure ? Plus ? Elle ne souffre toujours pas du manque d'air. Peut-être est-elle devenue amphibie ?

La silhouette d'un requin tigre émerge du brouillard des profondeurs ; bien que se déplaçant à plus de 50 kilomètres/heure, il paraît immobile ou presque. Peggy n'a aucun mal à l'éviter. Elle virevolte autour de lui, décoche des coups de pied dans son ventre, lui flatte le museau. « Bon chien ! Couché ! À la niche ! » C'est rigolo. Avant qu'il ait eu le temps de corriger sa trajectoire, elle est déjà ailleurs. Elle joue avec cette grosse bête pataude, si lente qu'on a envie de la pousser au cul, comme une voiture en panne. Pourquoi a-t-on si peur de ces bestioles ? Ça lui paraît tout à coup invraisemblable, risible, autant dire qu'on est terrifié par les tortues !

Elle s'esclaffe. Son rire se change en un milliard de bulles qui s'échappent de sa bouche. Elle est devenue sirène...

Puis, tout à coup, son euphorie se teinte de frayeur. Des silhouettes noires jaillissent des profondeurs, des plongeurs de combat, des hommes-grenouilles qui nagent aussi vite qu'elle et convergent dans sa direction. Ils se rapprochent, ninjas de caoutchouc noir dont elle peut voir les yeux bridés derrière la vitre du masque. Alors elle bat en retraite, de toute la vitesse de ses membres ; elle file au milieu des poissons pétrifiés qui font du surplace entre deux eaux. Il faut qu'elle retourne sur la plage. Mais les ninjas de caoutchouc agissent, eux aussi, sous l'influence de la drogue, et elle ne parvient pas à les distancer. Ils se déplacent si vite que le frottement de l'eau commence à user leurs combinaisons de plongée à la hauteur des épaules. Le latex s'amincit à chaque brasse. Bientôt ils seront nus.

Peggy accélère, elle sent sa peau s'en aller, lambeau par lambeau, tel le blouson de cuir d'un motocycliste renversé qui glisserait interminablement sur une route. Elle regarde ses épaules. La chair a fichu le camp, les os affleurent ; cependant elle n'a pas mal, la drogue anesthésie toute souffrance. Quand elle touchera le sable de la plage, elle ne sera plus qu'un squelette.

Elle reprend conscience en suffoquant. La tachycardie lui coupe le souffle et elle se recroqueville, les deux mains pressées sur le sein gauche, persuadée d'être en train de mourir d'une crise cardiaque.

Elle est couchée en chien de fusil à dix mètres des vagues, nue, mais la peau sèche. Elle n'a pas plongé. L'escapade sous-marine n'était qu'une hallucination. Le rythme de son cœur ralentit enfin. Elle est couverte d'une sueur glacée, elle claque des dents.

De la foutaise ! Elle le savait. Le surcroît d'adrénaline fait naître des images de vitesse, une illusion d'accélération, mais il engendre aussi l'angoisse, et le trip devient alors cauchemardesque. Elle se relève en titubant, marche vers la maison.

La Buick Century de Brandon n'est plus là. Le jeune homme a fichu le camp.

8

Brandon conduit, les mains soudées au volant. La caisse se traîne avec une lenteur effroyable. Il irait plus vite en courant. Oui, il irait plus vite que toutes les bagnoles qui l'entourent ! Il le sent, des étincelles d'énergie crépitent au long de ses nerfs. Du feu liquide coule dans ses veines. Ou alors du kérosène.

Même les oiseaux volent au ralenti. Le monde est presque figé, en suspension, en arrêt sur image. Comme dans les dessins animés. Il est la seule créature mobile au milieu d'un univers d'engourdis, de paralysés. Il comprend pourquoi Burly lui a parlé d'élixir de Superman. C'est bien tel que dans la BD : quand Superman file si vite qu'il en devient invisible. Brandon s'arrête à l'entrée de la ville car il ne supporte plus la lenteur de la voiture. Il se met à courir au milieu des statues vivantes encombrant les trottoirs. On dirait réellement des mannequins de cire, c'est dingue ! Il fore un trou dans l'épaisseur de l'air, luttant contre l'obstacle élastique s'opposant à sa pénétration. Au fur et à mesure qu'il accélère, le vent se change en une sorte de mur liquide qui tente de le ralentir. C'est un peu comme s'il essayait de courir au fond de la mer.

Le frottement de l'air est en train d'effacer les motifs floraux imprimés sur sa chemise. Burly avait raison ! Il aurait dû penser à se protéger, mais ce n'est qu'un galop d'essai, rien de plus, pas de panique ! Pourtant il se demande de combien de temps il dispose encore avant que l'étoffe de sa liquette ne prenne feu. N'y a-t-il pas déjà, dans l'air, une odeur de tissu brûlé ?

Il voudrait ralentir, il ne le peut pas, c'est trop grisant. Il slalome entre les touristes. Une mouette chie dans les airs, sa fiente met une éternité à s'écraser sur le capot d'une voiture. C'est comme sur un magnétoscope, lorsqu'on actionne la touche « image par image ». Saccadé, un peu flou. Au bout de la rue, un touriste retire du fric d'un distributeur automatique. Brandon se propulse vers lui et cueille le billet sous son nez, au sortir de la fente. Il le fait si prestement que le type n'a même pas le temps de voir la coupure de 50 dollars disparaître dans les airs. Les mains de Brandon bougent comme des cobras passant à l'attaque, à côté de lui le karatéka le plus rapide du monde aurait l'air d'un paraplégique. Brandon continue à cavaler, il passe entre les voitures qui lambinent sur la rue principale. Les gens sont mous, lents, ils ont du sirop d'érable dans les veines. Brandon est une mouche, il virevolte. Il entre dans une boutique d'objets souvenirs, passe derrière la caisse et pique trois billets de 10 dollars. Personne ne le regarde, il n'existe pas pour eux, il est invisible. Il se déplace sur un autre plan de la réalité. Le super pied !

Il pourrait se permettre n'importe quelle fantaisie — même des trucs sexuels s'il voulait ! — ils resteraient tous là, pétrifiés, grosses figurines de guimauve, incapables de se défendre.

L'odeur de brûlé devient plus forte. Ce sont les semelles de ses chaussures qui fondent. Il court trop vite. Sa chemise a perdu toutes ses couleurs, usées par le frottement de l'air. Elle commence à roussir. Brandon se dit que ses cheveux vont peut-être s'enflammer eux aussi. Il doit arrêter. Retourner à la voiture et rester immobile le temps de refroidir.

Il a peur, il lui semble qu'il pue le cochon grillé, que les poils sur le dessus de ses mains s'enflamment avec de petits crépitements d'étincelles. Au moment où il va sortir de la ville, il manque de heurter un homme, debout à côté d'une TransAm noire. Un Jaune qui porte des lunettes de soleil à verres miroirs. Il regarde dans la direction de Brandon... comme s'il pouvait le voir, comme s'il était le seul être humain dans toute la ville à pouvoir suivre les évolutions de l'homme invisible. Il porte un veston de lin crème en matière tropicalisée. Il a une peau ivoirine d'Asiatique. Beau mec, les pommettes très saillantes, le nez droit et fin, à la japonaise.

Brandon l'évite d'une pirouette et reprend sa course. L'inconnu se retourne pour le regarder. C'est à n'y rien comprendre. « Je suis invisible pour tout le monde sauf pour ce mec ! » pense-t-il tandis que la panique le gagne.

Quand il reprend conscience, il est effondré sur la banquette arrière, le corps ruisselant. Sa chemise n'a pas perdu ses couleurs, ses semelles n'ont pas fondu, mais il a plusieurs billets de banque serrés dans la main droite...

9

Peggy et Brandon se sont disputés. La jeune femme refuse de croire aux pouvoirs fabuleux de la drogue. Brandon, lui, affirme qu'ils sont réels et, à l'appui de sa thèse, exhibe les billets dérobés en toute impunité dans le tiroir-caisse du magasin de souvenirs. Il est grisé, c'est visible, comme un petit garçon qui vient de découvrir que le Père Noël existe. Il a aussitôt recommencé à parler de hold-up. Pendant qu'il évoquait les péripéties de ce braquage imaginaire, son visage se transfigurait, et Peg a soudain réalisé à quel point il s'ennuie avec elle.

« Si je lui casse son rêve, il me plaque... », a-t-elle pensé, tandis que ses mains devenaient froides. Elle ne sait pas si elle aime Brandon. Souvent, il l'agace, elle le juge immature, toujours à jouer au coq comme un adolescent sur un terrain de sport, mais elle sait également qu'elle ne supporterait plus de vivre avec quelqu'un de normal : un VRP, un représentant en volets d'aluminium, un caissier de banque, un agent immobilier... Depuis qu'elle est passée de l'autre côté du miroir, elle ne supporte plus la banalité. Elle a perdu tous ses repères, ceux qui structuraient son existence avant l'assassinat de sa sœur..., ses valeurs, ses habitudes. Ce qu'elle a vécu dans la maison McGregor * a laissé sur elle une empreinte indélébile. Elle a atteint le point de non-retour. Quand elle regarde en arrière, il lui semble que son enfance, son adolescence, sa jeunesse, se sont effacées d'un coup. Qu'elles appartiennent à une autre femme, une inconnue. Cet effet d'éloignement la perturbe car il la prive de tout passé. Ses souvenirs lui paraissent irréels, à peine plus crédibles que les images d'un film. Elle a perdu ses racines. Elle est condamnée à réinventer sa vie.

*

Oui, elle s'est querellée avec Brandon dans un petit restaurant donnant sur la plage, devant le plateau de fruits de mer. Ce qui l'agace par-dessus tout, c'est qu'au fond d'elle-même, elle a envie de croire à la fantasmagorie échafaudée par le jeune homme.

Elle s'imagine très bien, pénétrant dans la banque déguisée en courant d'air, empoignant les liasses de billets pour les jeter dans un sac doublé d'amiante.

Non, c'est stupide. Ils ont tous deux été victimes d'une hallucination. Et pourtant il y a les billets ramenés par Brandon...

— Le frottement de l'air, a chuchoté le jeune homme, *c'est ça le gros problème.* Burly ne mentait pas, on peut prendre feu si on ne fait pas gaffe.

— Ta chemise n'avait rien, a objecté Peggy. Les poils de tes bras n'étaient même pas roussis. Tu as rêvé tout ça.

C'est à partir de là que le ton a monté. La jeune femme s'est levée, à bout de nerfs, pour quitter le restaurant. Elle a peur. Des choses confuses grouillent à la lisière de sa conscience. La tentation,

* Voir *Les Enfants du crépuscule.*

l'envie de renouveler l'expérience, de briser la routine... « Il ne faut pas ! » lui souffle la voix de la raison.

Elle a pris la Dodge, à présent elle roule en direction du bungalow.

Quand elle entre dans la maison, elle identifie tout de suite l'odeur fade qui flotte dans l'air. C'est celle du sang.

Elle se crispe. La porte de la salle de bains est ouverte et l'on entend le plic-plic du robinet qui goutte. Peggy s'avance sur le seuil.

La baignoire est pleine de sang. À ras bord.

La jeune femme retient son souffle et s'approche. Il y a quelque chose dans le fond, mais le sang dilué ne permet pas à cette distance de voir ce que c'est. Peg se penche. Une jambe coupée... Une jambe coupée repose au fond de la baignoire. En se vidant elle a teinté l'eau du bain, lui donnant une couleur rouge brique. Peggy se mord les lèvres pour réprimer un haut-le-cœur. Elle cherche la chaînette reliée au bouchon de caoutchouc de la bonde. Elle tire dessus pour libérer le trou de vidange. La baignoire se vide avec un gros glouglou. Quand elle n'est plus qu'à demi pleine, Peggy comprend qu'elle a été victime d'une mauvaise plaisanterie de Boyett, une de plus. La jambe coupée est en bois. C'est une prothèse articulée datant du début du siècle.

La colère s'empare de la jeune femme. Elle saisit la douchette fixée au robinet et nettoie rageusement l'émail. Le sang provient de poches à transfusion dont on a fourré les sachets vides dans la poubelle, sous le lavabo.

Un dégoût subit l'empêche de saisir le membre factice qui gît là, au milieu d'une flaque rosâtre, un peu gluante.

Elle se lave les mains mais renonce à se passer de l'eau sur le visage. La proximité de la prothèse a quelque chose d'obscène qui la pousse à fuir la salle de bains. Elle quitte la pièce, entre dans le séjour pour se verser une grande rasade de vodka. Au moment où elle se redresse, elle aperçoit une silhouette derrière la fenêtre. C'est l'Asiatique aux verres miroirs, le conducteur de la TransAm noire qui est venu l'observer à la réserve.

Absorbée par l'incident de la baignoire, elle n'a pas détecté l'approche du véhicule, ni même les pas de l'inconnu sur les gravillons du jardin. Elle ne sait pas ce qu'elle doit faire. Avant qu'elle ait eu le temps de prendre une décision, il est là, dans la pièce, avec elle. Il est là, dans son costume de lin blanc sans une marque de transpiration. Il sourit, esquisse un geste apaisant.

— N'ayez pas peur, dit-il. Je m'appelle Wong, Dexter Wong. Je ne vous veux aucun mal. Je suis venu vous prévenir, c'est tout.

Peggy se maudit de rester muette, idiote. L'Asiatique a enlevé ses verres miroirs. Il a une belle tête d'ivoire poli, aux pommettes si saillantes qu'elles semblent prêtes à crever la peau. Il a des mains fines, sûrement douces, pas du tout des mains de tueur. Le pli mongol, au-dessus de ses paupières supérieures, est très marqué, ce qui donne à ses yeux une expression mystérieuse. La jeune femme s'étonne que, à l'imitation de la plupart de ses congénères d'aujourd'hui, il n'ait pas eu recours à la chirurgie esthétique pour se le faire enlever. Cela dénote chez lui un refus d'occidentalisation plutôt surprenant.

— J'irai droit au but, murmure-t-il en baissant la voix. Je n'ai qu'une chose à vous dire : *ne jouez pas à ça*. Vous n'êtes pas de taille. Vous vous embarquez dans une histoire qui vous dépasse.

Peggy n'a même pas envie de nier. Elle sent d'emblée que ce serait inutile. Il *voit* en elle.

— Des forces terribles sont en présence, ajoute-t-il. Des choses qui vous paraîtraient un peu irrationnelles... Vous avez mis la main sur un objet qui ne vous appartient pas, c'était une erreur. Heureusement, pour le moment, le préjudice n'est pas encore irréparable. Replacez le container à l'intérieur de la statue, dans l'épave, et oubliez ce qui s'est passé. Avec un peu de chance, on ne vous sanctionnera pas pour votre malencontreuse curiosité.

Il se tient très près de Peggy, comme le ferait un intime, un amant, quelqu'un qui aurait l'habitude de la toucher. Elle voudrait reculer, rétablir une distance protocolaire. Elle n'y parvient pas. Cette intimité du contact engendre chez la jeune femme un sentiment de trouble un peu incongru. Elle s'ébroue, fait un effort pour recouvrer son sang-froid. La voix ferme, elle demande :

— Qui êtes-vous ? Pour qui travaillez-vous ?

Elle sait déjà qu'elle n'a pas affaire à la DEA. Elle en conçoit une inquiétude encore plus grande.

— Je n'appartiens pas à un organisme officiel, dit l'homme en laissant courir son regard sur le corps de son interlocutrice. Pas plus à la DEA qu'à la CIA... Mon rôle est beaucoup plus modeste, je suis une sorte d'agent commercial spécialisé dans les transactions clandestines. Un intermédiaire. Une espèce d'adaptateur électrique, de prise universelle... Vous savez : ces boîtiers qui permettent d'utiliser les appareils américains dans n'importe quel pays.

— C'est vague.

— Pas pour un Asiatique. Nous n'aimons ni les définitions trop claires ni les frontières trop précises. Je suis venu vous dire qu'il nous reste très peu de temps pour réparer l'accroc. Ni vous ni moi n'avons intérêt à déclencher une tourmente qui nous balaierait. Je vous engage à tout remettre en place et à ne plus vous occuper de cette affaire.

Peggy pose son verre sur la table roulante pour se donner une contenance. C'est aussi un prétexte pour s'éloigner de Wong. Elle a l'impression de se trouver en face d'un médecin qui, d'une seconde à l'autre, va lui faire subir un examen aussi intime que désagréable. Elle s'irrite de son trouble.

— Ce produit sort vraiment des laboratoires de la CIA ? demande-t-elle.

— Oui, c'est une curiosité historique. Un fossile découvert par hasard dans un bunker enfoui à la frontière du Laos. L'unique spécimen encore en circulation. Toutes les formules ont été détruites, nous ne savons plus rien des procédés de synthèse. Ceux qui ont inventé cette chose sont morts. On pourrait presque dire que ce liquide est le produit d'un art dont les secrets se sont perdus.

— Pourquoi, alors, l'introduire aux États-Unis d'une manière aussi rocambolesque ?

Wong sourit.

— Contrairement à ce que vous pensez, la manière n'a rien de farfelue. Surtout quand on la compare aux méthodes employées par certains barons de la drogue. Vous connaissez celle qui consiste à passer la douane avec, dans les bras, un bébé mort dont on a rempli le ventre de sachets de cocaïne ? Votre épave nous a rendu de grands services dans le passé.

— À quoi va servir cette drogue ?

— C'est un produit dopant aux possibilités extraordinaires, et qu'aucune analyse, même la plus poussée, ne peut déceler.

— Un dopant... Vous voulez dire qu'il améliore réellement les performances physiques ? J'ai eu l'impression, au contraire, qu'il s'agissait d'un banal hallucinogène, comme le bon vieux LSD des âges héroïques.

Wong secoue négativement la tête.

— Je ne suis pas d'accord avec vous. Bien sûr, l'impression qu'on en retire est excessive et sans grand rapport avec la réalité du phénomène, mais l'amélioration des performances est bien réelle.

— On bouge plus vite ?

— Oui. Nettement, mais il ne faut pas utiliser le

produit dans sa forme actuelle. Concentrée, c'est très dangereux. On risque des lésions mentales irréversibles. On finirait par succomber à une sorte d'intoxication psychologique débouchant sur la schizophrénie. C'est un processus biochimique bien connu des spécialistes de la médecine sportive. Quand on fait un effort prolongé, la consommation en sucre est telle qu'elle engendre une carence, les muscles asphyxiés sont saturés d'acide lactique et deviennent douloureux ; pour faire face à la demande en énergie, l'organisme décide lui-même de se doper en libérant de grandes quantités d'adrénaline. Tout se passe alors comme si on ranimait une chaudière en l'arrosant d'essence. Les flammes se mettent à gronder, mais on risque l'incendie. Alors, pour calmer le jeu, pour diminuer la tension artérielle, le cerveau injecte dans le sang une seconde drogue, une morphine naturelle, une sorte d'opium à base d'enképhalines. C'est pour cette raison que tous les sportifs parlent du « plaisir » de l'effort. La dopamine pulsée par leur cerveau est un véritable opium. Ils se sont shootés eux-mêmes, mais n'en savent rien. Toutes ces histoires de contrôle antidopage relèvent de la plus parfaite hypocrisie puisque notre organisme ne manque jamais une occasion de s'injecter lui-même des substances plus puissantes que l'opium afin d'améliorer ses performances. Notre cerveau est une sorte de dealer interne auquel nous avons sans cesse recours. Dans le cas qui nous occupe, ce sentiment de béatitude est tel qu'il aboutit à une perte de contact durable avec le réel. J'ai dit *durable,* mais certains n'hésiteraient pas à employer le mot *permanente.*

Peggy s'applique à dissimuler le frisson qui la parcourt. Peut-être invente-t-il cela pour la dissuader de dilapider le contenu du flacon ?

— Je sais que vous avez fait un essai, murmure-t-il. Je vous ai observés, vous et votre ami. Je vous supplie de ne pas recommencer. Je ne suis pas inquiet pour vous, mais Brandon me paraît moins bien armé.

— Il a volé des billets dans le tiroir-caisse d'unc boutique, lance Peggy, et personne ne l'a vu faire...

— Ça, c'est ce qu'il s'imagine, corrige Wong. En réalité, je suis passé derrière lui pour rembourser ses victimes et étouffer le scandale dans l'œuf. J'ai prétendu être médecin psychiatre... J'ai dit que Brandon était l'un de mes patients. C'est pour cette raison que personne ne s'est lancé à sa poursuite, mais je peux vous assurer qu'il n'était nullement invisible, et que tout le monde le voyait courir... même si, effectivement, il se déplaçait *très* vite. Il convient de faire la part du fantasme dans ce genre d'affaire. Chez certains sujets, la drogue imprime une telle certitude, qu'ils en deviennent presque aussitôt les esclaves. Ils ne doutent pas une seconde d'avoir accompli des choses extraordinaires. Ils en perdent tout sens critique. Ils n'ont plus qu'une hâte : recommencer, plonger dans le rêve, redevenir un héros de bande dessinée. Dès la troisième injection, ils sont irrécupérables. À ce stade, les lésions méningées sont déjà sérieuses. C'est en grande partie pour cela que l'Armée a renoncé à utiliser le produit. Les soldats qu'on traitait n'étaient plus fiables. Ils se comportaient comme des gamins, puis succombaient à des phobies terrifiantes. Ils avaient peur que leur peau s'enflamme au contact de l'air. Ils vivaient dans la terreur du vent, refusaient d'être touchés. Des choses comme ça.

— J'ai cru que le frottement de l'eau sur mes épaules était en train de les user, avoue Peggy.

Wong sourit avec tristesse.

— Vous voyez bien, soupire-t-il. En l'état actuel, le liquide est inutilisable. On peut même le considérer comme un poison. Personne ne peut même dire s'il sera possible d'en synthétiser une version allégée. C'est juste une probabilité, mais une probabilité qui pèse des milliards. Imaginez qu'on puisse soudain truquer toutes les performances sportives de façon indécelable... On pourrait fabriquer des athlètes surhumains en dépit des contrôles antidopages les plus acérés. Des boxeurs hyper-rapides, des footballeurs capables de filer comme le vent. Tous ces athlètes, une fois traités, deviendraient les maîtres du jeu.

Peggy comprend ce qu'il veut dire. Elle se rappelle nettement cette illusion d'évoluer au milieu d'un monde défilant image par image qui a été sienne lorsqu'elle a plongé dans les vagues. Pour un boxeur, ce serait encore plus flagrant : les poings de son adversaire bougeraient au ralenti, il aurait tout le temps d'éviter les coups...

— Les gens intéressés par ce produit sont très puissants, ajoute Wong. Et sans pitié. Je ne suis qu'un cadre commercial, je ne tiens pas à ce que le sang soit versé. C'est pour cette raison que je vous supplie de remettre le container en place. Je peux même envisager une compensation financière car je sais que vous êtes dans la gêne. Dans vingt-quatre heures il sera trop tard. On s'étonnera de la disparition du flacon, la machine se mettra en branle, je ne pourrai plus rien faire. On remontera très vite jusqu'à vous. Vous serez enlevée, torturée. Ne vous mettez pas dans la tête que vous pourrez traiter avec la Mafia... Les propriétaires actuels du container ne vous le permettraient pas.

Peggy lève la main pour couper court aux menaces.

— Je ne veux traiter avec personne, siffle-t-elle. Je veux que cette chose sorte de ma vie, c'est tout. Je vais aller remettre le container en place. Arrangez-vous pour que vos commanditaires viennent en prendre livraison le plus vite possible.

Wong s'incline, il paraît soulagé.

— Vous avez pris une sage décision, conclut-il. Vous n'aurez pas affaire à un ingrat.

Il sort. Peggy note qu'il n'a touché aucun objet. Elle éprouve une lassitude subite, comme au terme d'une joute épuisante. Depuis que Wong est parti, un vide s'est creusé dans la pièce. Un manque. La jeune femme n'aime pas ce qu'elle croit discerner en elle, dans les lointains de sa conscience. Elle se secoue, sort sa combinaison de plongée du placard, vérifie qu'il lui reste une bouteille d'air comprimé à peu près pleine. Elle veut en finir là, tout de suite.

Son matériel rassemblé, elle va dans la cuisine, ouvre le réfrigérateur.

Le freezer est vide. Le cylindre de métal a disparu.

10

Brandon et Burly roulent dans Miami. L'ancien soldat n'a accepté de quitter les Glades qu'en échange de plusieurs caisses de bière. De la Miller, pas une bière mexicaine, il a bien insisté.

Il a voulu passer par Ocean Drive, comme le premier connard de touriste venu, pour admirer les immeubles art déco barbouillés de couleurs invraisemblables : rose fuchsia, bleu layette... et s'extasier sur les énormes hublots qui leur tiennent lieu de fenêtres tout en justifiant leur appellation de « maisons paquebots ». L'euphorie l'a quitté dès qu'on est sorti des quartiers chics pour entrer sur le territoire de plus en plus vaste de la colonie hispanique.

À présent, le coude à la portière, il grommelle en déchiffrant les enseignes rédigées en espagnol.

— Putain! marmonne-t-il, on se croirait à Cuba. Quand je pense au Miami de mon enfance, c'est à se flinguer. Y z'ont pas eu besoin de nous déclarer la guerre, les Latinos, y nous ont envahis mine de rien. Bientôt ils seront plus nombreux que nous. Kennedy aurait dû les atomiser une fois pour toutes lorsque Khrouchtchev leur a livré ses foutus missiles. C'était une bonne occasion d'en finir.

Brandon ne l'écoute pas. Hier soir, il s'est engueulé sévère avec Peggy qui lui a reproché d'avoir volé le container métallique. Elle a raison d'ailleurs, c'est vrai qu'il a mis le cylindre en lieu sûr pour lui ôter l'idée d'aller le donner aux flics ou de le jeter à la mer. C'est trop important, ce truc. C'est la lampe d'Aladin, la bouteille magique avec le génie dedans, ouais ! Il s'est mis à crier plus fort qu'elle, puis il est parti en claquant la porte pour aller dormir dans sa voiture. Jamais il ne laissera une femme lui dicter sa conduite, elle ne doit surtout pas s'imaginer qu'il est un gentil petit garçon et le traiter comme une maman sous prétexte qu'elle est plus âgée que lui. D'ailleurs cette différence d'âge devrait *au contraire* la pousser à filer doux. Après tout, Brandon pourrait draguer des filles plus jeunes que lui ! Il lui fait une faveur en s'occupant d'elle. Elle ne devrait jamais perdre ça de vue. À son avis.

Ce matin, il a mis le cap sur les marécages, au sud de Miami, pour aller tirer le vieux Burly Sawyer de son cloaque. Il sait que le vétéran a conservé des contacts avec ses anciens compagnons de guerre, des types recyclés dans la vente de surplus militaires ou de matos un peu spécial. C'est une confrérie pleine de codes et de mots de passe mystérieux où il n'a pas ses entrées.

— Il est hors de question que je prenne feu lors du braquage, a-t-il expliqué, il me faut cet habit de pompier du pétrole dont tu parlais, la combinaison en amiante avec la cagoule, tout le bazar. Je m'entraînerai à courir sur la plage en la portant, pour m'habituer. Tu comprends, je ne tiens pas à prendre feu pendant l'action.

Burly s'est contenté de ricaner et de le regarder en coin, de ses petits yeux plissés.

— Alors ça y est ? T'es décidé, tu te lances ? a-t-il marmonné.

— Oui, a soufflé Brandon. Une chance pareille, ça ne se présente pas deux fois de suite. Un casse en toute impunité, à mains nues, sans armes, sans violence, sans risques. J'entre, je me sers, je m'en vais.

Personne ne me voit, je n'ai pas à proférer une menace, à brandir un flingue ou à frapper quelqu'un. Pas la peine, tout se déroule en douceur. Je suis un fantôme. Un spectre cambrioleur. Je n'existe pas.

Brandon se grise de ses paroles. Il lui semble que sa voix est belle, qu'elle résonne avec des chatoiements étranges. Depuis qu'il s'est enfilé cette dope bizarre dans les veines, il plane en permanence. C'est comme s'il n'arrivait pas à redescendre. Ce n'est pas désagréable. Jamais il n'a éprouvé une telle confiance en lui.

— Faudra que je bricole un sac en amiante, pense-t-il à haute voix. Ce serait con que les billets s'enflamment sous le frottement de l'air.

Burly n'émet aucune critique. Il a l'air de s'amuser. Il fait penser à un gosse contemplant le combat de deux scorpions qu'il aurait agacés au préalable avec le bout d'une brindille. On ne peut pas savoir ce qu'il a réellement en tête.

— Tu veux une part du magot ? lui a demandé Brandon. Après tout, tu joues un peu le rôle de conseiller technique...

— Ça m'intéresse pas, le fric, a-t-il répondu. Ce qui m'amuse, c'est de te voir prendre tant de risques pour si peu.

— Quels risques ? Tu veux dire les flics, les gardiens de la banque ? Ils ne me verront pas.

— Non, je parle des effets secondaires du produit. T'es déjà accroché, mec, ça se voit. Je sais de quoi je parle. Tu présentes tous les signes.

— Tu déconnes.

— Pas du tout. Tu ne te rends même plus compte que tu parles tout seul. Et tu souris en permanence, comme un vrai ahuri de hippie défoncé à la Marie-Jeanne. T'as mordu à l'hameçon, ça y est, t'auras beau gigoter, tu ne pourras plus te détacher.

Brandon hausse les épaules. Il est trop euphorique. Les insinuations de Burly ne parviennent pas à lui gâcher sa joie. Il est entièrement tourné vers le futur ; dès qu'il a cessé de les vivre, les événements s'effacent comme s'ils ne s'étaient jamais produits. C'est étrange. Ainsi, il se souvient de la dispute qui l'a opposé à Peggy comme d'une séquence en noir et blanc, extraite de l'un de ces vieux films chiants qui font, la nuit, le bonheur des émissions d'art et d'essai.

On ne peut rien lui reprocher car, dans un premier temps, il a honnêtement cherché un moyen d'éviter le hold-up.

— Cette dope, a-t-il déclaré à la jeune femme, c'est du temps liquide... Je suis certain qu'il y a des gens que ça intéresserait. Par exemple, une femme dont le gosse ou le mari serait en train de mourir à l'hôpital, elle n'aurait qu'à en prendre pour avoir l'impression que les heures se dilatent, que les horloges s'arrêtent... Tu vois ? Ça lui permettrait de profiter au maximum des derniers instants du malade.

Il était très fier de son idée, mais Peggy l'a dévisagé avec une espèce d'effroi, comme s'il était la créature du lac Noir en pleine métamorphose. Il a pensé également aux étudiants, aux élèves qui passent des examens. Avec le produit en question, toutes leurs facultés se trouveraient décuplées, ils pourraient apprendre par cœur des tas et des tas de bouquins en l'espace d'une nuit.

Ce sont là des moyens commerciaux sûrement plus honnêtes qu'un casse, même non violent, mais trop difficiles à mettre en œuvre. Il ne peut tout de même pas faire le pied de grue à l'entrée des hôpitaux pour proposer sa camelote aux parents éplorés !

Ces projets écartés, il ne subsiste plus que la solution du braquage fantôme.

— Tu planes, répète Burly, c'est visible. Ton organisme n'arrive pas à résorber la drogue. Ça se produit avec certains individus. Le poison reste stocké dans le sang, ils ne peuvent plus l'éliminer, ça s'accroche à l'intérieur, comme la poussière de charbon que respirent les mineurs. Et ça tourne, ça tourne sans s'arrêter à travers le circuit sanguin.

— T'essaies de me faire peur ?

— Non, je te préviens, c'est tout. T'es assez grand pour décider de la suite, c'est pas mes oignons. Si tu veux faire ton casse, fais-le vite, et ne touche plus jamais à cette saloperie.

Brandon secoue négativement la tête.

— Faut que je fasse des essais avant, un ou deux, pour vérifier que ça marche vraiment. Je vais courir sur la plage, en me filmant avec une caméra vidéo. Si on devient aussi rapide que tu le prétends, l'objectif ne captera pas mon image. Si le test est positif, je passerai à l'action.

— T'en seras alors à ta troisième injection, remarque le vieux, tu seras définitivement accro. T'auras la cervelle en marmelade. T'as pas le profil qui convient. Au Viêt-Nam, les toubibs de la CIA n'auraient pas retenu ta candidature. T'aurais été classé dans les « Trop réceptifs ».

Il continue sur ce ton pendant une bonne minute, mais Brandon ne l'écoute plus. Il finit par se garer dans une ruelle pourrie, devant le magasin de surplus indiqué par le vétéran. On vend de tout là-dedans, depuis les uniformes usagés, les haches et les casques de pompier jusqu'aux vieilles lances à incendie.

— Ce qui part le mieux, grogne le marchand (un type chauve à la carrure de catcheur enveloppé), c'est les bottes. Tous les petits crétins de la zone les achètent pour frimer. C'est ce qui se fait de mieux pour se marcher sur la gueule.

Brandon se promène au milieu du bazar sur lequel flotte une vague odeur de fumée, comme si le feu couvait encore sous les vestes d'intervention roussies. Il finit par dénicher ce qu'il était venu chercher : un scaphandre en amiante avec la cagoule et les gants. On dirait une grosse armure pataude taillée dans la peau grise d'un éléphant. Burly l'aide à s'équiper. C'est assez encombrant et ça réduit considérablement sa mobilité, mais il suppose que sous l'effet de la dope ce handicap sera vite oublié. La vitre de la cagoule est noire de suie et fendue verticalement. Ça n'a pas d'importance. Du moins il l'espère. Ce qui lui fait peur, c'est le souffle du vent sur sa peau, d'abord caresse, puis brûlure. Il en a eu un aperçu la veille. Au début c'était agréable, comme de rouler à vive allure à moto, seulement vêtu d'un tee-shirt par une journée de canicule, et puis... et puis la sensation d'effleurement s'est changée en irritation, comme s'il se déplaçait à travers un vent de sable. Enfin le sable est devenu cendre chaude, la cendre escarbilles, étincelles.

« La dose n'était pas assez forte pour que je m'enflamme, songe-t-il, mais lors du casse je ne pourrai courir aucun risque, il ne faudra pas lésiner sur la quantité. »

Il est capital qu'il devienne totalement invisible aux yeux des témoins comme à ceux des caméras de surveillance. Il a travaillé dans le cinéma, il sait bien que les supports employés par les enregistreurs vidéo ne défilent pas assez vite pour être en mesure de capter les objets qui se déplacent à très vive allure. L'image qui s'inscrit sur la bande n'est alors qu'une trace inutilisable, à peine un contour.

« J'aurai l'air d'un ectoplasme, pense-t-il en se dandinant dans son armure d'amiante. Ou d'un Martien dans son scaphandre spatial. Je serai trop rapide pour que les caméras puissent prendre une photo nette de mon visage à travers la vitre de la cagoule. »

Il sourit en songeant à la façon dont il a dissimulé le cylindre de métal brossé. Il est bien certain que Peggy n'aura jamais l'idée d'aller le chercher à cet endroit. Il est désolé d'avoir dû se passer de son avis, mais il la sentait prête à renoncer, tout ça parce qu'elle a eu un mauvais trip sur la plage. Elle est bien gentille mais il est hors de question qu'elle se mette dans la tête de décider à sa place. Il fera le coup tout seul. Il a tout prévu. En quittant la banque, il courra le plus vite possible pour sortir de Key West. L'alerte sera donnée dans la minute qui suivra le vol car les caissiers s'apercevront fatalement que les tiroirs sont vides tout à coup, comme par magie, mais une minute ça représente une éternité pour quelqu'un qui se déplace aussi vite qu'une mouche !

Le temps que la police se pointe sur les lieux, Brandon sera déjà sur la plage, loin de la banque, occupé à enfiler son équipement de plongée pour aller planquer le magot sous la mer, dans un trou de roche repéré il y a trois semaines. Il se trouvera toujours sous l'influence de la drogue, ce qui lui permettra de nager loin, aller et retour, en un temps record.

Ensuite, il laissera passer les jours, à l'aise, en reprenant des forces. Les journaux seront pleins du braquage mystérieux et l'on se perdra en conjectures sur la manière utilisée par les voleurs pour berner les systèmes de sécurité.

La voix rocailleuse de Burly le sort de son rêve éveillé.

— Quoi ? balbutie-t-il en ôtant la cagoule d'amiante sous laquelle il étouffe.

— *Tu vas maigrir,* répète le vieux. Tu vas consommer les sucres contenus dans ton organisme en 30 secondes à peine, après tu vas brûler les graisses, mais ça ne te donnera pas beaucoup plus d'une minute de combustion. Alors, pour continuer à fonctionner, ton métabolisme s'attaquera à la chair de tes muscles. Ça se déroule par paliers successifs, comme les étages d'une fusée qui se détachent les uns après les autres au fur et à mesure qu'ils ont bouffé leur carburant. Si tu bouges trop longtemps, tu vas te dévorer toi-même, tu piges ? Ton organisme va s'alimenter de ses propres fibres, comme c'est arrivé pour les mecs prisonniers des camps de concentration. La maigreur, c'est ça : ça veut dire qu'on est en train de se bouffer soi-même, et c'est ce qui se passera si tu galopes trop longtemps.

— Tu ne m'avais pas parlé de ça, s'irrite Brandon. C'est quoi ce plan ?

— La vérité pure, mon gars. La vérité physiologique du processus, répond sereinement Burly. Tu vas te booster comme une fusée qui décolle de Cap Canaveral, mais il te faudra en supporter les conséquences. Les jours qui précéderont l'action, essaie de prendre du poids, mange, stocke de la graisse, avale beaucoup de sucreries, des pâtes, du pain. Ensuite, sur le trajet de ta cavale, il te faudra prévoir des relais, des planques remplies de confiseries. Tu t'y arrêteras pour refaire le plein en sucre.

— C'est débile, ricane Brandon. Je vais m'arrêter au beau milieu d'une cavale pour bouffer des bonbons ? C'est ça que tu es en train de m'expliquer ?

Le vétéran laisse échapper un petit rire malin. D'une poche de sa veste en peau de requin, il tire un mégot de cigare dominicain et l'allume doucement.

— Je t'explique que si tu ne suis pas mes conseils à la lettre, tu crèveras d'inanition dans ton scaphandre à peine sorti de la ville, ricane-t-il. Tu tomberas raide mort, parce que tu ne pèseras plus que 30 kilos, tout malin que tu es ! Tu auras perdu les deux tiers de ton poids initial en 15 minutes. À la base, t'es déjà trop maigre, je te l'ai dit. T'as pas le bon profil. Au Viêt-Nam, les toubibs sélectionnaient des types balèzes, gras à lard, engraissés aux patates, au maïs et au sirop d'érable. Avant une mission, on les gavait comme des porcs qui partent à l'abattoir. Fallait qu'ils prennent 10 bons kilos de surcharge pondérale. C'est comme ça qu'on disait : surcharge pondérale, c'est mieux que « gras du bide ». Quand ils revenaient, on aurait dit qu'ils sortaient d'un camp de prisonniers VC.

Brandon grogne. Okay, il s'arrangera pour prendre du poids, ça n'a rien d'impossible. On ne le découragera pas avec des détails aussi futiles. Il n'est pas aveugle, il perçoit nettement l'aura de jalousie qui enveloppe Burly. Le vieux crève d'envie, il voudrait être encore capable de tenter l'aventure, mais s'il se faisait le moindre shoot, il se paierait un infarctus dans les 3 minutes qui suivraient.

— T'es qu'un crétin, soupire le vétéran. T'as tout ce qu'il te faut pour être heureux : la jeunesse, la santé, une chouette nana. T'as eu la chance de ne jamais connaître la guerre... Remarque, c'est peut-être ça qui t'a manqué, va savoir. Ça t'aurait appris la valeur des choses.

Brandon lui tourne le dos et va discuter le prix de la combinaison d'amiante avec le patron des surplus. Il n'a pas tellement d'argent et ça représente un gros investissement pour lui.

« Tout ce qu'il faut pour être heureux ? » *Vraiment ?* Et le fric alors ? Il est con, ce Burly, comme si on pouvait être heureux sans fric !

Il hausse les épaules. Il n'a pas peur, il sait qu'il est né sous une bonne étoile, et qu'il a la chance dans le sang.

11

C'est l'aube, la plage est déserte. Brandon a choisi un endroit considéré comme historique parce qu'y subsiste l'un des bunkers édifiés à la hâte du temps où l'on craignait une invasion en provenance de Cuba. Le bloc de béton trône à la lisière du sable, mangé par les fougères géantes, survivant d'une époque de paranoïa glorieuse mais reposante, aux camps bien délimités.

La plage a mauvaise réputation, les touristes l'évitent. On dit que les drogués s'y donnent rendez-vous et que le sable est truffé de seringues « séropositives » qui vous transpercent la plante des pieds. La légende veut que les homosexuels de l'île s'y accouplent en des sabbats infernaux au cours desquels le rhum et le sperme coulent à flots. Brandon s'immobilise à la lisière des palmiers, le regard tourné vers l'océan. Il se sent dans une forme physique époustouflante. L'énergie crépite le long de ses nerfs en produisant des craquements d'étincelles. S'il faisait nuit, on verrait une lueur de volcan briller sous la corne translucide de ses ongles. Il a planté la caméra vidéo de manière à couvrir un large champ. Il la déclenchera à distance au dernier moment, à l'aide de la télécommande glissée dans sa ceinture.

« Je suis devenu un mutant », pense-t-il le plus

sérieusement du monde. Il enfile la combinaison d'amiante, pose la cagoule vitrée sur sa tête. L'oxygénation ne sera pas formidable mais il faudra faire avec. Il s'est injecté une nouvelle dose avant de descendre de la voiture. Quand il a pris la décision de cacher la dope, à l'insu de Peggy, il en a prélevé une pleine seringue qu'il a « capuchonnée » ; juste assez pour faire face aux nécessités de l'entraînement de ce matin. Le reste est en lieu sûr ; là où personne n'ira jamais le chercher. Une super-cachette dont il est assez fier. On ne l'a jamais cru très futé, et pourtant en cette occasion il a largement assuré. Le vrai trait de génie.

Soudain il s'élance, silhouette pataude et grise. Dans la lumière floue de l'aube naissante, il a l'air d'un visiteur extra-terrestre vêtu d'un scaphandre en peau de dinosaure. Si des gosses le surprenaient ainsi, ils s'enfuiraient en hurlant de peur. Il plante ses pieds dans le sable à la manière d'un taureau qui charge... Cette association d'idées lui remet en mémoire qu'à un moment il s'est demandé si les matadors mexicains seraient intéressés par une drogue leur permettant de voir bouger le taureau au ralenti et de deviner avec quelques secondes d'avance ses déplacements les plus imprévisibles... Il s'est dit qu'il y avait peut-être là un marché potentiel juteux, mais il a préféré laisser tomber. Trop compliqué. Il n'est pas doué pour la parlote, pour faire l'article. Et puis les Latinos sont trop machos, surtout les toreros. Ils l'auraient sans doute rembarré en l'accusant d'attenter à leur honneur.

Il préfère se débrouiller tout seul.

Ça y est, *il décolle*... Il sent son corps s'alléger. La perte de poids est nettement sensible. Le scaphandre d'amiante ne pèse plus rien. Les cocotiers bordant la plage défilent comme s'il les contemplait depuis un train lancé à pleine vitesse. Une illusion étrange s'installe en lui : il est immobile, suspendu au-dessus du sol, figé, et la plage seule bouge en dessous, à la manière d'un trottoir roulant.

Une certitude lui fusille l'esprit : il est en train de se désincarner !

« À partir d'une certaine vitesse, pense-t-il, le corps ne pèse plus rien, les molécules qui le composent s'écartent les unes des autres, on devient poreux, on peut s'infiltrer dans les interstices de la matière. Passer au travers des murs... »

Il se rappelle avoir lu ce fatras pseudo-scientifique dans un quelconque bouquin de science-fiction, mais son sens critique se rendort très vite. Une envie lui vient, celle de se jeter contre la paroi de béton du bunker à demi ensablé qui se dresse au bout de la plage.

« Si je prends bien mon élan, se dit-il, je deviendrai si poreux que mes atomes s'infiltreront dans l'espace intramoléculaire des particules de ciment. »

Il ne perçoit plus les limites de son corps, il se voit désormais sous la forme d'un brouillard vivant, ou plutôt d'essaim aux contours flous. Un essaim d'atomes infiniment plus petits que les grains de sable charriés par le vent... un essaim qui peut s'infiltrer n'importe où.

La clef de tout, c'est la vitesse. La vitesse qui dissocie la structure figée du corps.

L'ivresse déferle dans son esprit. Il s'entend rire, mais son rire ne sort pas de sa bouche, il suinte de son corps en extension, telle une sueur.

« Poreux, répète-t-il, je suis poreux. »

Il est pareil à un avion s'élançant sur une piste d'envol. Au moment où ses roues s'arrachent du sol, l'appareil devient mou, perd soudain sa belle rectitude métallique. Pâte à modeler aux reflets d'acier, il se défait, son nez s'aplatit sous la poussée de l'air, ses ailes flasques sont rabattues contre son fuselage. Il se change en flaque, s'étire, se dissout, se pulvérise dans l'atmosphère.

L'image allume une angoisse stridente dans la tête de Brandon. Peur de la dissolution. Une voix qu'il ne peut identifier lui récite un théorème qui paraît sortir d'un livre de physique : *La vitesse désagrège les structures ; à terme, le risque est grand de se trouver atomisé, éparpillé sans espoir de recomposition, à la façon d'un morceau de plomb qui, pénétrant dans l'atmosphère du soleil, se sublimerait en une vapeur impalpable.*

Brandon essaie de ralentir, mais il est trop tard, la vitesse acquise est trop grande. Il fonctionne désormais comme ces paquebots si lents, si lourds, qu'ils mettent une heure à s'arrêter. Une force le porte, le pousse en avant. La paroi du bunker se rapproche, elle va le percuter. C'est elle qui bouge, qui vole à sa rencontre, non l'inverse.

Le choc est atroce. Malgré la malléabilité de l'essaim moléculaire qui constitue désormais le corps du jeune homme, l'impact se répercute dans toutes ses terminaisons nerveuses. Il hurle. Nuée d'abeilles dispersées par le passage d'un avion, ses atomes vont s'éparpiller aux quatre vents. Il tombe sur le dos. Une ombre s'étend sur lui, le débarrasse de la cagoule. Il gémit. *Il ne faut pas !* Il est encore trop tôt ! Son corps mal recomposé va se défaire dans le vent qui souffle sur la plage. Il est plus fragile qu'une statue de cendre ; rien n'est stable dans sa chair, ni ses muscles ni ses os. Les mains de Peggy (car c'est elle qui se penche sur lui) vont l'émietter. Il hurle un avertissement : « Ne me touche pas ! » mais rien ne sort de sa bouche qu'une bouillie de mots émiettés eux aussi...

*

La jeune femme est inquiète. Pendant un moment, elle pense que Brandon est en train de mourir d'une overdose. Il a l'air si vulnérable. La peau blême, la chair aspirée à l'intérieur des joues...

il est tout en sueur, des cernes violets sous les yeux. Le scaphandre d'amiante ajoute à l'aspect insolite de son état. On dirait un cosmonaute éjecté d'une capsule spatiale échouée. Elle se demande ce qu'il fabrique, ainsi affublé. Elle l'a suivi quand il a quitté la maison, avec l'espoir qu'il la mènerait à l'endroit où il a caché le cylindre de métal, mais il n'a fait aucune halte suspecte. Pendant qu'il courait sur la plage, elle a fouillé la Buick, en vain. Dans la boîte à gants, elle n'a trouvé qu'une seringue vide mais d'où montait l'odeur si particulière de la drogue. Alors elle a traversé le bosquet de palmiers pour le supplier encore une fois de renoncer à son projet de cambriolage. Elle l'a vu s'élancer, vêtu du costume de protection anti-feu. D'abord elle a cru qu'il ne parviendrait pas à faire plus de dix enjambées, puis elle a réalisé qu'il se déplaçait avec une aisance surprenante. Vite. Très vite. *Trop vite.* Il a remonté la grève dans toute sa longueur, puis, de façon incompréhensible, s'est jeté la tête la première sur le vieux bunker où les drogués ont pris l'habitude de se piquer. On aurait dit qu'il ne contrôlait plus rien. « Qu'il n'avait plus de freins... », corrige Peggy.

— Tu es en train de te tuer, gronde-t-elle, prise entre la colère et les larmes.

Il lui est odieux. Elle ne sait plus si elle l'aime ou si elle a hâte de le voir sortir de sa vie. Elle le prend sous les aisselles, le tire sous les arbres. Il a le regard flou mais ses pupilles ne sont pas dilatées. Elle lui touche le front, sa température est élevée : 40, voire un peu plus.

— La cagoule, balbutie-t-il, n'oublie pas la cagoule.

Au bout d'un moment, elle lui donne à boire. Il hésite.

— Je ne sais pas, murmure-t-il, il est peut-être encore trop tôt, mon corps n'est pas entièrement recomposé. Le liquide va couler entre les molécules.

Il est en plein délire. Elle finit par comprendre qu'il se croit éparpillé, victime d'une dilatation corporelle qui fait de lui une sorte de guimauve humaine terriblement vulnérable. Il lui explique qu'il doit attendre de solidifier avant de se mettre à bouger, sinon ses os, ses organes, se décrocheront et se mélangeront à l'intérieur de son corps.

— C'est la drogue, grogne la jeune femme. Merde ! ce n'est qu'une illusion. Wong m'a dit qu'elle agissait à la manière d'un séjour en caisson de privation sensorielle. Dès que le cerveau perd ses sensations tactiles, il ne parvient plus à se situer dans l'espace et se retrouve submergé d'hallucinations. Tous ceux qui ont fait des séjours en caisson connaissent bien ce phénomène, ça n'a rien de mystérieux ni de magique.

Brandon ne l'écoute pas ; c'est à peine s'il perçoit sa présence.

Elle a beaucoup de mal à le persuader de se lever pour gagner la voiture. Il affirme qu'il est encore trop mou, qu'il va se défaire et tomber en vrac au fond du scaphandre d'amiante. « Comme de la pâte à crêpes... », répète-t-il avec une voix de petit garçon.

Elle doit le soutenir. Bizarrement, elle ne peut s'empêcher de vérifier la texture de son corps. Elle s'en veut de céder au climat de fantasmagorie dans lequel ils se déplacent tous deux depuis trois jours.

— T'es dingue, marmonne Brandon, me remue pas comme ça, j'sens mes organes qui se mélangent.

Elle l'étend sur la banquette arrière. Ne manquerait plus qu'un flic passe ! Mais Wong ne lui a-t-il pas affirmé qu'aucune analyse ne permettait de déceler la présence du produit ?

Elle se glisse au volant de la Dodge, abandonnant la Buick sur place. Une fois sur la route, elle réalise qu'elle a oublié sur la plage la caméra vidéo que Brandon avait emportée pour filmer sa performance. Tant pis, elle ne veut pas prendre le risque de faire demi-tour. Quelqu'un la volera et effacera la bande.

*

Plus tard, une fois de retour à la maison, elle déshabille doucement le garçon et l'étend sur le lit, nu, les bras en croix. Elle lui passe sur le torse une éponge imbibée d'eau tiède. Sa peau d'ordinaire dorée a une vilaine teinte cireuse. Il a la chair de poule et il grimace comme si la caresse de l'éponge était douloureuse.

— Regarde si je suis mou, chuchote-t-il. Vois si tes doigts peuvent traverser ma peau... Appuie, appuie doucement. Il faut que je sache.

Elle a peur. L'hostilité se mêle à l'angoisse et elle est sur le point de le gifler. Il insiste. Elle doit se résoudre à tendre l'index et appuyer sur le ventre de Brandon. Elle prend conscience qu'elle ne serait pas surprise de voir son doigt traverser la peau du garçon pour s'enfoncer dans l'intimité de ses viscères. Tout lui semble possible. Sans doute parce qu'elle subit elle-même les séquelles de la première injection. Elle est soulagée de constater que les muscles résistent à la pression.

— Non, murmure-t-elle. Ça n'entre pas.

— Tant mieux, soupire le garçon. Pendant un moment, j'ai cru que je resterais poreux.

— Pourquoi t'es-tu jeté contre le bunker, sur la plage ?

— Je voulais le traverser... À partir d'une certaine vitesse, la structure se dilate, on n'est plus compact, on peut se glisser dans les interstices d'un obstacle immobile. On devient comme du sable qui s'écoulerait dans un tamis. Ou de la farine traversant une passoire. Le monde, c'est la passoire... et moi je suis la farine, je m'infiltre partout.

Il rit bêtement.

Peggy hoche la tête. Elle ne veut pas le contrarier. Lui répéter qu'il s'agissait d'une hallucination ne servirait à rien. L'illusion a installé sa certitude en lui. Elle se rappelle les sensations qu'elle a elle-même éprouvées sous la mer après la piqûre. Cette réalité foudroyante du rêve.

Aujourd'hui, avec Brandon, elle a pu constater *de visu* les effets du produit. Il courait plus vite que d'ordinaire... au-delà de ses capacités, elle l'a bien senti. *Mais il n'était pas invisible...* loin de là. La dope est efficace, c'est certain, elle améliore considérablement les performances, mais ce n'est pas un produit magique. Elle ne permettra pas à Brandon de courir plus vite qu'une balle sortant du canon d'un revolver.

Le garçon s'est endormi. Peggy en profite pour fouiller ses vêtements à la recherche d'une clef de consigne, d'un indice qui lui indiquerait l'endroit où est dissimulé le container. Wong doit lui téléphoner ce soir. Il n'est nullement hostile, mais son inquiétude — manifeste — est assez éloquente pour le dispenser de proférer des menaces. Peggy devine qu'il a peur. Elle voit grouiller derrière lui des ombres maléfiques : les Yakuza... les Triades... les Tongs, nés d'une secte religieuse 2000 ans avant Jésus-Christ : *Hi-O-Chuan,* les Compagnons des Poings harmonieux. Un empire du crime auprès duquel la Mafia fait figure d'aimable gang de quartier. Les Japonais ont une expression pour désigner cet univers : *Obake no sekai...* le monde des fantômes.

Elle laisse tomber les vêtements trempés de sueur. L'image de Brandon, jogger extatique se jetant contre un mur de béton, continue à la hanter.

Elle s'assied au bord du lit, lui secoue l'épaule pour le réveiller. Il entrouvre les paupières. Elle le somme de lui révéler où il a caché le cylindre. Elle espère que la drogue, en affaiblissant ses défenses, le fera parler.

Il grommelle des mots indistincts et se rendort. Elle a les mains moites et sa lèvre inférieure tremble.

N'y tenant plus, elle prend dans sa poche une petite carte sur laquelle Wong a noté un numéro de téléphone cellulaire. Elle passe dans la salle de séjour pour l'appeler. Il décroche aussitôt.

— Je n'ai rien pu obtenir de lui, dit-elle. Il est... en état second. Il plane.

Wong ne dit rien. Elle se sent forcée d'insister.

— Vous ne pourriez pas lui injecter quelque chose pour le faire parler ? suggère-t-elle. Je ne sais pas, moi, du penthotal, de la scopolamine ? On parle toujours de ces trucs-là dans les romans.

— Ça ne servirait à rien, dit Wong avec lassitude. Le produit qui court dans ses veines est cent fois supérieur à ceux que vous venez de mentionner. Il est hors d'atteinte. Surtout s'il en a repris... Car il en a repris, n'est-ce pas ?

— Oui.

— C'est très grave. Il est peut-être déjà irrémédiablement intoxiqué. Faites attention, il est possible qu'il se mette à développer un comportement schizophrénique dangereux dans les jours qui viennent. Je vous avais mise en garde : à l'état concentré, le produit est un poison pour l'esprit.

— Que dois-je faire ?

— Le temps presse. Ne le contrariez pas et suivez-le. Il vous mènera sans doute à la cachette, c'est inévitable, il aura forcément envie d'en reprendre. C'est ainsi que ça marche. N'hésitez pas à m'appeler.

Il a raccroché, la laissant désemparée. Elle consulte sa montre. Elle doit partir, un groupe de touristes l'attend sur l'embarcadère pour une plongée. Elle ne peut se permettre de leur faire faux bond, sa crédibilité auprès des agences de Miami est engagée. Elle a juste le temps de sauter dans le bateau et de contourner la plage pour aller prendre livraison des gentils gogos bardés de caméras sous-marines qui lui permettent de payer ses factures.

*

Quand Brandon sort de l'anéantissement, Peggy est partie. Il est seul dans le bungalow. Son premier réflexe est de toucher son corps nu, de l'explorer avec précaution. Il se trouve mou... *Pas comme d'habitude.* Ses abdominaux lui font l'effet d'avoir été modelés dans de la pâte à pizza crue.

Il passe dans la salle de bains pour s'examiner en pied dans le miroir collé au revers de la porte. Il fronce les sourcils, il se trouve quelque chose d'affaissé, comme si ses muscles pendaient sur la charpente osseuse. Sur la plage, il a souvent vu des vieux « bien conservés » qui présentaient cet avachissement du corps. Une lassitude des tendons, une mollesse suspecte prélude à la grande débâcle du troisième âge.

« Je me suis mal recomposé », songe-t-il en frissonnant. Il réalise qu'il a pris 15 ans en 5 minutes de course. Ce sprint sur la plage lui a bouffé sa jeunesse, il en paie le prix en ce moment. S'approchant du miroir, il fourrage dans sa chevelure d'un noir de suie. Il ne lui faut pas 15 secondes pour isoler un cheveu blanc. Burly avait raison. Les prodiges se paient rubis sur l'ongle, sans délai, sans crédit.

Il a la bouche sèche. Il éprouve le besoin de s'asseoir sur la lunette des W-C pour ne pas fatiguer les os de ses jambes qui risqueraient de se tordre sous le poids de son corps. Il se demande s'il ira mieux le lendemain, s'il aura retrouvé sa solidité. S'il plongeait dans l'océan à cette minute, il sait qu'il se diluerait dans les vagues, comme un sucre tombant au fond d'une tasse de café bouillant. À chaque brasse, il perdrait un peu plus de chair, jusqu'à n'être plus rien qu'une épure, une silhouette, un ectoplasme.

« Je fondrai », murmure-t-il en essayant de maîtriser le tremblement de ses mains.

Mais il ne faut pas non plus qu'il tremble, ses os pourraient bien se déboîter.

12

Peggy rentre à la nuit tombante. Après la plongée, il lui a fallu boire un verre puis dîner avec les touristes, cela fait partie du rituel convivial. Ce soir, elle avait la tête ailleurs et elle a eu du mal à faire bonne figure. Elle a essayé de donner le change en multipliant les anecdotes sur les requins. En règle générale, les vacanciers adorent les histoires de requins, surtout lorsqu'ils ne sont plus dans l'eau.

De retour au bungalow, elle trouve Brandon allongé sur le lit en proie à une stupeur comateuse. Il regarde le plafond comme s'il s'agissait d'un écran de cinéma sur lequel défileraient les images d'un film projeté à sa seule intention. Des expressions fugitives s'impriment sur son visage tandis qu'il scrute le ventilateur.

Peggy juge inutile de le déranger, elle va dans la salle de bains pour se laver les cheveux et se passer un lait adoucissant sur la peau car on n'a rien inventé de mieux que le sel de mer pour déshydrater la peau des femmes. Elle puise dans ces gestes routiniers un réconfort qui fait obstacle à ses angoisses. À peine le seuil franchi, elle remarque que Brandon a démonté ses haltères pour en glisser les disques de fonte dans les poches de ses vêtements, comme s'il voulait se lester. Sa veste pend, accrochée à la poignée de la fenêtre, distendue par les poids qui la tirent vers le bas.

Elle retourne dans la chambre, demande au jeune homme la raison de ce comportement.

Il tressaille, émergeant avec peine de son rêve intérieur. La voix de Peggy a dû mettre deux bonnes secondes à parvenir jusqu'à son cerveau.

— C'est pour me ralentir, bredouille-t-il. Il me faut du lest, comme les scaphandriers, sinon tu ne me verrais même plus bouger. Je deviendrais invisible, même pour toi.

Peggy ne trouve rien à répondre. La folie paraît toujours cocasse au cinéma; dans la réalité, elle engendre chez le spectateur un sentiment de malaise difficile à surmonter. Elle s'assied sur le lit, contemple Brandon. Il a basculé, il est resté quelque part de l'autre côté du miroir. Wong n'a pas exagéré les redoutables pouvoirs du produit dopant. Elle n'ignore pas que dans les sixties, le LSD a provoqué chez certains sujets des psychoses foudroyantes, voire des états de catatonie incurables. Tout dépend du terrain sur lequel a lieu l'expérimentation. Elle a appelé Wong pour lui demander des précisions sur tout cela, mais il est resté froid, peu optimiste.

— Dans certains cas, la personnalité explose, s'est-il contenté de répéter. C'est la même chose lorsqu'on utilise l'hypnose en thérapie. On peut assister à des bouleversements radicaux. Le vernis se défait, tout remonte à la surface, les obsessions secrètes, les pulsions enfouies, et cela en l'espace d'un claquement de doigts. Si le sujet n'est pas psychologiquement bien structuré, la déliquescence peut se révéler instantanée.

Brandon était-il bien structuré? Peggy n'en mettrait pas sa main au feu. Comme beaucoup de garçons d'aujourd'hui, c'est un adolescent prolongé, superficiel, vivant de sensations à fleur de peau, se lassant vite de tout, et n'envisageant le monde, la vie, que sous l'aspect d'un grand parc d'attractions construit pour son usage personnel. Il est né pour s'amuser, rien d'autre. Et cette programmation ne l'a probablement pas préparé à ce qui lui arrive aujourd'hui.

Lasse, inquiète, elle se déshabille, passe un maillot de footballeur et s'allonge à côté de lui. Il continue à sourire. Elle s'était promis de le veiller le plus longtemps possible, mais l'exploration sous-marine de l'après-midi l'a fatiguée, et elle bascule presque aussitôt dans le sommeil.

*

Il la réveille en sursaut au beau milieu de la nuit. Il est assis sur le lit, nu, hagard, en proie à une panique intense. Il examine les draps, se touche les flancs, le ventre...

— Tu ne sens pas ? bredouille-t-il. Ça sent le brûlé. Regarde les draps, ils sont roussis... C'est moi... C'est ma faute. Ma chaleur augmente. Burly m'avait prévenu.

Peggy veut le prendre dans ses bras pour le réconforter mais il la repousse.

— Me touche pas ! hurle-t-il, tu te brûlerais. C'est le frottement de l'air... J'ai emmagasiné la chaleur du frottement ; tu sais, comme les capsules spatiales lorsqu'elles rentrent dans l'atmosphère. Le bouclier thermique m'a protégé de l'embrasement mais la chaleur résiduelle est entrée en moi, je la sens... Putain ! Ça pue le brûlé. On dirait qu'on a oublié un fer à repasser sur du linge.

Il se débat. Il est très chaud effectivement, mais de la chaleur de la fièvre.

— Je vais foutre le feu à la maison ! vocifère-t-il en se dressant. Faut que j'aille dehors.

Peggy le rattrape, à force d'éloquence elle parvient à le persuader de s'envelopper dans un drap mouillé. Il accepte. À peine emmailloté, il écarquille les yeux et lance d'une voix que la peur rend suraiguë : « Regarde ! Ça fume ! Bon Dieu ! Ça fume ! »

La jeune femme doit l'asperger d'eau froide pour le rassurer.

Au bout d'une demi-heure, il se calme.

— Mets l'extincteur au pied du lit, murmure-t-il en s'endormant. C'est plus prudent. Et réveille-moi si je deviens rouge vif, faudra que j'aille me tremper dans la mer, ce sera le seul moyen pour moi de refroidir.

Peggy voudrait s'allonger à ses côtés mais il refuse, car il craint de la brûler. Il est persuadé de dégager une chaleur de haut fourneau.

Peg passe une mauvaise nuit, alternant assoupissements et réveils haletants. Tout à coup, vers 4 heures du matin, une sensation de danger lui fait reprendre conscience. La certitude d'une présence menaçante, là, dehors. Elle se dresse, marche vers la fenêtre. À travers les fentes des volets, elle perçoit une odeur de Néoprène très familière, et des crissements mouillés qui évoquent pour elle le bruit d'une combinaison de plongée émergeant des vagues. Il y des hommes-grenouilles dehors, autour du bungalow. Des plongeurs de combat... Elle se rappelle soudain l'image qui l'a assaillie lorsqu'elle se trouvait sous l'influence de la drogue : l'armada des ninjas de caoutchouc noir nageant dans sa direction, menaçants, meurtriers. Était-ce une prémonition ? Ils sont là à présent, ils se préparent à forcer la porte de la maison. Ils viennent récupérer le container.

Elle se jette sur le téléphone cellulaire et forme le numéro de Wong.

— Il y a des hommes dehors, murmure-t-elle. Venez vite... Des plongeurs... Ils sont venus par la mer...

— J'arrive, dit le Japonais. Barricadez-vous.

Et il raccroche. Peggy imagine mal comment elle

pourrait se barricader. Le bungalow n'a pas été construit pour affronter un siège, et les ouragans successifs n'ont fait qu'affaiblir sa structure. Elle ne possède pas d'armes à part quelques fusils-harpons au fond d'un placard. Elle va en chercher un, introduit une cartouche de gaz dans le propulseur. C'est une arme à un coup, peu efficace en face d'une meute d'agresseurs décidés. L'odeur de caoutchouc est là, plus proche. Les combinaisons mouillées crissent. Ils ont dû laisser leurs bouteilles à la lisière des vagues. Combien sont-ils ? Ils ne parlent pas mais elle sent leur présence de l'autre côté du volet. Un cliquetis métallique l'avertit qu'on touche à la poignée de la porte. Elle hésite à crier : « Je sais que vous êtes là ! Fichez le camp, j'ai prévenu la police ! » Elle redoute obscurément que cette menace, au lieu de les mettre en fuite, ne les pousse au contraire à précipiter les choses. Elle pense aux Yakuza, aux Triades... Elle les imagine mal s'effrayant de l'arrivée d'une simple voiture de patrouille. Elle éteint la lumière et se place face à la porte, le fusil-harpon pointé vers le battant. Ces tueurs sortis de l'eau l'emplissent d'une peur superstitieuse qu'elle s'explique avec peine. Dans son imagination, elle se les représente sous la forme de créatures mi-hommes mi-tritons. Absurde !

On explore la serrure, mais il s'agit peut-être d'une simple diversion ; pendant qu'elle s'obstine à surveiller le battant, ils s'appliquent à forcer un volet à l'arrière de la maison...

Elle tremble. Tout à coup elle entend gronder un moteur et une lumière violente balaie le bungalow. On klaxonne. C'est Wong. Trois minutes s'écoulent, elle commence à penser que les plongeurs l'ont tué quand on gratte à la porte.

— C'est moi, souffle l'Asiatique. Il n'y a personne, vous pouvez ouvrir.

Elle obéit, appuyant le fusil-harpon contre un mur, pointe en bas.

Wong est là. Il porte un costume anthracite, une chemise noire. Il est armé.

— J'ai fait le tour de la maison, répète-t-il. Je n'ai vu personne. Mon arrivée les a fait fuir, ou bien...

— Ou bien? fait Peggy, en écho.

Wong baisse les yeux, trahissant sa gêne.

— Ou bien il n'y avait personne, dit-il. Vous avez peut-être été victime d'une hallucination due à la drogue. C'est fréquent. Des flashes résiduels.

La jeune femme se cabre instinctivement.

— Vous voulez dire que je suis folle?

— Folle, non. Victime des séquelles de la première injection, oui. Il vous faudra des mois, voire un an avant que votre organisme n'élimine totalement cette saloperie. Vous rêverez beaucoup, vous ferez des cauchemars. Vous serez assaillie par des hallucinations incroyablement réalistes, et la plupart du temps incongrues. Vous apprendrez à vivre avec.

— Vous parlez d'expérience?

— Non, mais je suis un bon vendeur et je connais bien les caractéristiques des produits que j'écoule. Je vous avais prévenue : le liquide est inutilisable dans sa forme actuelle. Les chimistes asiatiques n'ont pas réussi à diminuer sa toxicité, c'est pour cette raison qu'on l'a expédié ici, avec l'espoir d'en tirer une variante, sinon inoffensive, du moins sans effets secondaires aussi rédhibitoires.

Peggy l'écoute. Elle a déjà remarqué qu'il aimait employer des mots précis, des mots littéraires. Il est flegmatique, racé, il inspire le calme. Il l'invite à l'accompagner dehors. Peggy cherche des traces de pas, mais les gravillons rendent tout repérage impossible. Elle se dit qu'il a probablement raison. Les ninjas de caoutchouc sont sortis de ses rêves et non de la mer.

— Vos craintes n'ont rien d'irréaliste, murmure Wong. Elles ne font qu'anticiper la réalité. C'est de cette manière que les choses se passeront si nous n'avons pas récupéré le container d'ici demain soir. Ils viendront ici... pour vous faire parler.

— Et vous ne tenterez rien pour me protéger ?

Wong esquisse un sourire désabusé.

— À ce moment-là, chère amie, soupire-t-il, ils se seront déjà occupés de moi... de la même façon.

Ils regagnent la maison. Peggy renifle. Il lui semble que l'odeur de caoutchouc est toujours là, flottant aux abords de la maison. Elle ferme la porte, la verrouille, allume la lumière. Wong pose son automatique sur la table basse. La lumière du plafonnier tombe sur l'arme. C'est un Sigma 40 *Smith & Wesson,* le pistolet réglementaire du SWAT. Le chargeur contient 15 cartouches de calibre 40. Sur l'acier du canon on peut lire en lettres creuses *Caution : capable of firing with magazine removed.* Cette inscription hypnotise Peggy. Elle se secoue, va chercher à boire. Elle a compris que Wong comptait rester là jusqu'à l'aube. Elle lui en est reconnaissante. Elle pose un verre de rhum devant lui, du rhum haïtien de très bonne cuvée.

— Vous avez toujours été plongeuse ? lui demande-t-il comme s'ils se trouvaient dans un dîner en ville.

— C'était une obsession de mon père, fait-elle avec un petit rire d'excuse.

Elle a envie de parler, pour anesthésier l'angoisse qui lui noue le ventre.

Alors elle se met à lui raconter « Dad », le Vieux, comme elles le surnommaient, sa sœur Lisa et elle. Un grand type avec des mains dures et rugueuses, pétries avec le ciment du labeur acharné ; le chronomètre accroché au cou, voisinant sans complexe avec les médailles religieuses. Un ancien fermier enrichi qui s'était mis dans la tête de jouer les entraîneurs sportifs et qui avait choisi la plus jeune de ses filles, Peggy, pour cobaye.

Lui en a-t-il fait boire des tasses ! Lui en a-t-il imposé des tours de bassin ! Pour lui, elle a nagé avec des poids fixés aux poignets et aux chevilles, elle a sauté les yeux fermés de plongeoirs si élevés qu'elle était persuadée que son corps allait exploser en heurtant la surface de l'eau. Et cela a duré des années, transformant les week-ends en interminables séances de torture.

« Tu seras plus célèbre qu'Esther Williams, répétait le vieux. Tu seras la vedette de tous les shows aquatiques d'Hollywood. »

Peggy n'avait jamais réussi à lui faire comprendre qu'on ne tournait plus de ballet aquatique depuis la fin de la Seconde Guerre mondiale. Il restait cramponné à son rêve.

« Tu seras la nouvelle Esther Williams ! » s'obstinait-il à répéter, sourd et aveugle à la réalité d'une nouvelle époque. Pauvre papa ! Pauvre vieux fou abîmé dans ses rêves de gloire, et prêt à tout pour faire de sa fille cadette un phénomène de foire. Elle lui avait échappé *in extremis,* mais elle lui avait également brisé le cœur en refusant d'endosser le destin pour lequel il l'avait programmée.

Souvent, en rêve, il lui arrive encore de revoir son père debout au bord de la piscine municipale, ses cheveux déjà blancs coupés en brosse courte au ras du crâne. Il soufflait dans un sifflet de nickel, pour marquer la cadence de la nage. À force de piétiner au bord des bassins, il collectionnait les verrues plantaires et les mycoses. Pauvre vieux Dad !

— C'est ton entraîneur ? demandaient les autres filles à Peggy. T'aurais pu dénicher un *coach* un peu moins gâteux ! Encore heureux qu'il ne lui vienne pas l'idée de se mettre en slip de bain, ça deviendrait le musée des horreurs !

Peggy se forçait à rire avec elles. Honteuse. Elle en voulait à Dad d'avoir l'air d'un grand-père... Et elle s'en voulait d'avoir honte. Elle était malheureuse. Elle se sentait devenir mauvaise.

P'pa et M'man s'étaient mariés tard, après une vie de labeur déjà bien entamée. L'un et l'autre avaient toujours eu dans l'idée de ne fonder une famille qu'après avoir mis de côté un pécule suffisant pour profiter de la vie en petits rentiers à l'abri des coups du sort. Ce programme, basé sur la discipline et l'effort, avait eu malheureusement l'inconvénient de ne pas leur laisser le temps de souffler avant la quarantaine. Voilà pourquoi, presque vieux, ils s'étaient retrouvés parents de deux fillettes franchissant tout juste le seuil de l'adolescence.

Peggy et sa sœur avaient toujours eu honte de l'âge de leurs parents. À l'école, il leur arrivait souvent de prétendre que le « vieux monsieur » ou la « vieille dame » qui venait les chercher au volant de la grosse Packard était leur grand-père ou leur grand-mère. Elles savaient que c'était mal, mais elles ne pouvaient s'en empêcher. Toutes les autres filles avaient des parents jeunes, des parents qui dansaient le rock'n roll, alors pourquoi pas elles ?

Peggy s'interrompt, gênée de s'être laissée aller. Elle n'a jamais raconté cela à Brandon, elle savait d'avance qu'il s'en ficherait.

— Et ça s'est terminé comment ? demande Wong.

La jeune femme hausse les épaules.

— Je me suis enfuie de chez moi, je suis devenue décoratrice de théâtre pour de petites troupes *Off Broadway*. Mes parents sont morts dans un accident. Nous n'avons pas eu le temps de nous réconcilier. Et puis ma sœur a été assassinée. Une sale histoire dont j'ai eu du mal à me remettre. À cette époque, j'étais déjà passée des décors de théâtre aux décors sous-marins.

Elle ne lui dit pas : « Et vous ? », elle sait qu'il ne répondrait pas. Comme tous les hommes, il préserve jalousement son opacité. Brandon, lui non plus, n'a jamais voulu parler de son enfance. Les mâles ont toujours peur d'être radiographiés par un regard féminin, de devenir transparents, de dévoiler leurs faiblesses. Ils aiment se cacher derrière le paravent d'un mystère un peu factice. Wong n'est sûrement pas différent de ses congénères. D'ailleurs la culture japonaise n'encourage guère les épanchements. Peggy le regarde à la dérobée, s'étonnant d'être si sensible à cette aura de mystère qu'elle se défend encore d'appeler « son charme », et qui n'est peut-être qu'un bel emballage dissimulant un grand vide.

Dans le cas de Wong, l'impression de mystère est décuplée par sa qualité d'Asiatique.

« En face d'un Japonais, songe Peggy, on a toujours l'impression qu'il occupe son temps libre à affûter ses *katanas* ou à râtisser son jardin zen alors qu'en fait il se soûle à la bière dans les bars comme n'importe quel péquenot du Middle West ! »

Le trouble qui l'assaille lui déplaît. Il la fragilise.

« Tu ne vas tout de même pas tomber amoureuse de lui ? se dit-elle. Comme une collégienne ! Sa présence te rassure, c'est tout. Il a débarqué au bon moment, ce n'est pas une raison pour entamer un transfert psychanalytique ! »

D'ailleurs Wong, coupant court aux confidences, a déjà reporté son attention sur Brandon qui dort toujours, enveloppé dans son drap mouillé comme dans un suaire. Il a l'air d'un cadavre, et Peggy n'aime pas cette idée.

— Il a eu une crise de délire, c'est cela ? interroge Wong.

— Oui, avoue la jeune femme.

Elle énumère les craintes absurdes du garçon. Elle découvre qu'elle est contente de pouvoir parler à un homme qui, pour une fois, ne revendique pas le privilège de rester un éternel petit garçon. Elle s'aperçoit qu'elle en a plus qu'assez de ce syndrome de Peter Pan qui ravage la jeunesse américaine.

— On ne peut vraiment rien faire pour lui ? insiste-t-elle. Lui faire prendre un calmant ?

— Non, ce serait comme de donner de l'aspirine à un type bourré de PCP.

Elle éprouve une subite bouffée de haine envers Wong. Elle le soupçonne de vouloir exploiter la confusion mentale de Brandon pour obtenir les renseignements qu'il désire.

— La menace se rapproche, dit-il. Si vos plongeurs ne sortent pas d'une hallucination résiduelle, cela signifie que le temps nous est compté. Vous n'avez vraiment aucune idée de l'endroit où il aurait pu cacher le container ?

Peggy hésite. Finalement, elle murmure :

— Burly, Burly Sawyer, un ancien combattant qui vit dans les Glades. Ces derniers temps, Brandon était toujours fourré avec lui. Burly avait entendu parler de votre produit... Il est possible que Brandon lui ait confié le flacon.

— Nous irons le voir dès qu'il fera jour, décide Wong. Maintenant essayez de dormir un peu. Je vais monter la garde.

Peggy s'allonge auprès de Brandon. Elle éprouve un certain malaise à dormir ainsi, avec un homme armé planté au pied de sa couche.

13

À l'aube, quand Brandon se réveille, il s'obstine dans son délire. À présent que la fièvre est tombée, il ne craint plus de mettre le feu à la maison, mais il refuse de se déplacer à l'extérieur, persuadé que le vent va éroder son corps au moindre souffle.

— Je suis mou, répète-t-il en se palpant. Ma reconstitution n'est pas terminée.

Il a le regard flou et c'est à peine s'il semble remarquer la présence de Wong. Il veut manger des choses lourdes, du porridge par exemple. S'emparant des galets que Peggy utilise en guise de presse-papiers, il les entasse dans ses poches, pour se lester. Il parle de se procurer des gueuses de fonte. Wong ne dit rien. Une tasse de café à la main, il observe le garçon. On ne peut rien lire dans ses yeux. Sa nuit blanche ne l'a pas marqué et il a le visage lisse, les traits fermes. Rien de ce qui arrive ne l'étonne, comme s'il avait déjà vu cela quelque part. D'une voix calme, il explique à Brandon qu'ils vont tous les trois partir pour les Glades, afin de rencontrer Burly Sawyer. Il ne dit pas un mot du cylindre.

— C'est un bon ami à vous, je crois? conclut-il en posant sa tasse vide sur le bord de l'évier.

Brandon ne répond pas. Il est probable qu'il n'a rien entendu. Les poches pleines de galets et de disques provenant des haltères démontés, il est occupé à se glisser dans la combinaison d'amiante.

Peggy se surprend à le regarder sans une once de compassion. Elle est en train de se détacher de lui. Le processus était amorcé depuis quelques semaines, mais l'entêtement du jeune homme à poursuivre son projet imbécile a hâté la rupture. D'un seul coup, elle découvre qu'elle ne le supporte plus. L'irruption de Wong a redistribué les cartes. Elle se demande comment elle a pu passer tant de temps avec cet adolescent prolongé, fier de son immaturité et la cultivant comme un don précieux. Maintenant que le danger est là, *le vrai danger,* elle a besoin de s'appuyer sur un professionnel... et Brandon, malgré ses prouesses cinématographiques, n'a jamais été qu'un amateur dans ce domaine.

Ils quittent le bungalow. Brandon a coiffé sa cagoule vitrée. Il ne cesse de pérorer, débitant d'invraisemblables théorèmes scientifiques. Il parle très vite. Wong lui demande de s'installer à l'arrière. Il a troqué la TransAm contre un Hummer tout-terrain, une sorte de Jeep plate, haute sur roues, directement inspirée du matériel de l'armée, et qui vaut une fortune dans sa version « commerciale ». Ils prennent la route de Key Largo sans échanger un mot. La logorrhée de Brandon leur parvient du fond du scaphandre, étouffée par la vitre du casque d'amiante.

— Je ne vous croyais pas quand vous parliez de dégradation mentale rapide, avoue Peggy. Je pensais que vous exagériez pour nous dissuader de gaspiller le produit.

— Vous avez bien fait de vous en tenir à une seule injection, répond-il sans chercher à triompher. Certaines drogues amazoniennes utilisées impunément par les Indiens depuis la nuit des temps ont le même effet sur le cerveau des Blancs. Elles les rendent fous après une seule ingestion. On ne sait pas pourquoi. Pas mal d'ethnologues l'ont appris à leurs dépens.

— Il vaudrait mieux détruire ce liquide, murmure la jeune femme. C'est un poison terrible.

— Il ne nous appartient pas d'en décider, fait Wong sans quitter la route du regard. Il est possible, au demeurant, qu'on ne parvienne jamais à le domestiquer. Il en reste assez peu dans le flacon, et comme c'est un produit qui s'évapore très vite sans laisser de traces, tout est à craindre... Si le contenu de la fiole ne suffit pas aux analyses, le secret sera perdu, pour toujours.

— Ce serait à souhaiter.

— Je ne sais pas, ça ne me regarde pas. Pour le moment je ne pense même pas à l'argent, j'essaie juste de sauver notre peau. J'ai peur parce que je sais à qui nous avons affaire. Je connais leurs méthodes. Ne vous mettez pas dans la tête que je suis quelqu'un d'important, je n'ai rien d'un *oyabun*... Je ne suis qu'un VRP de l'illégalité.

*

Il fait chaud, les *love bugs*, ces insectes qui flottent dans le vent en essaims serrés s'écrasent sur le pare-brise, le recouvrant d'une bouillie que les essuie-glaces ont du mal à chasser. Pendant le voyage, Peggy songe aux ninjas de caoutchouc. Elle n'est plus du tout certaine d'avoir été victime d'une hallucination. Ce matin, en sortant de la maison, il lui a semblé repérer des traces de pas sur la plage. Des traces qui sortaient de la mer pour se diriger vers le bungalow. Elle sait qu'au Viêt-Nam les plongeurs de combat, les SEAL, attendaient souvent la nuit pour effectuer des raids éclairs, n'émergeant de l'eau que pour frapper l'ennemi. Elle a entendu des anecdotes atroces sur leurs méthodes. Burly Sawyer soutient qu'ils se comportaient comme des bouchers pour terroriser leurs adversaires. Il a évoqué notamment certains actes de cannibalisme. « Ils leur ouvraient le bide pour leur arracher le foie, a-t-il expliqué un jour. Puis ils en bouffaient la moitié, crue, et laissaient le reste sur le cadavre. Ça faisait partie de la guerre psychologique. Une astuce pour foutre la pétoche aux gars d'en face. Ils adoraient ça, se faire passer pour des démons jaillis du fleuve... »

Elle a beau trouver cela atroce, elle comprend la démarche, cela lui rappelle la terreur quasi superstitieuse des marins américains face aux kamikazes pendant la Guerre du Pacifique.

Ils ne s'arrêtent pas à Miami car la tenue de Brandon risquerait de provoquer un attroupement. Il fait chaud, moite, le voyage est fatigant. Peggy sent la sueur ruisseler entre ses seins sous le tee-shirt kaki.

— Ce Burly Sawyer, demande Wong, acceptera-t-il de nous aider ?

— Je ne sais pas, avoue la jeune femme. Peut-être, si on lui montre dans quel état est Brandon... Il faudra faire attention, c'est un dingue, et vous avez la peau jaune. Je ne sais pas comment il réagira en votre présence.

— Je ne suis pas Viêt-Cong, rétorque Wong sur un ton pincé. En outre je ne suis pas *jaune,* les Japonais ont la peau claire... tout au plus ivoire. Nous n'avons rien de commun avec les Chinois ou assimilés.

— Burly ne fait plus la différence depuis longtemps, élude Peggy. Après sa démobilisation, il a passé pas mal de temps en hôpital psychiatrique.

Elle comprend qu'elle a fait une gaffe. Elle aurait dû se rappeler que les Nippons n'aiment pas passer pour des Chinois, et que les deux peuples se détestent depuis des siècles. Tant pis.

Ils arrivent enfin en vue des Everglades. Peggy abomine cet endroit, cette prolifération végétale saturée de mouches et de moustiques, ce cloaque fétide où la boue des premiers âges de l'humanité semble mijoter sur un coin de fourneau en attendant d'accoucher d'une nouvelle race de sauriens. C'est un morceau de préhistoire enkysté dans le tissu urbain d'une ville en extension. Une grande soupe de bactéries, de bestioles toutes plus immondes les unes que les autres. Il lui semble qu'on n'y pénètre jamais impunément et qu'à force d'y tremper les pieds on risque d'étranges mutations. Entre les stomox, les glossines et les anophèles, il faudrait posséder le caparaçon d'un rhinocéros pour ne pas attraper la dengue, la malaria ou la fièvre lymphatique.

Elle se ressaisit. « Je délire », décide-t-elle en essuyant ses paumes moites sur son pantalon de treillis. Elle jette un coup d'œil au Japonais. Il compte traverser le marécage en costume de lin anthracite ? Oui, sans doute. Le pire, c'est que ça ne semble pas l'inquiéter le moins du monde.

Ils finissent par s'arrêter devant un loueur de canots. Une casemate de planches surmontée du panneau *BAITS*, et dont l'éventaire présente des bidons rouillés remplis de vers. Le loueur reconnaît Brandon malgré son déguisement.

— Hé ! grogne-t-il, à quoi il joue fringué en extraterrestre ? C'est pour un film ?

— Oui, fait Wong avec sa placidité coutumière. *Le Naufragé des Étoiles.* Ça se tournera ici, on doit tester le scaphandre pour voir s'il est imperméable.

— Ça parlera de quoi ?

— D'un extra-terrestre qui s'accouple avec les alligators pour donner naissance à une nouvelle race de monstres.

— La vache !

Sans plus de détails, ils grimpent dans la barque d'aluminium. Peggy ignore tout du chemin à suivre, ils doivent se fier aux indications de Brandon.

— Vous avez oublié les bières, fait brusquement le jeune homme, Burly ne sera pas content. Il aime bien la *San-Miguel*, une bière qu'on ne trouve qu'à Macao.

On lui demande d'indiquer la voie à suivre, il met un temps fou à réagir. Les moustiques ont entamé leur ballet obsédant autour du canot, ils essaient à toute force de pénétrer dans les narines et les oreilles des passagers. Seul Brandon est protégé de leurs assauts par la cagoule d'amiante sous laquelle il ruisselle de sueur. Peggy redoute qu'il ne se déshydrate de manière accélérée. Au Viêt-Nam, c'était le sort des jeunes G.I. qui commettaient l'erreur de partir en patrouille engoncés dans un gilet pare-balles en céramique, bien que ce dernier figurât sur la liste de l'équipement de base réglementaire. La syncope les foudroyait à peine entrés dans la jungle. Elle essaie d'obtenir de Brandon qu'il retire le casque du costume de protection pour quelques minutes au moins, mais il refuse obstinément. Il y a trop de vent, explique-t-il, la pression de l'air sur son visage lui déformerait la face, lui aplatirait le nez, et sa figure deviendrait alors une boule anonyme. Il persiste à croire qu'il est mou. Il poursuit sa croissance au sein du scaphandre comme un bébé prématuré achève la sienne au cœur d'une couveuse.

La jeune femme pousse sur sa pagaie, Wong l'imite. Elle sait que l'Asiatique a gardé sa veste pour dissimuler le pistolet automatique coincé contre ses reins. Elle est satisfaite de voir qu'il transpire lui aussi, cela le rend plus humain. Les cigognes d'Amérique, plantées sur leurs pattes grêles, les regardent passer sans s'émouvoir.

Le labyrinthe végétal des mangroves l'oppresse. Elle déteste plus particulièrement les figuiers-étrangleurs dont les racines évoquent un nœud de tentacules emmêlés. À certains endroits les herbes sont si hautes qu'on ne distingue plus l'horizon. Et puis, il y a les alligators, tapis dans la vase, qui se mettent à l'eau dès que le canot est passé devant eux. Cinq mètres de muscles et d'écailles du bout du museau à la pointe de la queue. Seraient-ils en mesure de renverser l'embarcation ? Il leur suffirait d'un coup de queue pour...

Elle chasse cette pensée de son esprit. Les Glades sont fertiles en légendes horrifiques qu'on se répète la nuit autour des feux de camp. L'Administration prétend, elle, qu'il subsisterait moins de 500 sauriens sur les 6 000 km² du marécage.

La barque s'enfonce dans le dédale du cloaque en fermentation. Dès qu'on n'est plus sous le vent, les odeurs vous sautent au visage, lourdes de pourriture. Des carcasses d'oiseaux déchiquetés se décomposent sur les berges. De grands volatiles imprudents happés par les alligators, coupés en deux d'un coup de mâchoires. Leurs charognes attirent des essaims de mouches en folie. Peggy ne cesse d'agiter les mains pour faire fuir les maringouins qui lui pompent le sang avec ardeur. Rien n'y fait. La transpiration a délayé la lotion répulsive dont elle s'était enduite avant de quitter la maison et qui devait normalement la protéger huit heures d'affilée.

Ils arrivent enfin en vue du hammock sur lequel est érigée la cabane de Burly. C'est une apparence d'îlot, un tricotage de fibres et de racines sans véritable assise. Tout cela grouillant d'une faune minuscule bardée de carapace, de serpenteaux longs comme l'index.

— Burly ? lance-t-elle. C'est moi, Peggy, je suis avec Brandon. Vous êtes là ?

Elle se méfie du vieux dingue, toujours embusqué, un *shot-gun* au poing, prêt à en découdre avec les gardes forestiers à la première occasion.

Seul le bourdonnement des moustiques lui répond, et, plus loin, le cri étrange et déplaisant des alligators.

— Il n'y a personne, souffle Wong.

— Ça ne veut rien dire, lui rétorque la jeune femme. Faites attention, il n'a plus toute sa tête, il est paranoïaque... et pour lui vous êtes jaune. Pas ivoire, *jaune*.

Ils abordent. L'odeur de crasse humaine se mêle à celle des peaux qui sèchent, tendues sur des cadres de bois. Du cuir de jeune crocodile dont les marchands de bottes texanes sont très friands. Le *must* : les aberrations pigmentaires, le blanc, le rose le plus improbable, les décolorations tachetées...

Peggy avance avec précaution sur le plancher fibreux. Son arrivée sème la panique parmi les bestioles qui prenaient le soleil. Elle répète « Burly ? » en essayant de donner un ton amical à ses paroles. Elle hésite encore à franchir le seuil de la cabane. Le vieux est peut-être derrière, prêt à la fusiller au gros plomb. Il a toujours les poches pleines de 30.06 à 220 grains. Elle sait qu'il est sujet à des crises, des fièvres, pendant lesquelles mieux vaut ne pas l'approcher. La puanteur lui rappelle celle qui flotte autour des clochards de la Bowery, à New York. Un mélange de pisse, de sueur, de chair pourrie. Une caramélisation de la peau assez proche de celle des canards laqués.

— Alors ? murmure Wong.

Il a glissé une main sous sa veste, dans son dos. Les fentes de ses yeux ont encore diminué sous l'effet de la tension. Il faut faire quelque chose... Peggy en a soudain assez, elle s'avance vers la cahute et pousse la porte de planches en serrant les mâchoires. Ça pue comme l'enfer, et d'abord elle ne perçoit rien d'autre que cette agression olfactive qui la fait suffoquer et l'amène au bord de la nausée. Le gourbi est désert. Un *poopy-suit* — une combinaison de mécanicien de la marine — pend à un clou. Des caisses de bois ayant servi à transporter des oranges le meublent. Une table, deux chaises rafistolées avec de la ficelle. Un hamac des surplus militaires. Sur la table, elle distingue des choses qu'elle ne parvient pas à identifier. Des objets minuscules soigneusement alignés. D'abord elle pense aux pétales d'une fleur nacrée. À des sculptures d'ivoire, ces *netsukés* chers aux artisans japonais. Elle n'y voit pas malice car elle sait que les G.I., pour résister au stress, se livraient parfois à des occupations étranges sur fond de pilonnement d'artillerie : tailler des *bonsaï,* par exemple. Il n'y aurait rien d'étonnant à ce que Burly ait contracté l'un de ces hobbies en Orient. Elle fait deux pas en avant. La mauvaise lumière filtrant entre les planches disjointes noie les choses dans un clair-obscur aux rayons saturés d'insectes. Enfin elle comprend...

Ce ne sont pas des pétales mais des ongles humains. Vingt, alignés à la perfection, classés par taille. Quant aux miniatures d'ivoire qu'elle a prises pour des *netsukés,* il s'agit de dents, disposées elles aussi avec une esthétique raffinée. Il y a du sang sur chacun des débris.

Elle suffoque, esquisse un mouvement de fuite et se cogne à Wong. Il a vu, lui aussi. Cette fois il sort son arme et fait monter une cartouche dans la chambre de tir.

— Ils nous ont devancés, souffle-t-il. Vous n'aviez pas rêvé. Les plongeurs de cette nuit... ils existent réellement.

Peggy ne parvient pas à prononcer un mot. Ce qui l'horrifie, c'est ce parti pris artistique avec lequel on a disposé les ongles et les dents de Burly Sawyer sur la vieille table de bois. Car il y a incontestablement de l'art dans la présentation adoptée. Elle a beau s'en défendre, elle ne peut s'empêcher de trouver cela *joli.*

— Ils sont peut-être encore là, chuchote Wong dont le front est piqueté de perles de transpiration.

Peggy l'écarte pour sortir de la cabane. Dehors, Brandon contemple un crocodile assoupi dans la vase. Il est bien trop près de l'animal, il va se faire happer. La jeune femme bondit pour le tirer en arrière. Le garçon rit sottement.

— C'est rien, ricane-t-il. C'est pas un vrai... C'est la planque du vieux Burly. C'est là qu'il se couche pour faire la nique aux gardes forestiers.

Peggy se rappelle qu'il lui a effectivement raconté quelque chose de ce genre, il y a longtemps. Un alligator naturalisé, creux. Une sorte de sarcophage. Elle baisse les yeux, il y a beaucoup de mouches autour de la bestiole.

— Wong, lance-t-elle. Je crois qu'il est là... à l'intérieur de l'alligator.

Il la dévisage sans comprendre. Elle doit lui expliquer la ruse du vieillard.

— Il a ramené ça du Viêt-Nam, commente Brandon. Là-bas, il paraît que les Viêt-Congs se cachaient dans des carcasses de buffles morts.

Wong se penche, cherche sur les écailles dorsales la jointure du « couvercle ». Quand il fait basculer le panneau de cuir durci, une nuée de mouches s'échappent en vrombissant. Burly est là... mais en morceaux. On l'a démembré pour le ranger avec un soin maniaque. Le torse dans un coin, les bras et les jambes beaucoup plus bas, noués ensemble avec un lien de roseau. Tout est si *joliment* présenté qu'on en arriverait presque à oublier l'horreur de ce qu'on est en train de contempler. Peggy, malgré elle, pense aux assiettes de *sushi* des restaurants nippons, ces œuvres d'art qu'on a souvent scrupule à détruire du bout des baguettes. La dépouille de Burly a été « arrangée » avec le même souci de beauté, le même sens de l'harmonie. Des nœuds de feuilles, des liens végétaux, des morceaux de bois, tout a été disposé pour donner du cadavre mis en pièces une image parfaite, transcendant l'horreur et la vulgarité de la chose. Et cette harmonie est plus terrible encore que celle qu'engendrerait un carnage de psychopathes aux allures d'éparpillement viscéral.

— Allons-nous-en, souffle la jeune femme, ne restons pas ici.

Depuis une minute, elle se sent observée. Elle est presque certaine que les ninjas de caoutchouc sont là, dissimulés dans les herbes aquatiques. Wong n'insiste pas pour fouiller la cabane. À quoi cela servirait-il puisqu'on est passé avant eux ?

Ils se replient vers le canot d'aluminium. Brandon paraît éprouver une certaine difficulté à assimiler la situation. Il marche à reculons, l'œil fixé sur la dépouille de Burly. Peggy devine qu'il essaie de déterminer si cette image est réelle ou s'il ne faut voir en elle qu'un fantasme né de la drogue. Elle le saisit par le poignet et le force à grimper dans l'embarcation. Elle veut s'éloigner au plus vite de l'îlot. La peur l'emplit d'images hallucinatoires. Elle renifle, persuadée de distinguer une odeur de caoutchouc mouillé à travers la fragrance putride du marécage. *Ils sont là.* Les plongeurs de combat sortis de la mer. Ils sont peut-être eux-mêmes sous l'influence du produit dopant, ils bougent si vite qu'on ne peut surprendre leurs déplacements dans les hautes herbes de la mangrove. Des fantômes... des tueurs invisibles. *Obake no sekai...* Elle ne les verra même pas s'approcher, c'est à peine si elle percevra un souffle d'air lorsque la lame s'approchera de son cou. Dans la folie qui l'assaille soudain, elle les imagine armés de sabres de samouraïs, fauchant les roseaux et les têtes d'un même mouvement fluide de bel acier poli. Ils sont là, elle le sait, elle le sent. Elle renifle. L'odeur de Néoprène des combinaisons de plongée est partout présente. Peggy scrute l'espace autour d'elle, croyant y discerner des ectoplasmes aux matérialisations fugitives.

Oui, les spectres ninjas les escortent dans leur fuite, bondissant à travers les hammocks, se riant de l'inutile agitation des fuyards.

Brusquement, Brandon se met à hurler.

— *Ils l'ont tué!* bégaie-t-il. Ils ont tué Burly! C'était vrai, c'était bien lui...

Il se dresse dans le canot, s'agite. Wong essaie de le contraindre à se rasseoir mais l'ancien cascadeur trépigne comme un forcené. L'embarcation se couche sur le flanc. Peggy perd l'équilibre, l'eau boueuse du marigot l'avale. Elle se débat mais touche tout de suite le fond. Heureusement, elle a pied, car ce bras du marécage n'est pas profond. Brandon se débat, projetant de la vase en tous sens. La boue retombe sur la combinaison d'amiante, le transformant en une espèce de bonhomme fétide, de créature des bayous. Ses hurlements ont provoqué une fuite générale des oiseaux qui obscurcissent le ciel et peuplent l'espace d'un vacarme de plumes froissées. Un vent de fin du monde passe sur le marais, c'en est trop pour Peggy qui sent soudain une fêlure s'ouvrir dans son crâne. Cédant à la panique, elle se met à courir droit devant elle, sans même savoir où elle va. Elle brasse la vase, l'eau, les herbes qui s'entortillent autour de ses chevilles. Elle n'est plus que peur, de la tête aux pieds, une grande peur hurlante qui ne sait où trouver refuge. Elle avance en battant des bras, persuadée que les ninjas de caoutchouc sont là, autour d'elle, qu'ils l'encerclent en ricanant de ses efforts. Ils glissent dans le vent, si rapides qu'elle ne peut même pas deviner leurs mouvements. Brandon avait raison, la drogue peut vous rendre invisible.

Elle entend vaguement Wong qui la supplie de revenir, Wong qui parle des alligators.

Mais Peggy a si peur des ninjas de caoutchouc noir qu'elle ne craint plus les crocodiles. À plusieurs reprises, elle a l'illusion qu'un fantôme s'apprête à la saisir par le cou. Vont-ils la découper *joliment,* elle aussi? Entourer ses doigts tranchés de nœuds d'herbe?

Elle s'abat sur la berge, couverte de boue, épuisée, au bord de la syncope.

Elle reste là, indifférente à tout, trop fatiguée pour réagir. Oh ! elle s'en fiche, ils peuvent bien venir avec leurs grands sabres et lui couper la tête, elle ne fera pas un geste pour se défendre.

Des mains se posent sur ses épaules, la retournent. C'est Wong. Il lui nettoie le visage.

— Ça va ? demande-t-il.

— Oui, balbutie-t-elle. Je ne sais pas ce qui m'a pris.

— Encore une fois, ce sont les séquelles de la drogue, répond le Japonais. C'est toujours là, dans votre sang ; ça agit comme un démultiplicateur. Principalement sur le stress. Venez, il ne faut pas rester là.

Il l'aide à se relever. Brandon est prostré à l'arrière du canot, ramassé sur lui-même tel un fœtus. Il frissonne, les mains crispées sur sa cagoule, pour empêcher qu'on ne la lui arrache.

Peggy se recroqueville sur l'herbe, elle perçoit confusément la discussion de Wong et du loueur de bateaux. Officiellement, la barque a chaviré, un gros billet a eu raison de la colère du bonhomme lorsqu'il a découvert son bateau rempli de vase puante. La jeune femme se laisse porter jusqu'à la voiture. Elle a honte d'être aussi sale, mais Wong n'est guère en meilleur état.

— On va chez moi, décide-t-il en mettant le contact. Ce sera plus sûr.

Peggy ne proteste pas. Elle entend Brandon qui claque des dents sur la banquette arrière. Ce bruit de porcelaines entrechoquées lui fait penser aux dents de Burly Sawyer artistement alignées sur la table. Combien y en avait-il ?

14

La maison louée par Wong est bâtie sur pilotis, à l'imitation des *cheeckee* séminoles, c'est une hutte géante de milliardaire, une fantaisie ethnique, un cube troué d'immenses baies vitrées en polycarbonate teinté auquel on accède par un escalier de fer noir tellement stylisé qu'on pourrait l'exposer dans un musée. Les pilotis rassurent Peggy, elle se dit que depuis ce nid d'aigle, cette tour d'observation, elle pourra voir venir l'ennemi de loin. Des palmiers de Chine *(Chamaerops fortunei)* et des cèdres dorés de l'Himalaya *(Cedrus deodara Aurea)* tressent autour de l'habitation une ceinture végétale qui faseye dans le vent.

Ils doivent tirer Brandon du véhicule comme s'il s'agissait d'une carcasse inerte, et le pousser dans l'escalier marche après marche. Au terme du parcours, Wong déverrouille au moyen d'une carte à puces une porte métallique commandée par une serrure électronique. L'intérieur est dénudé, très zen. Il y a même un jardin de gravillons soigneusement peigné au râteau, dans la pure tradition des monastères. Seuls quelques rares objets disséminés avec goût montrent que le lieu n'est pas inoccupé. Sur un bloc de pierre brut trône un *kaiken,* ce petit poignard de corps à corps avec lequel les épouses de samouraï s'ouvraient la gorge pour suivre leur époux dans la mort lorsque celui-ci s'incisait l'abdomen en croix, selon le rituel du *seppuku.* Le centre du salon est marqué par une très belle table à opium laquée à la main par un artiste nippon qui a pris soin (selon la tradition) d'y laisser de menues imperfections, car au pays du Soleil Levant la beauté parfaite doit rester un pur idéal.

Wong indique à la jeune femme le chemin de l'une des trois salles de bains. Là encore tout est parfait, aseptisé, le sol et les murs pavés de pierres volcaniques d'un noir mat.

Peggy déshabille Brandon, ce qui ne va pas sans mal car le garçon se cramponne à la combinaison d'amiante comme à une seconde peau. Il pue la sueur. Elle lui arrache ses vêtements et le pousse sous la douche sans écouter ses récriminations, puis elle se dévêt elle aussi et va le rejoindre. La douche est aussi vaste qu'une cabine d'ascenseur, en acier chirurgical, dans le style *professional equipment* qui fait fureur. Elle doit savonner le jeune homme qui reste immobile, les bras ballants. Elle trouve qu'il a maigri, comme si la drogue se nourrissait de sa chair. Pour la première fois depuis qu'elle le connaît, elle lui trouve quelque chose de pitoyable.

— Frotte pas si fort ! gronde-t-il, tu vas me déformer ! Je suis comme une figurine en pâte à modeler, tu pourrais m'arracher un bras !

Elle se nettoie à son tour. La vase s'accroche à ses cheveux. Elle se frotte jusqu'à avoir mal. Quand elle se sent enfin propre, elle décroche les peignoirs de bain pendus à une patère, en tend un à Brandon.

— Mets ça, lui ordonne-t-elle. Ici il n'y a pas de vent, tu n'as pas besoin du scaphandre.

Il a une moue de petit garçon, hésite, puis se décide à obéir. Décidément, Peggy ne sait plus ce qu'elle éprouve pour lui. Un dégoût mêlé d'attendrissement ? Elle s'étonne d'avoir pu faire l'amour avec ce grand dadais. Elle le prend par la main et le conduit dans une pièce meublée de canapés blancs.

— Burly est mort, dit-elle d'une voix calme. Les gens à qui appartient le cylindre ont pensé que tu l'avais caché chez lui. Tout ça est allé beaucoup trop loin. Il faut se débarrasser de ce truc le plus vite possible. Tu comprends ? Dis-moi ce que tu en as fait avant qu'il ne soit trop tard. Si tu t'obstines à te taire, des gens viendront, qui nous feront très mal.

Brandon pouffe de rire à la façon d'un élève qui nargue ses professeurs. Il paraît heureux de sa blague. Peggy dissimule son exaspération.

— T'as qu'à chercher, lâche soudain le garçon. Je te dirai si tu brûles ou si tu gèles, ce sera marrant.

Il bêtifie sans qu'on puisse déterminer s'il plaisante ou s'il est réellement en pleine régression infantile. Wong entre dans la pièce, des vêtements pliés dans les bras. Tee-shirts, jeans. Ce ne sera peut-être pas à la bonne taille. Il s'en excuse, il faudra faire avec.

Le silence s'installe, pesant. L'Asiatique va remplir trois verres.

— Vous voyez, soupire-t-il en tendant l'un d'eux à la jeune femme, je ne vous avais pas menti. Ils vont revenir à l'attaque. Ils sont au courant de tout.

Brandon s'est détourné, tel un gosse que la conversation des adultes ennuie. Il suit avec son doigt les coutures du canapé et produit avec la bouche un bruit qui ressemble au tchou-tchou d'un train à vapeur lancé à travers la prairie. Peggy sent son cœur se serrer.

— Est-ce qu'il est devenu... débile ? demande-t-elle à voix basse. Définitivement ?

Wong hausse les épaules.

— Je ne peux pas vous répondre, lâche-t-il. Je ne suis pas psychiatre. Il est possible qu'il redevienne normal une fois l'effet du produit dissipé. Il est également possible qu'il reste diminué, comme après un coma prolongé. Il faudrait lui faire dire où il a caché le container.

— Je sais, coupe la jeune femme avec irritation. J'ai déjà essayé. On ne peut pas le brusquer, plus nous insisterons, plus il se fermera.

*

Il est tard, la journée s'est écoulée en vaines tentatives pour essayer d'amener Brandon à livrer son secret. Peggy est épuisée. Elle voit venir la nuit avec angoisse. Wong n'a pas allumé les lumières car les baies vitrées, conçues pour résister aux vents les plus violents, ne sont tout de même pas assez résistantes pour s'opposer au passage d'un projectile à haute vélocité. Brandon a fini par s'endormir sur la moquette. Il a les traits creusés. La jeune femme s'obstine à penser que son métabolisme s'est emballé, et qu'après s'être nourri de ses graisses, il dévore à présent ses fibres musculaires. Elle ne sait pas à quelle vitesse cet amaigrissement se poursuivra. Elle a du mal à s'imaginer en train de pouponner Brandon, de le forcer à engloutir des aliments riches en calories. En même temps, elle a peur de le découvrir le lendemain matin, les joues creuses, les côtes saillantes, toujours étendu sur la moquette, mais ayant perdu 10 kilos au cours de la nuit.

Elle s'éloigne à reculons. On accède aux chambres par une immense passerelle de métal forgé. Wong est là, tout au bout. Il contemple la mer (ou surveille les environs ?) le front appuyé à la baie vitrée. Son vernis d'impassibilité commence à s'écailler. Il pivote sur ses talons pour faire face à la jeune femme. La nuit envahit la maison. Peggy réalise qu'elle n'a pas envie de dormir seule, il lui faut les bras d'un homme autour de ses épaules, le poids d'un corps masculin sur sa poitrine. Wong l'a lu dans ses yeux. Il s'avance sans dire un mot et glisse ses mains sous l'étoffe du tee-shirt, ses paumes remontent doucement vers les mamelons. Peggy frissonne. Elle découvre qu'elle avait envie de cela depuis le début, depuis qu'elle l'a aperçu au volant de la TransAm, au seuil de la réserve, lorsqu'elle nourrissait les requins.

Elle sait également que leur comportement n'a rien de monstrueux, il leur faut faire l'amour pour effacer les images de mort de l'après-midi. Le sexe sera le meilleur antidote contre les cauchemars de la nuit à venir. Elle s'abandonne, avec l'excitation et l'inquiétude qui l'assaillent à parts égales chaque fois qu'elle se retrouve dans les mains d'un inconnu. Le Japonais la pousse dans l'une des chambres. Il n'y a qu'un futon sur le sol, un paravent dans un coin. Il a un très beau corps aux muscles longilignes, des fesses petites et dures qui rendraient folle de jalousie n'importe quelle femme, et pas un poil sur la peau. On dirait une statue d'ivoire. Elle s'ouvre à lui. Il la prend sans un mot mais sans aucune de ces démonstrations théâtrales auxquelles les hommes se croient obligés de sacrifier pour affirmer leur virilité. Elle éprouve un plaisir violent et bref, comme jamais elle n'en a ressenti. Abasourdie, elle décide que le mérite en revient aux dernières molécules de drogue qui courent dans ses veines, et non à la science amoureuse de cet amant d'un soir qui ne s'appelle probablement ni Dexter ni Wong...

Elle s'endort dès qu'il s'écarte d'elle, foudroyée par la fatigue.

*

« Salope ! »

Le cri réveille Peggy en sursaut. Il lui faut cinq secondes pour se rappeler ce qu'elle fait là, étendue nue sur un lit qu'elle ne connaît pas, couchée contre le flanc d'un Asiatique.

— Salope !

La vocifération provient du couloir. C'est Brandon qui se tient au seuil de la chambre, appuyé au montant de la porte restée béante. Il a tout vu, tout embrassé en un regard, mais son cri n'est pas celui d'un adulte, il évoque plutôt la plainte d'un petit garçon colérique.

La jeune femme se redresse sur un coude, cherche à tâtons un vêtement pour s'envelopper, n'en trouve pas.

— Puisque c'est comme ça, j't'aime plus ! lance Brandon en tournant les talons.

Nue, Peggy s'élance à sa poursuite. Elle maudit sa négligence. Pourquoi n'avoir pas pensé à fermer la porte ? Elle saisit le jeune homme par le poignet. Il se rebelle, mais sans déployer la force dont il serait capable d'ordinaire.

— M'en fous ! grogne-t-il, d'abord t'es moche, t'as pas assez de nichons.

Elle hésite à l'attirer contre sa poitrine, l'odeur de Wong est sur elle, sa sueur, sa semence... Elle n'a pas envie de materner Brandon. D'ailleurs elle ne l'a jamais fait dans le passé.

— La boîte en fer, tu la trouveras jamais ! ricane le garçon. T'auras beau chercher, tu la trouveras pas.

Un instant, il est sur le point de transformer sa prophétie en ritournelle mais il se ravise et s'assied sur une marche de l'escalier pour bouder. Peggy se fait la réflexion qu'il a probablement retrouvé le visage qu'il avait à 10 ans. L'arrogance du roi des cascadeurs au chômage a été gommée d'un coup pour laisser place à une vulnérabilité qu'elle ne soupçonnait pas.

Wong s'est approché sans bruit, il tend à la jeune femme un *yukata,* un kimono de nuit, identique à celui qu'il a lui-même enfilé. Brandon s'éloigne et leur tourne le dos.

— Maintenant il ne voudra plus collaborer, observe le Japonais. Et s'il continue à régresser, il perdra bientôt l'usage de la parole.

— C'est possible ? s'inquiète Peggy.

— Oui, confirme Wong. Comme dans la maladie d'Alzheimer. Le malade perd la mémoire, puis ses facultés de vocaliser. Quand le centre du langage est atteint, les mots qu'il prononce deviennent à peu près incompréhensibles. J'ai bien peur que Brandon ne soit en train de suive ce chemin... à vitesse accélérée.

Peggy passe le peignoir.

— Laissons-le, murmure-t-elle. Il sera peut-être de meilleure humeur dans un moment.

Elle a du mal à débrouiller ses sentiments. De la honte, un peu, de la colère envers ces deux hommes qui l'exaspèrent chacun à sa manière. Ils descendent dans la cuisine. Sur une étagère sont alignés des flacons de saké. En nombre conséquent. Du *karakushi ikkyu,* du saké sec de première classe brassé par les fournisseurs de la Maison Impériale, la Compagnie Okura.

Wong s'affaire autour d'un percolateur nickelé qui évoque pour Peggy le modèle réduit d'une chaudière de paquebot. L'odeur du *Jamaïca Blue Mountain,* l'un des cafés les plus chers au monde, emplit la pièce. Tout à coup, le Japonais s'immobilise.

— Tu n'as rien entendu ? souffle-t-il.

— Non, balbutie Peg.

— C'est parce que tu ne connais pas les bruits de la maison. Dehors... il y avait quelqu'un sur l'escalier. L'une des marches a tendance à crisser.

Il ouvre un tiroir et en sort un petit colt *Bodyguard* à canon court. Il attend. Peggy regarde par la fenêtre, mais il fait nuit et Wong a éteint les lumières du jardin. Côté mer ou côté terre, règne la même obscurité.

— Ils sont partis, chuchote Wong. Ils n'ont même pas essayé d'entrer. C'est curieux, ou alors...

— Ou alors quoi ?

— Ils sont venus déposer quelque chose. Il faut aller voir.

Le colt à la main, il traverse le hall, va droit à la

porte. Peggy a peur, mais elle le suit. Avant de poser la main sur la poignée, il appuie sur un bouton. Les projecteurs du perron s'allument d'un coup.

« Il va faire une cible merveilleuse, pense la jeune femme. Il est fou. »

Elle s'alarme sans doute pour rien. Si on avait voulu les tuer, il suffisait de faire sauter le battant avec un morceau de Semtex.

Wong ouvre la porte et reste figé. On a posé quelque chose sur le sol. Un bol de porcelaine au travail exquis. Il est rempli d'encre de Chine, presque à ras bord. Un petit pinceau y trempe. Non... Il ne s'agit pas d'un pinceau mais... *mais d'un doigt.* Un index tranché à la jointure de la troisième phalange. Peggy se crispe. Elle a la certitude immédiate que ce débris a été prélevé sur le corps démembré de Burly Sawyer. On s'est servi du doigt coupé pour tracer une série d'idéogrammes sur la porte. Il y en a six. Wong les contemple sans laisser transparaître ses sentiments.

— Qu'est-ce que c'est? souffle la jeune femme.

— Ils ont écrit *Kubi onagaku shite...*, répond-il. Ça signifie à peu près *attente impatiente.* Le message est clair, non?

Il n'y a plus rien à faire qu'à ramasser la coupelle d'encre de Chine. Wong s'en charge pendant que Peggy referme la porte. Une boule panique s'est formée dans sa gorge, l'empêchant de respirer. ILS sont donc là... Encerclant la maison, guettant leurs faits et gestes. Elle entend Wong qui s'active dans la cuisine, fait couler l'eau. Elle ne veut pas penser à ce qu'il a fait du doigt coupé. Elle ne cesse de jeter des coups d'œil par les fenêtres, persuadée qu'elle va surprendre un visage collé aux carreaux.

Brandon donne des coups de pied dans les coussins des canapés, il marmonne des menaces imprécises, à la manière des gosses en colère.

— Tu pourras pas l'avoir, vocifère-t-il soudain d'une étrange voix, criarde et prépubère. T'es pas assez forte. Et puis t'es trop trouillarde pour lui mettre la main dans la gueule.

La jeune femme tressaille. *Dans la gueule ?*

— Ce n'est pas vrai, dit-elle sur le même ton, je n'ai pas peur. Rien ne me fait peur.

Brandon s'esclaffe.

— Menteuse ! Menteuse ! explose-t-il, t'as la trouille des requins, je le sais... T'oseras pas. Personne n'osera.

Peggy hésite à avancer un nouveau pion, elle a peur de comprendre ce que Brandon est en train de lui révéler sans même s'en rendre compte.

La sueur lui mouille les tempes. Elle tourne le dos au jeune homme pour aller rejoindre Wong dans la cuisine. Il a écouté la conversation, il attend, immobile.

— Je sais où est le container, chuchote la jeune femme. C'est la merde totale.

— Mais encore ?

Peggy se passe la main sur le visage.

— Il ne pouvait pas trouver meilleur coffre-fort, lâche-t-elle. Il a fait manger le cylindre par l'un des requins de la réserve dont je m'occupe.

— *Quoi ?*

Pour une fois Wong est sorti de son éternelle impassibilité. Il entreprend de s'essuyer nerveusement les mains au moyen d'un torchon blanc sorti d'un tiroir. Il procède avec un soin maniaque de chirurgien se préparant à entrer en salle d'opération.

— Explique-moi ça..., fait-il quand il a enfin dominé sa stupeur.

— C'est facile à comprendre, dit Peggy. Les requins bouffent n'importe quoi. Dès qu'on s'approche du bassin, ils nagent vers la surface. L'un d'eux surtout, c'est un affamé perpétuel. Il suffit de jeter de la nourriture dans l'eau pour qu'il l'engloutisse aussitôt. Brandon n'a eu qu'à envelopper le container dans un morceau de viande. Le requin l'a avalé sans problème... Ces animaux ont un rythme digestif très lent, leur estomac peut stocker n'importe quoi sans risque d'intoxication, aussi bien des chaussures que des objets métalliques.

Elle se tait pour reprendre son souffle.

— Le container est là-bas, affirme-t-elle d'un ton mal assuré, dans l'estomac d'un requin tigre. C'est comme si on l'avait mis à l'abri dans un coffre-fort vivant muni de dents... Un coffre-fort conçu pour tuer.

— Je sais pourquoi il a fait ça, observe Wong, il voulait se protéger contre la tentation, mais, en même temps, il ne pouvait se résoudre à jeter le flacon, alors il a trouvé un moyen terme. De cette manière, il se garantissait contre sa propre gourmandise sans toutefois s'interdire la possibilité d'y céder de nouveau, un jour.

Il réfléchit en se caressant les pommettes du bout des doigts, un tic que Peggy n'avait pas remarqué jusqu'alors.

— Ce requin, interroge-t-il, tu es certaine de pouvoir l'identifier ?

— Oui, chaque animal est muni d'une balise émettrice qui permet de le localiser, même s'il se cache au fond d'un trou. C'est ce qu'ils font lorsqu'ils sont malades. Avec le récepteur, on peut le suivre à la trace.

— Alors, il n'y a qu'à le tuer et à lui ouvrir le ventre pour récupérer le cylindre...

La jeune femme éclate d'un rire froid.

— « Il n'y a qu'à... », ricane-t-elle, comme tu y vas ! Si on l'éventre dans le bassin, l'odeur du sang rendra fous tous ses copains qui nous tomberont dessus dans les 10 secondes qui suivront. Ce sera la frénésie. Tu délires ! Tu ne sais pas de quoi tu parles. Pour l'ouvrir, il faudra d'abord le pêcher et le hisser à la surface... puis aller l'autopsier à l'abri du hangar, pour ne pas risquer d'être surpris par un représentant du mouvement de défense des animaux. Ils sont toujours à tourner autour de la réserve, persuadés qu'on torture les requins. S'ils nous voient, ils déclencheront une émeute, la réserve se retrouvera assiégée par des centaines de sympathisants et nous ne pourrons plus en sortir.

— Alors il faut agir de nuit...

— C'est la nuit que les squales sont le plus dangereux. C'est la nuit qu'ils chassent. C'est pour cette raison qu'il faut toujours se méfier des bains de minuit. Le requin est avant tout un prédateur nocturne.

Peggy s'interrompt. Elle a la gorge sèche. Elle se penche au-dessus de l'évier pour boire un peu d'eau au robinet.

Wong hoche la tête.

— Tu as l'équipement qui convient ? demande-t-il.

Peggy ricane une fois de plus.

— J'ai tout l'équipement dont on peut rêver. Tous les gadgets recensés à ce jour, le problème c'est qu'ils ne servent pas à grand-chose... ou qu'ils sont trop compliqués à utiliser. Ou encore qu'ils risquent de tuer celui qui s'en sert. Et puis il faudra que tu m'aides. À deux, on a une petite chance d'acculer la bête qui nous intéresse au fond de la nasse de prélèvement. Une fois bouclée là-dedans, on la hissera hors du bassin au moyen d'une petite grue mobile. Mais il ne faut pas se faire d'illusions, dès que le « tigre » sera enfermé, il commencera à se débattre, à expédier des coups de queue dans tous les sens. Ces animaux ont une force prodigieuse. Souvent, ils parviennent à casser le câble du treuil. Si ça arrive, la nasse retombera au fond, et tout sera à recommencer.

— Je croyais qu'on pouvait les paralyser et les tuer au moyen d'un champ électrique...

— Oui, en théorie, et à condition qu'ils acceptent de rester sagement au même endroit, pendant 40 ou 50 minutes d'affilée, à attendre la mort, ce qu'ils font rarement. Je te le répète : aucune protection satisfaisante n'a jamais été mise au point. Ces bêtes viennent du fond de la préhistoire et continuent à nous narguer par leur longévité. On ne sait toujours pas combien de temps vit un squale en liberté. Certains disent 70 ans, mais d'autres chercheurs, parmi les plus sérieux, prétendent avoir étudié des spécimens âgés d'un siècle.

La jeune femme se laisse tomber sur une chaise. Ses paumes ont imprimé deux taches humides sur ses cuisses.

— Le bassin est grand, ajoute-t-elle. Les requins qu'on y a parqués ne sont pas apprivoisés. Il ne s'agit pas d'un quelconque seaquarium pour touristes. Ils n'ont rien de commun avec les dauphins qui font les clowns, un ballon en équilibre sur le nez. Ce sont des fauves à l'état sauvage. Avec un appétit de fauves.

— Tu as déjà plongé au milieu d'eux ?

— Une fois, une seule... et j'étais avec les types du laboratoire pharmaceutique. On était équipés comme des Marines montant en première ligne. Et personne n'en menait large. Le bassin est trop petit pour le nombre de squales entreposés, ça génère des problèmes de territoire entre eux. Ils ont tendance à être de mauvaise humeur.

Wong fait les cent pas sur le carrelage. Ses pieds nus chuintent.

— Tu es certaine de ne pas te tromper sur l'identité du requin qui nous intéresse ? demande-t-il une fois de plus.

Peggy esquisse un geste d'irritation.

— Je n'étais pas là quand Brandon lui a fait bouffer le cylindre ! s'emporte-t-elle. Mais, à mon avis, je n'en vois qu'un capable de le faire. Les autres ne montent jamais aussi près de la surface. Celui-là est vicieux, affamé en permanence. J'ai toujours eu la conviction qu'il agissait ainsi avec l'espoir de nous entraîner au fond, Brandon et moi.

C'est un comportement assez rare, mais qu'on a pourtant observé. Il existe des squales qui sautent dans les barques des pêcheurs pour les faire chavirer, ou qui happent les imprudents penchés au-dessus de l'eau. Si un requin a avalé le paquet jeté par Brandon, ce ne peut être que lui. Un « tigre » de 3 mètres de long. Une vraie machine à tuer. En matière de système de sécurité, aucune banque n'a trouvé plus dissuasif. C'est comme si on venait d'inventer le coffre-fort cannibale !

15

Après avoir longuement palabré, ils ont décidé d'enfermer Brandon dans la maison de Wong et de gagner la réserve sans attendre.

— Je ne veux pas de lui là-bas, décrète Peggy. C'est trop dangereux, il est incontrôlable. Je ne plongerai pas en sachant qu'il est là-haut, au bord du bassin, en train de préparer je ne sais quelle nouvelle idiotie. Il est fichu de prendre le parti du requin ! Ce sera déjà assez dur comme ça, pas la peine d'en rajouter.

— À l'heure qu'il est, le « tigre » a peut-être déjà digéré le cylindre, hasarde Wong. Je veux dire qu'il l'a sans doute chié quelque part au fond du bassin. Si c'est le cas, nous devrions le trouver sans trop de mal, il suffirait d'emporter un simple détecteur de métal et...

— Ne compte pas là-dessus, fait Peggy. D'abord, les requins conservent la nourriture très longtemps dans leur estomac. Des jours entiers. Ensuite, je pense que Brandon n'est pas si bête. Il a probablement enveloppé le container dans un filet muni d'hameçons, pour que le tube reste accroché à l'intérieur du squale au lieu de s'engager dans l'intestin.

— Et ça ne pourrait pas tuer l'animal ? Je ne sais

pas... en occasionnant des déchirements, des hémorragies...

La jeune femme hausse les épaules.

— Aucun risque. Ces bêtes sont incroyablement résistantes. C'est pour ça que les fusils à charge explosive sont sans grand effet sur eux. On en a vu continuer à nager et à dévorer leur proie alors qu'on leur avait sectionné la moelle épinière. Ils étaient en train de crever, mais ils mangeaient tout de même. Un requin bouffe par principe, même s'il n'a pas faim. S'il est plein, il vomira, mais cela ne l'empêchera pas de chercher aussitôt un nouveau gibier, pour se remplir, quitte à vomir une deuxième fois. Ils n'ont rien de commun avec les lions qu'on peut amadouer en leur bourrant la panse. Le squale dévore par automatisme, parce que l'occasion lui en est donnée.

La porte d'entrée verrouillée, ils grimpent dans le Hummer. Brandon les observe depuis la baie vitrée. Il a plus que jamais l'air d'un petit garçon en colère. À la fin, il hausse les épaules et leur tourne le dos.

Peggy observe les environs, à la recherche de l'ennemi invisible, les *kwaïdan* dépêchés par les *yakuza*.

— J'espère qu'ils ne lui feront rien..., murmure-t-elle.

— Je ne pense pas, lâche Wong. Ils ont compris que nous nous mettions en quête. C'est un bon point pour nous de leur laisser Brandon en otage. C'est une pratique courante en Asie dans l'art de la guerre. Une preuve de bonne volonté.

Le véhicule s'élance sur la route. L'aube se lève à peine. Peggy sait qu'une longue journée les attend. Une journée difficile. Elle pense au coffre-fort vivant qui nage en ce moment dans le bassin naturel de la réserve. Il n'y a qu'un « tigre » dans le troupeau, aisément reconnaissable à ses rayures dorsales. Ils n'auront même pas besoin de la balise pour le localiser. Elle sait aussi que le requin tigre est le prédateur le plus dangereux après le grand blanc, rendu célèbre par le cinéma. Le « tigre » est plus petit, mais tout aussi hargneux. Moins rare que le trop fameux *Carcharodon carcharias,* le *Galeocerdo cuvieri* totalise davantage d'attaques. Juste après lui vient le requin-taureau, qui, lui, a la spécialité de remonter les fleuves et de s'insinuer jusque dans les canaux d'irrigation.

Wong ne dit rien, lui non plus. Il devine que la partie sera difficile.

Ils roulent sans aucun arrêt jusqu'à la réserve. Peggy saute du véhicule et va déverrouiller la grille au moyen de la carte magnétique suspendue à son cou comme une plaque d'identité militaire. Wong engage le Hummer sur le parking. La jeune femme prend soin de fermer toutes les entrées. Le bassin est d'un bleu sombre, presque noir, à peine ridé de vaguelettes. On ne distingue aucun aileron, même en bordure du filet qui ferme la crique. À cette heure matinale, la piscine a l'aspect d'un petit lac de montagne paisible.

« C'est l'arène, pense Peggy, et dans quelques minutes, nous en serons les gladiateurs... ou les chrétiens jetés aux lions. »

Elle se domine. Le vent lui semble glacial, elle est à bout de nerfs, épuisée, mais il est vrai qu'elle a très peu dormi. D'un signe, elle fait comprendre au Japonais qu'il doit entrer dans le hangar. Elle renouvelle le cérémonial de la carte magnétique. Tout est blindé. Sécurisé. Le matériel entreposé représente une fortune. Elle allume les rampes des plafonniers. De grandes armoires métalliques occupent les parois. Au centre : une table, et un compresseur 200 bars qui sert à remplir les bouteilles de plongée d'air médical, débarrassé de toute particule nocive.

Wong attend.

— Je vais être obligée de te donner un cours de

formation accélérée sur les requins, dit-elle d'une voix tendue. Rassure-toi, je ne t'encombrerai pas la tête de notions compliquées. En réalité il n'y a aucune règle sûre. Pas de principes sur lesquels s'appuyer.

Elle ouvre un coffre, en sort deux combinaisons de plongée constituées de milliers d'anneaux, comme les cottes de mailles des chevaliers du Moyen Âge. Sous la lumière électrique, elles ont quelque chose de soyeux qui les fait paraître fluides, mais en réalité elles pèsent chacune près de 15 kilos.

Elle répète à Wong ce qu'elle a déjà expliqué plusieurs fois à Brandon : la cotte de mailles empêche les dents de pénétrer dans la chair du plongeur, mais elle ne peut rien contre la puissance d'écrasement des mâchoires qui est considérable. On n'est pas dévoré, *seulement* broyé.

— Il y a un autre problème, ajoute-t-elle, tout ce qui est métallique — les combinaisons d'acier, les cages de protection, les fusils, les bouteilles d'air comprimé — émet des champs magnétiques; or les requins, grâce aux canaux de Lorenzini dont ils sont équipés, ont une perception très aiguë des ondes électriques. Le moindre morceau de fer qui se promène sous l'eau agit sur eux comme un signal d'alarme. Leur radar naturel est très au point.

— On m'a parlé de brouilleurs, objecte Wong. On m'a dit qu'il suffisait de les déclencher pour devenir invisibles aux yeux des squales.

— Oui, grommelle la jeune femme. C'est ce que font certains animaux pourvus de glandes électriques, comme les gymnotes. En théorie, un court-circuit fait perdre son sens de l'orientation à tout requin normalement constitué. Il ne faut pas trop s'y fier cependant. Ce qui fonctionne sur un requin reste sans effet sur un autre. Et puis un squale dispose de tout un arsenal de détecteurs : si le radar tombe en panne, le système de détection olfactif prend le relais, et ainsi de suite. Je te rappelle qu'ils sont capables de repérer une odeur diluée dans 30 millions de fois son volume d'eau.

Elle pose une boîte percée de trous sur la table, actionne un poussoir. Des poissons de plastique pointent le museau hors des orifices. Leur ventre est transparent comme une éprouvette, il contient un liquide brun.

— De la triméthylamine, commente Peggy, une sécrétion de poisson concentrée. Ces bestioles fonctionnent comme les leurres de contre-mesures d'un sous-marin nucléaire, ceux qu'on éjecte pour égarer les torpilles ennemies. Dans le cas de nos fausses sardines, on les lâche pour tromper le requin et le lancer sur une fausse piste. L'odeur de poisson est si forte qu'il doit normalement les prendre en chasse... Je dis bien *normalement*, car personne ne peut prévoir ce qu'il décidera réellement de faire. La logique n'est pas très utile en matière de requins.

— Tu es en train de me dire qu'en dépit de tout cet attirail nous sommes à peu près aussi démunis que si nous plongions nus ? fait Wong d'un ton où perce l'irritation.

— Oui, confirme la jeune femme. Je ne peux t'offrir aucune garantie. Les armes qui s'entassent ici n'ont rien de magique. Tiens... voilà un fusil à lumière. Il émet des flashes très puissants qui aveuglent les squales. En théorie, c'est formidable parce que le requin a une vue perçante, même la nuit, ou dans l'eau vaseuse. Il est donc facile de l'aveugler par des séries d'éclairs au magnésium. L'ennui, c'est que le plongeur se trouve lui aussi aveuglé par la même occasion. Comme le squale récupère plus vite que l'homme, il est de nouveau opérationnel alors que sa proie y voit à peine. Tout est à double tranchant.

— Comment allons-nous faire pour le forcer à entrer dans la cage ? interroge l'Asiatique.

— Généralement, on fait sauter une capsule de triméthylamine installée au fond de la nasse, l'odeur de poisson devient si forte que le requin s'y précipite. On peut aussi l'attirer en provoquant des émissions d'oxygène. Les squales sont les grands asthmatiques de l'océan, toujours en quête d'un surcroît de bulles. Ils les avalent gloutonnement, pour recharger leur sang.

— Pourquoi ?

— Leurs branchies ne sont pas assez importantes par rapport à la masse de leur corps, c'est pour ça qu'on a longtemps cru que les requins ne s'arrêtaient jamais de nager sous peine de mourir asphyxiés. C'était le fameux axiome : un requin qui s'arrête est un requin mort.

— Et ce n'est pas vrai ?

Peggy hausse les épaules.

— On en est beaucoup moins sûr aujourd'hui. Encore une fois, ce qui semble valable pour quelques-uns n'est pas valable pour tous. Certains squales peuvent s'immobiliser des jours durant sans subir aucun préjudice, on ne sait pas pourquoi.

Peggy inspire profondément. Son plexus est si noué qu'elle éprouve une violente douleur à la pointe du sternum. Elle ne cherche pas à se cacher qu'elle grelotte d'angoisse.

— Ça va être dur ? interroge Wong.

— Oui, chuchote-t-elle en fuyant le regard de l'homme. En plus nous approchons de la saison des amours, et ils sont particulièrement nerveux à ce moment-là. À la moindre erreur, ils nous mettront en pièces, malgré tout notre attirail défensif.

Elle ouvre une armoire. Des boîtiers étanches munis d'une courte antenne s'alignent sur une étagère. Chacun porte un numéro. Ce sont les récepteurs calés sur les balises agrafées dans l'aileron dorsal de chaque requin. Une ampoule jaune occupe la place que tiendrait le haut-parleur sur un talkie-walkie. Elle clignote de plus en plus vite au fur et à mesure qu'on se rapproche du squale dont elle reçoit les signaux. La jeune femme consulte le panneau pour s'assurer qu'elle prend la bonne balise, celle réglée sur la fréquence du « tigre ».

Ils s'équipent en silence, s'entraidant lorsqu'une lanière, une courroie, pose un problème. Le poids de la cotte de mailles et des bouteilles leur casse les épaules. Pendant un instant, Peggy se demande si elle sera seulement capable de sortir du hangar. Elle a suspendu toutes les armes à sa ceinture.

Quand ils sont au bord du bassin, elle s'agenouille et désigne une trappe dans le sol. Un gros bouton-poussoir rouge est fixé à proximité, protégé par un capuchon de plastique transparent.

— Je dois encore te parler de ça, dit-elle. C'est le dispositif qu'on utilise en dernier recours pour attirer un requin dans le piège. Un câble part d'ici et file droit au centre de la cage. Quand on appuie sur ce bouton, on libère un leurre mécanique dont le profil évoque pour n'importe quel squale un plongeur humain ou un phoque. C'est une sorte de mannequin pourvu de bras et de jambes, et qui s'agite bruyamment dans l'eau en multipliant les signaux attractifs : bulles d'oxygène, champs magnétiques, émissions de sécrétions appétissantes. Dès qu'il est sorti de son tube, le bonhomme glisse vers la cage comme la nacelle d'un téléphérique. Et les requins se lancent à ses trousses... L'ennui, c'est qu'ils réussissent parfois à l'intercepter avant qu'il n'entre dans la boîte.

— Mais ces signaux ne s'adressent pas à un seul requin, observe Wong. Tous les perçoivent en même temps... On risque donc de voir toute la meute se jeter sur le plongeur. Ce ne sera pas forcément le bon qui pénétrera dans la cage.

— Exact, confirme Peg. Notre boulot va donc consister à éloigner du leurre tous ceux qui ne nous intéressent pas. Seul le « tigre » doit prendre le mannequin en chasse. Il est facile à identifier à cause de ses rayures.

— Et comment procède-t-on pour détourner les autres concurrents ?

— Dard électrique, fusil à lumière, poissons mécaniques, tu as le choix... Il faut faire attention avec les cartouches chargées au CO_2 comprimé. Si tu me touchais à la place du requin, mon estomac ou mes intestins exploseraient sous l'effet de la dilatation. Ça s'est déjà produit. Il arrive que dans la panique les plongeurs calculent mal leurs mouvements et s'entre-tuent. On en a vu s'électrocuter mutuellement. Une décharge électrique dans la poitrine peut provoquer un arrêt cardiaque instantané.

— Où faut-il frapper les squales pour leur faire mal ?

— Je te l'ai déjà dit, les requins méprisent la douleur. Un gros trou dans le ventre ne les arrête pas. C'est plutôt la surprise qui leur fait rebrousser chemin. Flashe-les dans les yeux avec la machine à éclairs. Comme tous les animaux jouissant d'une vision crépusculaire performante, ils ont horreur des lumières vives.

Peggy crache dans son masque et le rince.

— Une dernière chose, conclut-elle. Si ça tourne mal, gagne l'un des abris qu'on a aménagés dans la paroi. Ce sont des trous creusés dans la roche et défendus par une grille. Il suffit de la soulever et de se glisser en dessous. Si tu es poursuivi par un requin, ça te fournira une excellente position de repli. Ne cherche pas à remonter à la surface, tu n'en aurais pas le temps. Descends plutôt au fond. L'emplacement des refuges est signalé par une grosse balise clignotante.

Elle a du mal à parler car sa bouche est sèche. Elle donnerait n'importe quoi pour un verre d'eau.

— Allez, souffle-t-elle, on y va. Contente-toi de me suivre mais surveille tes arrières. Le requin prend souvent ses victimes à revers. Rappelle-toi qu'on ne l'aperçoit qu'à la dernière minute. En nage de croisière il se déplace à 35 km/h, mais en attaque il va deux fois plus vite.

Elle ajuste son masque sur ses yeux, mord l'embout du respirateur et empoigne l'échelle corrodée par le sel qui permet de descendre dans le bassin. C'est la première fois qu'elle plonge dans l'arène sans le secours d'une équipe de professionnels aguerris. Tous les squales prisonniers de la réserve sont potentiellement des tueurs redoutables. Brandon ne pouvait pas choisir meilleur coffre-fort. Pendant qu'elle se laisse couler, des souvenirs effrayants traversent l'esprit de la jeune femme. Des naufrages, des hommes à la mer... L'horrible carnage de *L'Indianapolis,* celui du *San Juan*... chaque fois près — ou plus ! — de mille morts parmi les naufragés. Mille morts tous imputables à l'acharnement des requins pris de frénésie. Elle ne doit surtout pas penser à cela, ce n'est pas le moment.

Elle descend dans l'eau qui se trouble au fur et à mesure qu'elle se rapproche du fond. Pas mal de vase en suspension dès qu'on frôle le massif corallien. Impression désagréable de nager dans le brouillard, équivalent liquide du *fog* londonien. Cette visibilité réduite ne gêne en rien les squales. La légende tenace qui veut faire d'eux des myopes, à l'exemple des rhinocéros, est absurde.

Peggy réalise qu'elle est sur le point de céder à une attaque de stress panique. L'arrivée de Wong l'oblige à se dominer. La cotte de mailles accroche des irisations lumineuses qui donnent au Japonais l'aspect irréel d'un chevalier tombé de son destrier, et qui se noierait au fond d'un lac, entraîné par le poids de son haubert. Dans l'eau, la surcharge de l'équipement est à peine sensible. Peggy insuffle un peu d'air dans son gilet stabilisateur pour augmenter sa flottabilité et se met à nager lentement en prenant soin de ne pas effleurer le corail qui est très coupant à cet endroit. Elle ne peut s'empêcher de jeter de fréquents coups d'œil par-dessus son épaule, mais les bulles qui s'échappent du détendeur gênent sa vision. Elle doit se retenir de respirer dès qu'elle veut surveiller ce qui se passe derrière elle. Elle a du mal à ne pas céder à la paranoïa qui saisit tout plongeur nageant à proximité d'un requin. Elle connaît bien cette sensation d'accompagnement invisible..., de filature. L'impression de traîner un fil à la patte, d'avoir été prise en chasse. La menace est là, quelque part, noyée dans le bleu laiteux. Elle surgira soudain, se matérialisant à la dernière seconde.

« Alors, je serais tétanisée, pense-t-elle, comme la plupart des plongeurs. Incapable de la moindre réaction. Le temps que je me ressaisisse, il sera déjà trop tard. J'aurai perdu un bras... »

Elle songe à ces Polynésiens qui croient les requins habités par l'âme des pêcheurs morts en mer. Ils refusent de les tuer car ce serait là un acte sacrilège analogue à un viol de sépulture. Pour eux, le requin est un cercueil flottant, muni de nageoires ; il faut se garder de le profaner.

Peggy frémit, une ombre blanchâtre vient de se profiler sur sa gauche. Une silhouette fantomatique, fugitive... *C'est venu, c'est reparti.* Les squales ont pour habitude de nager en cercle autour de leur future proie pour la soupeser. Ensuite vient l'attaque, foudroyante. Un seul passage. C'est la règle. Jamais d'acharnement. Une frappe éclair, mais qui cherche toujours à emporter le plus gros morceau.

Elle flotte dans un cosmos liquide peuplé de tueurs à tête chercheuse pour une baignade accompagnée à laquelle elle ne survivra peut-être pas.

La jeune femme allume le récepteur de balise attaché à son poignet. Le clignotement est lent. Le « tigre » est loin. Ce n'est donc pas lui qui rôde. Elle peste contre la vase en suspension. C'est à peine si elle arrive à distinguer la cage calée entre les pierres, porte ouverte. La prison se prolonge par un tunnel d'arceaux qui mène à un gros container : la « baignoire ». Une fois le squale dans la cage, on le chasse à coups d'aiguillon vers cette boîte fuselée où on le bouclera avant de le hisser à l'air libre. L'aquarium de métal aux allures de torpille échouée permet de manipuler la bête avec un minimum de risques, il empêche également le prisonnier de se blesser en donnant des coups de queue en tous sens.

Une demi-heure s'écoule en une pénible partie de cache-cache. Des formes blanches ou grises se dessinent, s'évanouissent. Peggy et Wong ont atteint le grand filet d'acier qui bloque l'entrée de la crique, ce filet qui attise la haine des écologistes car de nombreuses bêtes viennent s'y prendre : tortues, anguilles, qui restent là, à agoniser, incapables de se dépêtrer du piège des mailles. Le clignotement du récepteur se fait plus rapide. Le « tigre » est là, rôdant devant l'obstacle qui lui interdit l'accès à la haute mer. Peggy se retient de respirer. Les bulles s'échappant de son respirateur font un vacarme effroyable.

Soudain, une masse surgie du brouillard la frôle. C'est comme si une voiture la heurtait. Elle sent les denticules de l'épiderme racler interminablement la cotte de mailles. Le requin n'a fait que la frôler. Si elle avait été en bikini, toute sa peau serait partie sous l'effet de cette simple caresse. Elle aurait été écorchée vive et son sang aurait commencé à se répandre dans l'eau. Elle enclenche le brouilleur électrique qui va perturber le radar du squale et l'empêcher de se « verrouiller » sur sa cible. Mais elle ne peut pas continuer trop longtemps, sinon le « tigre » perdrait tout sens de l'orientation et il deviendrait alors impossible de le pousser vers la cage. Elle arrête de bouger. Le « tigre » revient déjà à l'attaque. En raison de l'effet grossissant du milieu liquide, il paraît énorme, à peine vivant. Ce pourrait être une bête morte à la dérive. Un accessoire de cinéma en caoutchouc peint, affublé d'yeux en verre.

Elle hésite à se servir du dard électrique, elle craint d'augmenter les troubles d'orientation de la bête. Mieux vaut essayer de l'appâter avec des leurres. Elle tire un premier poisson mécanique en direction de la cage. La bestiole fuse dans un jet de bulles et commence à répandre son fumet. Le « tigre » paraît intéressé, il corrige sa trajectoire. Peggy fait signe à Wong qu'il faut maintenant le prendre en filature. Malheureusement, au bout d'une vingtaine de mètres, le squale se désintéresse du leurre mécanique qu'il a jugé trop petit. Il amorce un lent demi-tour. On dirait un avion qui vire sur l'aile pour se préparer à piquer. La jeune femme active le brouilleur et fait glisser dans sa paume le fusil à lumière pour flasher le « tigre » s'il s'approche un peu trop. Les ondes magnétiques ne semblent pas trop le désorienter. Passée la première surprise, le gros requin rayé a retrouvé son aisance. Peggy se laisse surprendre par la vitesse de l'attaque. Une fraction de seconde plus tôt le requin semblait encore loin, une fraction de seconde plus tard il est là, la bousculant, son nez cognant la bouteille d'air comprimé. L'impact est si violent que la jeune femme lâche le fusil à lumière et le réservoir à leurres mécaniques. Si elle n'était pas obligée de serrer l'embout entre ses dents, elle se mettrait à hurler de terreur. Elle s'oblige à ne pas céder à la tentation de nager de manière désordonnée. Elle se ramasse en boule pour faire corps avec le massif de corail. Lorsqu'on cesse de bouger, il arrive que le requin se désintéresse de vous. Parfois.

Elle perçoit des éclairs de flash. C'est Wong qui mitraille l'animal. Le « tigre » prend du champ. Quand il l'a frôlée, tout à l'heure, la jeune femme a parfaitement distingué un hameçon fiché dans sa lèvre inférieure. Elle est certaine qu'il s'agit de l'un de ceux que Brandon a fixés au container. Le cylindre est bien là, dans l'estomac du « tigre », amarré à son système digestif par un réseau de crochets en toile d'araignée, trop petits pour le blesser grièvement, suffisants pour empêcher que le container ne soit expulsé avec les fèces au terme de la digestion.

« On n'y arrivera jamais », pense-t-elle en se stabilisant. Son cœur fait un bruit horrible dans ses oreilles. Un vrai tambour en folie. Le coffre-fort vivant veut la dévorer, c'est évident. Wong a beau tirer de nouveaux poissons mécaniques suintant la triméthylamine, le monstre pointe son nez vers Peggy. Les leurres passent devant lui dans un nuage de bulles sans qu'il daigne les apercevoir. Hélas, s'il reste sans effet sur le « tigre », le fumet de poisson a attiré les autres squales. Peg les voit se dessiner dans l'eau trouble. Deux requins-taureaux se rapprochent, mis en appétit. Elle fait signe à Wong d'actionner son brouilleur et de chercher refuge dans l'une des niches individuelles de protection qui trouent le massif de corail. Elle n'a pas le temps de s'assurer qu'il a compris car le « tigre » les sépare. Perturbé par l'action des brouilleurs, il a mal calculé sa trajectoire et se contente une fois de plus de heurter la jeune femme. Le coffre-fort aux dents tranchantes la frôle dans un grand brassement d'eau. Le container est là, entre ses flancs, à l'abri dans son estomac, *hors d'atteinte*. Difficile de fracturer une telle chambre forte sans y laisser un membre !

La panique s'empare de Peggy. Elle a peur que le Japonais tire dans sa direction des cartouches au CO_2, et la blesse à la place du requin. Elle ne veut pas sentir son estomac exploser sous la dilatation du gaz brusquement libéré. Elle s'enfuit, elle nage de toutes ses forces, persuadée que les mâchoires du « tigre » vont se refermer sur ses jambes qui battent l'eau. On ne sent rien, paraît-il, quand les dents d'un squale vous amputent... Larker Boyett le lui a maintes fois expliqué. Pas de douleur. Seulement un grand choc. Comme si on était heurté par un véhicule. Ce n'est qu'en regardant derrière soi qu'on voit la bête s'éloigner avec vos jambes en travers de la gueule. On réalise alors qu'on est en train de se vider, et qu'on va probablement mourir d'hémorragie avant même d'avoir eu mal.

Sans le brouilleur qui perturbe le système de visée du squale, elle serait déjà amputée jusqu'aux hanches. Un tourbillon liquide lui apprend que le « tigre » vient encore une fois de la manquer de peu. Instinctivement elle arrache la goupille de l'étui de *shark chaser* fixé à sa ceinture. Elle n'a aucune confiance dans ce concentré d'acétate de cuivre largement utilisé pendant la Guerre du Pacifique mais elle ne sait plus à quel saint se vouer. La poudre se dilue, l'enveloppant d'un halo qui diminue encore sa visibilité. C'est alors que l'incompréhensible se produit. Le *shark chaser,* au lieu de provoquer la fuite des requins, semble au contraire les attirer de tous les coins de la réserve. Les voilà soudain qui pointent le museau, jaillissant du brouillard de vase, alléchés, prêts au carnage. *C'est absurde.* Au pire, la solution répulsive n'a aucun effet sur les squales, mais jamais jusqu'à présent elle n'a provoqué leur arrivée !

Peggy regarde autour d'elle. Elle est toute seule, elle a perdu Wong de vue. Elle prend enfin conscience d'une anomalie. Le halo qu'elle a libéré est rouge, d'un rouge brunâtre... or le *shark chaser* est d'habitude noir. Jadis il était jaune, mais on a opté pour un nouveau colorant quand on s'est rendu compte que les teintes vives attiraient les squales. Noir... *pas rouge* !

Quelque chose ne va pas. Elle comprend enfin qu'elle n'a pas libéré un répulsif mais du sang déshydraté. Probablement du sang de bœuf lyophilisé utilisé dans l'industrie agro-alimentaire, et qui est en train de se diluer dans l'eau comme n'importe quel café en poudre de supermarché. Elle ne pouvait pas faire pire ! C'est comme si elle avait sonné la cloche pour avertir les requins que le dîner était servi.

Il ne peut pas s'agir d'une erreur d'empaquetage. Quelqu'un a opéré une substitution. Mais qui ?

Boyett ! Bien sûr ! Boyett ou l'un de ses sbires ! Ils ont dû acheter la complicité d'un livreur et remplacer les répulsifs par des cartouches bourrées de sang déshydraté, histoire de montrer aux amis des requins l'effet que ça fait d'avoir la mort aux trousses.

La jeune femme purge son gilet stabilisateur et plonge vers le trou de protection, le Néoprène lui colle à la peau. Elle a l'impression de nager dans du sirop d'érable ou de la gélatine. Jamais elle n'a été si lente. Ses doigts touchent enfin les gros barreaux d'acier inoxydable. Elle soulève le panneau, persuadée qu'une masse énorme se rapproche dans son dos. Elle se glisse dans la niche, rabat la grille sur sa tête. Au même instant, un museau gris heurte les barreaux de plein fouet, les tordant. Le ventre du requin racle le récif, projetant sur Peggy une fumée de débris coralliens. La vase emplit la cache et, pendant une longue minute, la jeune femme ne peut même pas voir si la grille est toujours en place. Elle n'ose lever la main de peur de se la faire arracher. Ratatinée au fond de la cavité, elle attend. Enfin, l'eau s'éclaircit. Le cadre d'acier avec ses gros barreaux est encore là. Mais les requins également. Ils vont et viennent, s'entrecroisent, très énervés par le fumet du sang dilué. Il n'y a rien à faire, sinon attendre que le taux de concentration s'affaiblisse jusqu'à devenir imperceptible... ce qui risque de prendre des heures. Inquiète, Peggy consulte son ordinateur de plongée. Il lui reste à peine 20 minutes d'air comprimé. Elle ne peut prévoir combien de temps elle va rester bloquée derrière la grille protectrice.

De l'autre côté des barreaux, les squales l'observent. De temps en temps, l'un d'eux fait un passage rasant, et l'on entend les denticules hérissant son épiderme crisser sur la grille, comme si on frottait l'acier avec de la toile émeri.

De près on s'aperçoit qu'ils sont constellés de cicatrices, leur peau est un fuselage de bombardier bosselé, portant les traces de dizaines d'impacts, de centaines d'affrontements anciens. Ce sont de vieilles torpilles perdues pendant la Guerre du Pacifique, et tirées par des sous-marins nippons, sur leur nez on peut lire la devise *Dix mille années de vie pour l'Empereur*... de vieilles torpilles devenues vivantes et toujours en quête d'un carnage à commettre. Elles veulent tuer... Elles ont été conçues pour cela. Entre les blessures, on distingue des parasites de toutes sortes, accrochés, enkystés, végétation hybride dans laquelle furètent les rémoras. Peggy a conscience de délirer ; c'est fréquent en plongée, le stress est démultiplié, les mélanges gazeux (pas toujours bien tolérés) ouvrent la porte du placard aux fantasmagories. En outre, elle souffre encore des séquelles de l'injection que lui a imposée Brandon. La dope amplifie ses angoisses, leur confère un tour hallucinatoire. Elle pense aux légendes polynésiennes : aux marins morts en mer qui vivent à l'intérieur des requins... Des cercueils... Des cercueils munis de nageoires et de crocs. Ils cherchent à engloutir un nouvel occupant, comme si leur passager actuel en avait assez de la solitude. Peggy se recroqueville. Les noyés la regardent au travers des yeux des squales... Ils l'étudient, se demandant si elle ferait une bonne compagne. Elle ne veut pas les rejoindre. Elle ne veut pas se retrouver couchée dans le ventre de la bête contre un matelot mort au siècle dernier qui voudra faire d'elle sa femme. Elle...

Assez !

Elle respire le plus doucement possible, pour résister aux fantasmes déclenchés par l'hyperventilation. Elle adopte un rythme de 6 respirations/minute en faisant systématiquement des apnées de 3 secondes à la fin de chaque expiration. Cette précaution lui permet de réduire sa consommation à 2 litres d'air par cycle respiratoire, c'est-à-dire de passer en dessous de la moyenne recommandée des 20 litres à la minute.

Lorsque sa bouteille sera vide, elle devra se résoudre à sortir ; on dirait que les requins le savent, et qu'ils attendent patiemment. Elle passe en revue les armes dont elle dispose, mais elle n'a plus rien. Elle a tout perdu au cours de sa fuite, quand le « tigre » l'a bousculée. Elle ne peut rien faire qu'attendre, tapie au fond de sa prison tandis que les squales montent la garde, allant et venant devant les barreaux. Elle ne sait pas ce qu'il est advenu de Wong. Une chose est sûre : il n'a pas été dévoré, sinon les requins ne s'occuperaient plus d'elle, le lieu du carnage les mobiliserait tous.

Elle se force au calme, l'œil fixé sur le chronomètre qui calcule automatiquement, en fonction de son débit actuel, le temps pendant lequel elle peut encore espérer respirer. L'estimation n'est guère encourageante, mais c'est qu'elle a consommé beaucoup d'oxygène pendant sa fuite. Elle hésite sur la conduite à tenir. Elle peut attendre d'inspirer son dernier centimètre cube d'air comprimé et tenter alors une sortie, en espérant que les squales se seront lassés d'attendre... Elle peut également sortir tout de suite, en abandonnant sa bouteille au fond, créant ainsi un tourbillon de bulles sur lequel se jetteront les *bullsharks* qui la guettent en ce moment... Avec un peu de chance le faisceau bouillonnant la dissimulera au regard des prédateurs. Elle connaît le formidable attrait qu'exercent les bulles d'air sur les requins. Ils s'en gavent tels des vieillards victimes de détresse respiratoire. Il faut choisir une stratégie... L'ordinateur miniature lui accorde un délai d'un quart d'heure. Rien ne lui assure que d'ici 15 minutes les requins auront fichu le camp. Elle devra alors remonter en catastrophe, sans la protection du nuage gargouillant... ou accepter de périr noyée derrière la grille de protection. Sans l'écran des bulles d'air elle constituera une cible magnifique pour les *bullsharks* en maraude.

Elle décide d'opter pour la première solution. Elle fait glisser son harnais. Une seconde, elle est tentée de se débarrasser de la cotte de mailles, mais c'est une protection qui lui sera utile si elle se fait happer au cours de la remontée. Elle remplit ses poumons, gonfle son gilet, puis crache l'embout et ouvre le détendeur à fond. Les bulles s'élèvent en un faisceau de perles brillantes, pareilles au mercure. Un jaillissement bruyant qui grimpe en droite ligne vers la surface. Peggy repousse la grille et s'élance de toute la puissance de ses cuisses. Les bulles l'enveloppent, l'habillent. Le fond du bassin est à 60 pieds, et elle a passé moins d'une heure immergée, il n'y a donc aucun palier à respecter.

Son visage crève la surface. Quelqu'un lui tend une gaffe. C'est Wong, agenouillé au bord de la piscine. Il l'aide à se hisser au sec. Peggy tremble de la tête aux pieds. Pendant deux minutes elle est incapable de parler tant ses dents s'entrechoquent.

— Je ne savais pas quoi faire, s'excuse l'Asiatique. Je suis remonté quand les requins se sont tous rués sur toi. Qu'est-ce qui s'est passé ? Je n'ai rien compris, j'ai cru à une manœuvre de diversion.

Peg lui explique. Le sang de bœuf à la place de l'acétate de cuivre. Il écarquille les yeux, interloqué. Il a entendu parler de Boyett, mais sans y prêter vraiment attention.

— J'ai failli y rester, halète Peggy. Je suppose que le but du jeu était de me montrer quel effet ça fait d'être poursuivi par un requin tueur.

— Le « tigre », coupe Wong qui craint de la voir s'embarquer dans une digression hystérique, on ne l'a pas eu...

— Je sais, siffle la jeune femme avec exaspération. Il va falloir y retourner, mais pas tout de suite. On va d'abord chasser l'odeur de sang qui flotte dans le bassin. Je vais activer le système de ventilation sous-marine. L'eau du large sera aspirée et prendra la place de celle qui stagne dans la crique. Les odeurs s'en iront.

— Ça va prendre combien de temps ?

— Une heure, au moins. Ça nous permettra de nous reposer. Quand le calme sera revenu, je lancerai le mannequin-nageur, ce sera notre dernière chance de capturer le « tigre ».

Elle titube en direction du hangar, se dépouille de sa combinaison de mailles et effectue les manœuvres qui conviennent sur le tableau de bord. Un grondement sourd se propage sous ses pieds. Les turbines se sont mises en marche, elles vont aspirer l'eau du large, établissant un mouvement de circulation aquatique au cœur du bassin.

Le processus déclenché, elle branche la bouilloire et prépare du café. Ses mains tremblent encore et elle répand la moitié de la poudre sur la paillasse de l'évier. À l'idée de se remettre à l'eau, elle a envie de vomir.

Elle s'assied sur une caisse et boit son café à petites gorgées. Wong est resté dehors, allongé au bord du bassin, les yeux fermés. Il a choisi un coin d'ombre, pour éviter que le soleil ne chauffe la cotte de mailles. Peggy s'applique à savourer la minute présente en se répétant : « Je suis en vie... je suis *encore* en vie... » Elle se fait l'effet d'un G. I. recroquevillé dans une tranchée et fumant une cigarette avant de remonter en première ligne. Elle a la tentation de se lever, de s'en aller sans plus s'occuper de rien, mais ceux qu'elle s'obstine à surnommer « les ninjas de caoutchouc » le lui permettraient-ils ?

Quand le voyant clignote, l'avertissant que le cycle de circulation d'eau s'achève, elle se dresse et rejoint Wong.

— C'est notre dernière chance, dit-elle. Il faut à tout prix que le « tigre » — et seulement lui — se lance aux trousses du nageur mécanique. S'il le met en pièces avant que le leurre pénètre dans la cage, nous serons dans de sales draps.

— Il n'y en a qu'un ? interroge Wong.

— Oui. Ces cochonneries coûtent cher. Ce sont des robots qui émettent de fausses pulsations cardiaques, ainsi que des phéromones de sang sexuel. Tout l'arsenal, quoi ! Rien n'a été laissé au hasard.

Elle se tait car parler la fatigue. Elle a conscience d'être en mauvaise condition physique. Angoisse, épuisement, elle réunit tous les paramètres pour succomber dans les prochaines minutes à un accident de plongée comme il s'en produit des dizaines sur les plages de Floride chaque année. Elle a ramené du magasin d'équipement de nouveaux fusils à lumière, des leurres... toute la panoplie du plongeur kamikaze.

— Allons-y, soupire-t-elle en se harnachant.

Quand elle est prête, elle se met à l'eau.

— Je vais accompagner le plongeur mécanique, explique-t-elle, de cette façon je pourrai fermer la cage dès que le « tigre » y entrera. Toi, reste en arrière et écarte les autres requins. Tu dois les décourager de participer à la course.

Wong se contente de hocher la tête. Peggy s'écarte du bord du bassin et localise à tâtons le câble qui sert de rail au robot. Ce filin a été l'objet d'interminables controverses entre les spécialistes du centre. Certains voyaient en lui un risque de blessure potentielle pour les pensionnaires qui viendraient à le heurter, c'est pourquoi on l'a peint en jaune. Les plongeurs chargés de la récupération des spécimens ont rétorqué, eux, qu'ils n'admettraient pas qu'on leur complique la tâche en les privant de l'appui du nageur mécanique.

La tête sous l'eau, Peg tente de mesurer la distance à parcourir, mais l'eau n'est pas assez claire aujourd'hui pour lui permettre d'apercevoir la cage.

Elle s'éloigne du bord. Le câble descend vers le fond en observant une pente de 25 degrés. Une fois le robot lancé, rien ne peut plus l'arrêter ni le faire revenir car il est équipé d'un système de propulsion autonome. Le grand danger, ce serait de le voir se bloquer à mi-course, s'immobiliser soudain à cause d'un ennui mécanique, car le « tigre » n'aurait alors aucun mal à le mettre en pièces. Si tout fonctionne comme prévu, le squale ne pourra pas rattraper le leurre, celui-ci est en effet équipé d'un système qui lui permet de régler sa fuite en fonction de la vitesse adoptée par son poursuivant; grâce à cette astuce technique, le robot est assuré de se déplacer toujours plus vite que le prédateur l'ayant pris en chasse. En théorie, tout est parfait... En théorie seulement, car depuis son arrivée à la réserve la jeune femme a déjà assisté à la destruction de trois robots au cours d'opérations de capture. Les problèmes proviennent le plus souvent du câble sur lequel s'agglutinent les concrétions marines, les algues qui finissent par faire « bouchon » et bloquent la course du nageur mécanique.

Aujourd'hui elle n'a pas le courage de descendre au fond du bassin pour vérifier que le filin est bien propre. Elle sait qu'elle a tort, mais elle a trop peur de se trouver une fois de plus nez à nez avec un squale, elle veut raccourcir le plus possible sa durée d'immersion. Elle espère que la chance sera de son côté.

Elle voit la trappe s'ouvrir dans la paroi de la « piscine »; un panneau coulisse dans un gros bouillon de bulles et le robot paraît. On lui a donné l'allure générale d'un nageur : un corps fusiforme nanti de quatre membres qui brassent la mer en cadence. Le bonhomme a été recouvert d'une peinture jaune criarde se voyant de très loin, même dans l'eau trouble. Il se met à glisser sur le fil en ronronnant. Dès sa mise en marche, il a commencé à émettre des sécrétions diverses, toutes connues pour aiguiser l'appétit des squales. Peggy repère un tourbillon, Wong vient de plonger. Il reste plaqué contre la paroi du bassin, un fusil électrique à la main. Peggy devine qu'il aurait préféré une méthode plus expéditive : tuer le « tigre » au moyen d'une charge explosive par exemple, mais ç'aurait été trop risqué. La bête aurait été mise en charpie et achevée par ses congénères. Dans le tumulte qui aurait suivi personne n'aurait pu voir ce que devenait le cylindre d'aluminium où est cachée la fiole... Un autre requin l'aurait probablement avalé. Comment le retrouver alors ? En tuant un par un tous les squales de la réserve ? Non, la seule bonne méthode est celle choisie par Peggy, même si elle paraît de prime abord plus complexe.

Le robot poursuit sa descente, lentement. Il n'accélérera qu'une fois son poursuivant détecté. Peggy localise des ombres en mouvement à travers le brouillard laiteux des organismes marins en suspension. La chasse est ouverte. Elle est maintenant trop loin de Wong pour distinguer ce qu'il fait. Saura-t-il se débrouiller ? Elle vient à peine de se poser la question que le « tigre » jaillit du néant, trouant la brume opalescente du plancton à la dérive. Aussitôt le radar de poursuite du robot le repère et procède à un ajustement de sa vitesse. Le nageur mécanique accélère sa descente. Peggy s'éloigne le plus possible, mais le « tigre » ne lui accorde aucune attention, les signaux émis par le leurre sont beaucoup plus puissants que les siens. Ils ont été calibrés pour faire croire au chasseur qu'il se trouve en présence d'un phoque blessé.

Tout se passe bien jusqu'à mi-course. C'est alors que la jeune femme note la présence d'un gros paquet de varech entortillé sur le câble. Le robot va être arrêté net par cet obstacle, et le « tigre » le rattrapera en trois coups de nageoires.

D'une détente des cuisses, Peggy se propulse vers le filin. Elle a tiré son poignard de plongée de sa gaine et utilise la lame dentelée pour sectionner le fouillis végétal, mais les algues sont gluantes, rebelles, le fil du couteau glisse à leur surface sans vraiment trouver le bon angle d'incision. Le câble vibre entre les mains de la jeune femme au fur et à mesure que le nageur se rapproche. Elle a presque fini d'élaguer le bouchon de varech... Dix secondes encore et... La tête du robot la frappe en pleine poitrine avec une force surprenante. Mais c'est que le « tigre » est en train de passer à l'attaque, l'ordinateur du leurre a enclenché la vitesse rapide. Touchée entre les seins, la jeune femme a la respiration coupée, le poignard lui saute des mains. Les bras du mannequin la giflent, lui arrachant presque son masque. Elle bat des pieds pour s'éloigner mais quelque chose l'empêche de prendre du champ. Elle ne comprend pas quoi.

Le tourbillon créé par les membres supérieurs du robot lui interdit de se pencher en avant, elle risquerait d'être assommée ou de voir la vitre de son masque voler en éclats.

C'est l'une des sangles du porte-bouteilles qui s'est coincée dans la superstructure du mannequin. À présent la jeune femme est liée au robot qui continue sa descente, la poussant devant lui tel un ludion. Elle ne peut rien faire pour se dégager ; sans le couteau il lui est impossible de trancher la courroie. Elle tâtonne pour trouver la boucle qui lui permettrait de se libérer du harnais, mais les battoirs du leurre ne cessent de la frapper, et elle doit conserver les bras levés pour amortir les coups qui pleuvent sur ses épaules, son cou, son front. Si elle ne le faisait pas, elle serait assommée.

Elle se sent emportée, prisonnière du mannequin qui file droit vers la cage, le « tigre » à ses trousses. Peggy réalise que, si elle ne se libère pas très vite, elle va finir victime de son propre piège : le robot va l'entraîner avec lui dans la cage, et le requin s'engouffrera à leur suite. Dès que le leurre s'immobilisera en bout de course, le « tigre » se jettera dessus pour le mettre en pièces, et Peggy finira comme le malheureux nageur de plastique, sous les coups de mâchoire du squale.

Elle voudrait que Wong vienne à son secours, elle se tord le cou sans parvenir à le voir. Où est-il ? En arrière sans doute, occupé à disperser les requins indésirables... Peggy se débat. L'une des pales du robot l'atteint en plein visage et elle perd son embout. Une douleur fulgurante lui traverse le nez, comme si on venait de la frapper avec une pagaie. En arrière-plan elle entrevoit la masse du « tigre » qui plonge selon un angle de 20 degrés dans le prolongement du câble. Elle est emportée, à demi assommée, du sang se répandant en efflorescences rougeâtres autour de sa tête. En regardant pardessus son épaule, elle distingue les contours de la grande cage de métal brillant. Le robot va l'y pousser en premier, comme un bulldozer refoulant une souche d'arbre. Elle n'aura pas eu le temps de se dégager que le requin entrera déjà à sa suite, bouchant tout l'espace, interdisant toute sortie. Elle se retrouvera acculée au fond du piège, liée au mannequin comme à une gueuse de fonte. La gueule du squale lui fermera l'horizon, et la dernière chose qu'elle verra sera ce trou noir atroce, bordé de dents crénelées... Une vision semblable à celle qui doit hanter les cauchemars de Larker Boyett depuis son accident. Elle suffoque, à court d'oxygène, elle doit lutter pour récupérer l'embout... *Où est Wong ?* A-t-il décidé de la laisser se débrouiller toute seule ? Pense-t-il que deux appâts valent mieux qu'un ?

Elle se sent devenir folle. Malgré la mauvaise propagation du son dans l'eau, elle perçoit la vibration métallique du câble amplifiée par la chambre d'écho de la cage. Dans trente secondes, il sera trop tard, elle plongera au cœur de la nasse en compagnie du robot. La terreur la rend insensible aux coups. En dépit des gifles que lui assènent les battoirs du nageur mécanique, elle cherche la boucle du harnais. Les coups pleuvent, lui écrasant les phalanges. Elle se mord les lèvres, se griffe le ventre. L'attache cède enfin. Brusquement, elle est libérée du piège du harnais. La bouteille d'air comprimé se détache de ses omoplates. Elle inspire une dernière goulée d'air, l'embout lui est arraché de la bouche, manquant de lui casser les dents. Elle s'écarte d'une détente des jambes. Ses fesses frôlent les barreaux de la cage. Lancé à 70 km/h, le requin passe à 50 centimètres de ses palmes et s'engouffre dans la nasse à la poursuite du leurre. Il paraît énorme à la jeune femme. Elle a l'impression qu'il ne tiendra pas tout entier dans la cage. Dès que la nageoire caudale a franchi le seuil du piège, Peg arrache la goupille qui commande la fermeture de la porte. Le vantail s'abat, tel le couperet d'une guillotine. De l'autre côté des barreaux, le « tigre » ne s'est encore rendu compte de rien, il s'acharne sur le mannequin, le déchiquetant. Probablement s'étonne-t-il de trouver si peu de goût à cette viande dont le fumet semblait pourtant si prometteur? Avant de remonter, Peggy déclenche le brouilleur de champ magnétique installé sur le dessus de la cage, cela perturbera suffisamment le fauve pour l'empêcher de donner des coups de queue contre les barreaux. Elle remonte, les poumons au bord de l'explosion. Elle a à peine fait surface que Wong se matérialise à ses côtés. Il l'aide à se hisser sur le chemin de ciment bordant le bassin.

— Bon sang! grommelle-t-il une fois qu'il a repris son souffle, j'ai bien cru que tu allais te laisser enfermer dans la cage avec ce salopard.

Peggy s'écarte pour vomir. De la bile coule de ses lèvres. Elle se sent aux frontières de l'évanouissement. Wong reste à l'écart pour lui laisser le temps de reprendre ses esprits.

— Qu'est-ce qu'on fait de lui, maintenant? demande-t-il enfin. On pourrait hisser la cage sur le bord du bassin et le laisser crever à l'air libre, non?

— Non, souffle la jeune femme. Il y aura fatalement quelqu'un pour l'apercevoir et donner l'alarme. Tu veux te retrouver assiégé par tous les écolos de Key West? Il faut donner à l'opération l'allure d'un prélèvement scientifique... De toute façon, la cage serait trop lourde pour la grue, surtout avec le requin à l'intérieur qui se débattrait comme un furieux dès qu'on le sortirait de l'eau... Non. Il faut replonger, le chasser à coups d'aiguillon dans le tunnel qui mène au container de capture. C'est alors, seulement, qu'on pourra le hisser au sec.

— Ça ne finira donc jamais! grogne le Japonais. J'ai l'impression de patauger dans ce bassin depuis un mois.

Peggy juge inutile de répondre, elle est vidée elle aussi, mais il faut aller jusqu'au bout. Elle désigne la grue installée en bordure de la piscine.

— Tu vas t'en occuper, dit-elle. C'est facile. Dès que la lumière rouge s'allumera sur le tableau de bord, tu n'auras qu'à enclencher le treuil, l'aquarium en fer contenant le requin sortira de l'eau. Tu verras, ça ressemble à un cercueil géant de 4 mètres sur 2. C'est lourd, et trop étroit pour qu'un requin y survive longtemps si on ne le relie pas immédiatement à un circuit d'oxygénation. Les types du labo surnomment ce truc la « baignoire ».

— Combien de temps mettra-t-il à crever?

— Je ne sais pas, je n'ai jamais eu à affronter ce type de situation, je ne suis qu'une concierge. Si on vidange le container, je suppose que le « tigre » mourra très vite.

Peggy entre dans le hangar pour se rééquiper une nouvelle fois. Elle songe qu'elle a déjà perdu deux bouteilles au fond du bassin et qu'elle aura du mal à expliquer cela à ses employeurs. Elle n'est pas censée plonger au milieu des requins. Elle a seulement été engagée pour tenir les lieux propres et pour nourrir les squales, rien de plus. Le reste est l'affaire des spécialistes du laboratoire dont elle ne fait pas partie. Elle ricane nerveusement. Inutile de s'inquiéter, puisqu'elle est grillée de toute manière. On ne lui pardonnera jamais la disparition du « tigre », une bête dont on a dopé la production de squalène afin d'obtenir de meilleurs implants pour les greffes tissulaires réservées aux grands brûlés. Que pourrait-elle inventer pour sa défense ? Qu'il a sauté par-dessus le filet pour prendre le large ? On ne la croira jamais. On la soupçonnera probablement de s'être laissé acheter par un laboratoire concurrent.

Elle soupire. Elle verra cela le moment venu. Le comble serait qu'elle se retrouve en prison sous l'inculpation d'espionnage industriel !

Quand elle sort, Wong est déjà installé aux commandes de la grue, se familiarisant avec les leviers.

— J'y vais, lui lance Peggy. Rappelle-toi, quand la lumière rouge s'allumera... tu sors la baignoire de l'eau, tu fais pivoter la grue et tu la déposes au bord du bassin. Okay ?

— Okay.

Elle s'assied au bord de la piscine et se laisse glisser dans l'eau, à la verticale de la cage. Le requin est toujours là, perturbé par le brouilleur de champ magnétique. La jeune femme est décidée à faire vite. Comme un dompteur, elle passe la pointe du dard électrique entre les barreaux et pique le squale dans la région des organes sexuels. La décharge propulse le « tigre » en avant, vers le tunnel d'arceaux menant au container où il se retrouvera finalement incarcéré. L'opération se déroule sans anicroche. Trois décharges suffisent à convaincre le squale de pénétrer dans la « baignoire ». Dès qu'il s'y engouffre, Peggy ferme la trappe d'accès, et presse l'interrupteur qui saille sur un pilier fiché dans la vase. C'est le signal destiné à Wong. Là-haut l'ampoule s'est allumée. Le treuil va maintenant arracher la longue boîte à la vase du fond. Dès que la nasse de métal commence à s'élever, Peggy verrouille l'écoutille par laquelle le requin est entré, puis elle s'écarte en priant pour que le câble ne casse pas...

Avec un réel soulagement, elle voit la « baignoire » monter vers la lumière palpitante de la surface, puis sortir de l'eau... Elle peut remonter. Elle en a plus qu'assez des requins et des combines de Monsieur Wong.

Au moment où elle prend pied sur le rebord du bassin, quelque chose la frappe à la tête. Elle n'a pas le temps de comprendre ce qui se passe. Une ombre a surgi de derrière la grue. Une ombre qui tenait un objet métallique à la main. Les gouttes d'eau ruisselant sur son masque ne lui ont pas permis d'en voir davantage. Elle tombe, le nez sur le ciment. Et ses lunettes de plongée se fêlent sous le choc.

Elle perd connaissance.

16

La cagoule de Néoprène de la combinaison de plongée et le camail de la cotte métallique ont amorti le coup, si bien que Peggy reprend connaissance avant Wong qui gît à quelques mètres de la grue. Le bord du bassin est constellé de grandes flaques dans lesquelles une foule d'intrus semblent avoir piétiné. La jeune femme se penche sur l'Asiatique. Il a une coupure au front qui a saigné d'abondance. Elle l'asperge d'eau de mer. Il grimace quand le sel pénètre dans la plaie. Il ouvre enfin les yeux.

— Ce sont tes clients ? interroge Peg. Ils sont venus prendre livraison du requin ?

Elle lance cela au hasard, sans trop savoir comment les mystérieux commanditaires de Wong auraient pu être au courant de la présence du cylindre dans l'estomac du « tigre ». Mais, après tout, pourquoi n'auraient-ils pas suivi Brandon lorsqu'il a « nourri » le squale ?

Elle n'a pas le loisir de s'interroger plus avant. Wong secoue négativement la tête.

— Non, grogne-t-il en s'explorant le front du bout des doigts. C'étaient des infirmes... Ils ont surgi alors que je déposais la « baignoire » sur le quai. Ils m'ont surpris.

— Des infirmes ? répète Peg aussitôt en alerte.

— Oui, il y avait un pick-up arrêté devant la grille, ils ont dû en descendre. Je ne sais pas comment ils sont entrés. Tu avais pourtant tout fermé...

Peggy serre les mâchoires. Les hommes de Boyett ! Ils n'ont jamais cessé de la surveiller. Dès qu'ils ont compris qu'elle s'apprêtait à sortir un squale du bassin, ils ont prévenu leur chef. L'opération a été improvisée pendant qu'en compagnie de Wong elle affrontait les requins rendus fous par le sang de bœuf lyophilisé.

— Ils ont dû court-circuiter la serrure à l'aide d'un passe électronique, soupire-t-elle. Je pense qu'ils attendaient cette occasion depuis longtemps.

Elle se redresse. Il n'est guère difficile de reconstituer les événements. Sitôt Wong assommé, les adhérents de l'EAC ont chargé la « baignoire » sur le pick-up. Le requin est déjà au siège du Club à l'heure qu'il est, on a dû le faire basculer dans la piscine d'eau de mer creusée dans le jardin. Boyett est parvenu à ses fins, il le tient enfin, son objet de catharsis ! Il va pouvoir organiser le grand sacrifice libératoire dont il rêve depuis des années.

— Ils m'ont frappé avec une béquille, grogne Wong. J'ai été stupide, je l'avoue, mais la vue de ces mutilés en train de clopiner m'a pris de court. J'ai pensé qu'ils risquaient de déraper dans les flaques et de tomber à l'eau...

— Ils ont volé le requin, siffle Peggy. Il y avait des mois qu'ils attendaient cette occasion. Ils vont le massacrer, le torturer, puis le faire exploser. Boyett m'a expliqué tout ça dans le détail à dix reprises. C'est une véritable obsession chez lui. Ça va se passer dans les jardins du Club.

Wong ne cache pas son inquiétude.

— Il faut le récupérer avant qu'ils ne le mettent en pièces, lance-t-il. S'ils le font exploser, ou s'ils lui tirent dessus avec du gros plomb, le container peut être endommagé, percé même. Ce serait une catastrophe.

Peggy se débarrasse de sa combinaison, la colère lui insuffle un regain d'énergie. Elle n'admet pas de s'être fait souffler le « tigre » par la bande d'éclopés hallucinés au service de Larker Boyett. Elle n'avait jamais sérieusement envisagé que le président de l'EAC réussirait un jour à la berner. Elle l'a sous-estimé, c'était une grave erreur. Elle comprend qu'il est fou, réellement, et qu'il ira jusqu'au bout de son délire avec l'espoir de se débarrasser une fois pour toutes des images d'horreur qui le poursuivent au cœur de ses cauchemars.

Wong est parti vérifier que ses agresseurs n'avaient pas saboté le Hummer. Ils n'y ont pas pensé... ou bien ils étaient si pressés de rentrer au Club avec leur prisonnier qu'ils ont négligé de le faire. Peggy se les représente sans mal, dans un état d'excitation paroxystique, jubilant comme des adolescents au terme d'un match victorieux.

— Allons-y, fait-elle une fois qu'elle est rhabillée. Je préfère te prévenir : ce sera difficile, Boyett et ses gars sont tout sauf de pauvres infirmes sans défense.

— Je peux leur racheter le requin, hasarde Wong. Très cher...

— Boyett est riche, rétorque Peggy. Il se fout du fric, ce qu'il veut, c'est se venger. Il s'imagine qu'après avoir tué un squale de ses propres mains il pourra recommencer à vivre comme avant son accident. C'est un psychotique, et tous ceux qui l'entourent sont bâtis sur le même modèle. Des revanchards, méchants, violents, bornés. En réalité, ce n'est pas un club, c'est une secte. Quand ils auront massacré le requin, ils se rendront compte que rien n'a changé, que leur vie n'est pas devenue rose pour autant, alors ils se flingueront tous. Boyett leur organisera un suicide collectif, je le vois très bien dans ce rôle.

Ils grimpent dans le véhicule militaire, Wong démarre. La jeune femme lui indique le chemin à suivre.

En dépit de la menace qui pèse sur eux, elle éprouve une curieuse satisfaction à partager le danger avec le Japonais. Une intimité de la peur qui les rend bien plus proches que les jeux sexuels accomplis sur le futon de la grande maison vitrée. Elle pense que les aventures qu'ils vivent ensemble peuvent nouer entre eux des liens solides... pourquoi pas indestructibles ? Mais sans doute se fait-elle des illusions ?

*

La résidence choisie par Boyett est isolée, perdue dans la nature. Ses occupants n'ont pas à redouter d'indisposer les voisins en faisant trop de bruit. Tout a été prévu en fonction du jour tant attendu de la mise à mort.

Dès qu'ils arrivent en vue de la demeure, Peggy est surprise par le nombre de voitures garées sur le bas-côté de la route. À n'en pas douter, Boyett s'est empressé de diffuser l'information car les adhérents du Club des Dévorés Vifs sont au rendez-vous. Wong arrête le Hummer. Une étrange *garden-party* se déroule dans les jardins de la propriété. Tous les participants sont des mutilés affligés de prothèses ou arborant d'impressionnantes cicatrices. Ils bavardent avec animation autour d'un buffet en vidant des gobelets de punch ou de bière. Peggy remarque qu'il n'y a là que des hommes. La vengeance est-elle une affaire d'hormones... ou bien les femmes se sentent-elles si diminuées par leurs mutilations qu'elles préfèrent ne pas se montrer ? Au seuil du jardin, elle est saisie par la crainte, c'est elle soudain qui se sent anormale, différente. Elle a honte d'arborer avec insolence un corps en parfait état. Sa présence en ces lieux prend tous les caractères d'un acte d'exhibitionnisme. D'une provocation.

Malgré cela, il faut avancer, s'engager au milieu

de ces corps martyrisés, de ces chemises hawaïennes qui bâillent sur d'interminables cicatrices de morsures, de ces bermudas qui contiennent rarement deux jambes entières.

Dès qu'on les aperçoit, le silence se fait. Peggy craignait d'être accueillie par des manifestations d'hostilité mais Boyett a probablement sermonné ses troupes. Les regards sont victorieux, les bouches méprisantes. La voilà donc, cette petite concierge qui leur a tenu la dragée haute pendant des mois! Elle fait moins la fière à présent! Mais c'est fini pour elle, la balle n'est plus dans son camp, le Club a gagné. Le requin a été livré, elle n'a plus aucune prise sur eux. Peggy avance lentement. Elle ne voudrait pas leur faire croire qu'elle a peur. Elle regarde droit devant elle, en direction du perron. Une vague crainte lui taraude le ventre, celle d'être lynchée à coups de béquille. Elle ne sait plus ce qu'elle doit faire : fuir ou s'entêter. Elle a horreur de se sentir fautive, comme si elle avait une part de responsabilité dans le malheur de ces gens. Elle n'aime pas leurs visages fermés, enfiévrés par l'alcool, ni cette lueur triomphante, mauvaise, qui brille dans leurs pupilles. Leur haine l'accable. Elle se dit qu'ils vont lui cracher dessus. Il suffira qu'un seul d'entre eux passe à l'attaque pour que tous les autres l'imitent. Elle n'aura pas le temps d'atteindre le seuil de la demeure qu'ils la frapperont, pour la mutiler... pour qu'elle devienne comme eux, elle, l'amie des requins. La déchéance physique les a endurcis. Ils ont pris le parti de la haine pour rester debout, ils s'y sont fortifiés, aidés en cela par Boyett. Ils ne doutent pas une seconde d'avoir raison.

Lorsqu'elle atteint le bout de l'allée, elle n'en revient pas de n'avoir subi aucune agression. Personne n'a soufflé mot.

Seul Borowsky, l'ancien surfeur au pied arraché, ricane ouvertement, assis sur les marches de la véranda.

— Le patron est dans son bureau, lâche-t-il avec effronterie, il vous attend depuis un bon moment. Vous z'êtes pas bien rapide pour une fille qu'a encore ses deux jambes !

Sa sortie provoque une bouffée d'hilarité libératrice. La tension se dissipe en un grand rire méchant où chacun braille plus fort que son voisin. Peggy passe outre et pénètre dans la maison qui fleure toujours la cire d'abeille.

Boyett se tient effectivement dans le bureau. Calé dans son fauteuil roulant, il fume un cigare, un verre de pur malt à la main.

— Chère vaincue ! s'exclame-t-il de sa voix chaude et bien timbrée de prédicateur laïque. Ne nous disputons pas, ce jour est un grand jour, ne le gâchez pas par des invectives. J'ai déjà préparé un chèque de dédommagement. Il est là, sur le bureau. Vous verrez que je n'ai pas lésiné. Je sais que vous allez perdre votre emploi mais il y aura toujours moyen de s'arranger. Je vous dénicherai un engagement dans l'une de mes sociétés. Je ne suis pas un prédateur. Nous vous fournirons un alibi pour la disparition du requin, quitte à organiser un accident qui endommagera le filet... Je pourrai vous trouver des témoins qui affirmeront sous serment avoir vu le « tigre » ficher le camp vers la haute mer, sous leurs yeux. Vous ne serez pas inquiétée.

Il s'interrompt soudain, comme s'il découvrait la présence de Wong.

— Qui est ce monsieur ? Votre avocat ?

Wong s'assied. Il a retrouvé son flegme habituel mais l'hématome qui marque son front le prive en partie de sa prestance.

— L'affaire va plus loin que vous ne le pensez, dit-il en fixant Boyett dans les yeux. Je me fiche du requin, la seule raison pour laquelle je m'inquiète à son propos, c'est qu'il contient quelque chose de très précieux pour moi.

Alors, à mots couverts, il expose le problème du container accroché à la paroi stomacale du « tigre ». Il se garde d'entrer dans les détails. Boyett l'écoute avec une moue amusée, signifiant qu'il n'est pas dupe de cette fable abracadabrante.

— Vous êtes en danger, conclut le Japonais. Nous sommes tous en danger. Les gens qui s'intéressent à ce container vont venir le récupérer, et rien ne les en empêchera. Pas même votre qualité d'infirme. Ils n'ont pas pour habitude de s'arrêter à ce genre de chose. Il y a sûrement un moyen de s'entendre. Tuez le requin si vous le souhaitez, coupez-le en rondelles, peu m'importe, mais ne faites rien qui porterait préjudice au cylindre coincé dans son estomac. Pas de coup de fusil, pas d'explosion... Une fois le squale mort, laissez-moi la possibilité de prélever le container dans ses entrailles et vous n'entendrez plus parler de moi. C'est tout. C'est peu de chose, je pense que ce compromis pourrait nous contenter, vous comme moi.

Boyett crache avec ostentation une miette de tabac en direction de son interlocuteur.

— *Pas du tout,* cher monsieur ! grogne-t-il. Vous n'y êtes pas du tout. La mise à mort du requin n'est pas une espèce de corrida pour *aficionados,* c'est un acte thérapeutique qu'on ne peut aménager au petit bonheur. Il n'est pas question d'affaiblir la portée symbolique de la cérémonie en se contentant d'un banal lynchage. Votre solution est grotesque, c'est comme si vous me disiez : « Prions gentiment ce requin de faire son autocritique et restons-en là. » Nous ne sommes pas plus aux *Alcooliques Anonymes* qu'à l'*Association des Squales Repentants* ! La thérapie ne fonctionnera qu'à la condition que nous réduisions cette saloperie vivante en menus morceaux. Tout est prévu : quand nous aurons fini de le torturer avec nos harpons, nous lui fourrerons dans la gueule une bombe à retardement enveloppée de 10 kilos de viande de bœuf. Nous tenons à ce qu'il crève en mangeant ! Nous voulons le voir partir en miettes à son tour, s'envoler au-dessus de nos têtes en une myriade de steaks tournoyants. Ce sera notre feu d'artifice, l'apothéose qui nous soulagera de nos malheurs.

Il doit s'interrompre, à court de salive. Il pointe son cigare éteint vers Wong.

— Vous n'y pigez rien, hein ? siffle-t-il avec un mépris non dissimulé. Personne ne peut se mettre à notre place, nous ne parlons pas le même langage, nous ne vivons pas sur la même planète. Pour vous, un requin c'est simplement une bestiole pleine de dents ; pour nous, c'est Satan, la bête du fond des âges, un monstre qui a survécu à 200 millions d'années d'évolution. C'est le dernier des dinosaures, comprenez-vous ? Et il s'imagine faire toujours partie de la race des seigneurs... Dans le temps, les bourreaux jouissaient d'un curieux privilège : ils avaient le droit de se servir sans payer ni rendre de comptes dans les boutiques de la cité où ils officiaient. Le requin se croit investi du même droit. Il est grand temps de lui apprendre que les choses ont changé.

Wong lève les paumes en signe d'apaisement.

— Je respecte vos croyances, murmure-t-il. Mais je tiens à attirer votre attention sur le fait que la destruction du requin entraînera des représailles terribles pour vous et les vôtres. N'abîmez pas le container...

— Je me fous de votre minable histoire de trafic, ricane Boyett. Vous n'êtes qu'un épicier de la drogue, moi j'ai charge d'âmes.

Il écarte les bras pour désigner la foule encombrant le jardin.

Peggy contourne le bureau et s'approche de la baie vitrée donnant sur l'arrière de la maison. La piscine est là ; la « baignoire » qui a servi au transport du requin a été renversée sur la pelouse. Le squale parcourt nerveusement son nouvel habitat.

Le bassin a beau être vaste, il reste trop petit pour lui. Les requins détestent tout ce qui ressemble de près ou de loin à une cuve, ils y deviennent rapidement fous. Des harpons ont été regroupés en faisceaux, telles des lances dans un camp de légionnaires romains. Sur une table, on a aligné toutes sortes d'hameçons et de crochets existant à ce jour. Les outils ont été fourbis pour la mise à mort. Elle repère même quelques-uns de ces grands tranchoirs qu'on utilisait jadis pour saigner les baleines et les affaiblir. La panoplie du carnage brille au soleil. Dans le fond, à l'ombre, on a dressé un buffet avec des rafraîchissements.

La nageoire dorsale du « tigre » crève la surface et trace un sillage mousseux sur toute la longueur du bassin. La jeune femme croit percevoir un choc sourd se répercutant dans le sol. Le squale a commencé à se cogner la tête contre les parois de la piscine. L'exiguïté de sa prison lui porte sur les nerfs. Quand il sera lassé de s'y meurtrir, il se laissera couler au fond, et attendra sagement la mort.

Dans le bureau, les deux hommes sont au bord de l'empoignade.

— Vous ne pouvez rien contre nous ! hurle Boyett. Si vous appelez la police ou les gens du laboratoire, nous prétendrons que vous nous avez livré le requin de votre plein gré, contre une grosse somme d'argent. J'affirmerai que la proposition venait de vous, et de vous seuls ! Je déclarerai aux journalistes que vous êtes à l'origine de cette idée de thérapie par le massacre... Qui croira-t-on à votre avis ? Nous ne sommes après tout que de pauvres infirmes, des créatures blessées, naïves, prêtes à se raccrocher à n'importe quelle fable. Vous ferez figure d'escrocs, de charlatans !

— Arrêtez ! lance Peggy. Ça suffit.

Boyett s'éloigne d'eux. Ses éclats de voix ont alarmé les adhérents. Un à un, ils ont envahi la maison pour s'assurer qu'on ne maltraitait pas leur chef. Ils sont là, encombrant les pièces, les couloirs, garde prétorienne de corps souffrants.

Boyett éclate de rire. Il se sent fort. La colère l'a quitté. Au milieu de son armée, il est invulnérable.

— Restez ou partez, je m'en fiche, lance-t-il à Peggy. La cérémonie va commencer. Si vous avez encore un peu d'humanité, laissez le rituel se dérouler en paix, il y va de notre salut à tous. Donnez-nous une chance de redevenir des hommes normaux, vous qui connaissez la joie insolente d'être encore entière !

Il esquisse un mouvement tranchant de la paume en direction de la piscine, tel un général donnant le signal de la charge, et vocifère : « Allez, mes frères, l'heure de la revanche a sonné ! »

La foule des éclopés se rue à sa suite. La baie vitrée coulisse, les béquillards envahissent le jardin, bousculant Wong et Peggy. L'Asiatique, dans un réflexe désespéré, a sorti son arme, le gros *Sigma 40,* mais il reste stupide, l'automatique inutilement brandi. Personne ne lui accorde un regard, personne n'a peur de lui. Que pourrait-il faire, du reste, contre tous ces gens galvanisés par l'imminence du carnage ?

« C'est foutu », songe la jeune femme tandis qu'une immense fatigue s'abat sur ses épaules.

Les membres du Club se sont regroupés autour des faisceaux, chacun s'empare d'un harpon. Boyett s'est servi le premier avec fébrilité. Il a fait rouler son fauteuil jusqu'au bord de la piscine. « Trop près du bord », pense Peggy. Maintenant il attend que tout le monde soit équipé, son arme en travers des cuisses. La jeune femme prend la mesure de son impuissance. Elle ne peut plus rien tenter pour enrayer la machine. Elle éprouve un frisson étrange à voir ces malheureux au corps brisé et néanmoins farouches, armés jusqu'aux dents, les traits animés d'une fureur proche de la transe.

Ils se rassemblent, ils encadrent la piscine de

tous côtés. Peggy ne distingue plus le bassin. Elle décide de grimper à l'étage supérieur pour voir ce qui va suivre. Wong lui emboîte le pas. Ils se surprennent à courir dans les escaliers. Une fois en haut, d'un même mouvement, ils se précipitent à la fenêtre. Les harponneurs entourent la piscine au centre de laquelle le requin se débat, prisonnier d'un espace trop étroit.

— Le jour est arrivé ! hurle Boyett en levant le harpon à deux mains au-dessus de sa tête. Notre heure a sonné. Sang pour sang ! Chair pour chair ! La délivrance, mes frères ! *La délivrance !*

Sa voix chavire comme s'il était sur le point de fondre en larmes. Peggy ne parvient pas à déterminer s'il joue la comédie ou s'il est réellement au comble de l'exaltation. Il l'a tant exaspérée au cours des derniers mois qu'elle a choisi de voir en lui un charlatan, un prédicateur comme il y en a des milliers aux États-Unis, à cheval entre le fanatisme et l'imposture. Et si elle s'était trompée ?

Brusquement, elle le trouve pathétique, attendrissant ; sa beauté physique n'y est pour rien, cela tient plutôt à l'expression d'intense souffrance qui ravage ses traits maintenant qu'il a tombé le masque du *cover-boy* cynique.

— Vengeance ! hurle-t-il. Œil pour œil ! Œil pour œil !

— Œil pour œil ! reprennent en chœur les infirmes massés autour du bassin.

Boyett frappe le premier coup avec tant de puissance qu'il manque de tomber de son fauteuil dans l'eau. Un peu de sang s'échappe de l'entaille ouverte sur le dos du requin, pas beaucoup... Le cuir denticulé est trop résistant pour céder aussi facilement. Alors commence le harcèlement. Tous s'y mettent, chacun y allant de son coup de lance. Dès que le squale frôle l'une des parois du bassin, il est lardé d'entailles peu profondes mais qui, en raison de leur nombre, lui lacèrent les ailerons, la queue. S'il restait au milieu de la piscine, il se mettrait hors de portée des pointes de fer mais il n'est pas assez intelligent pour s'en rendre compte. Dès qu'il est agressé, il fuit en sens contraire, se jetant à la rencontre d'une nouvelle ligne de harponneurs.

Peggy songe que Larker Boyett n'a fait, somme toute, que ressusciter une vieille coutume de la marine à voiles ; celle par laquelle les matelots se libéraient de la peur que leur inspirait leur ennemi juré.

L'eau de la piscine vire au rose. Le requin tourne en rond, laissant derrière lui une multitude de sillons sanglants que les battements de sa queue diluent aussitôt. Les harpons se lèvent et s'abaissent... se lèvent, s'abaissent... Parfois, un homme glisse, ses compagnons le rattrapent de justesse. Il faut frapper vite, bien... et surtout retirer en hâte son fer de la plaie, sinon on risquerait d'être entraîné par le mouvement giratoire du squale qui nage à une vitesse stupéfiante. Deux harpons sont restés fichés de part et d'autre de la nageoire dorsale, ce qui lui donne l'allure d'un taureau à l'échine criblée de banderilles. Les hommes se sont mis à hurler à pleins poumons et l'ambiance rappelle celle d'un match de base-ball. L'eau est de plus en plus rouge ; quand le requin amorce un demi-tour, il crée des remous qui aspergent ses agresseurs. Le sang dilué du « tigre » coule alors sur les visages des exécuteurs.

Boyett est le plus acharné de tous. Son fauteuil tremble sous l'effet de ses gesticulations. Une haine jubilatoire lui déforme le visage. Il est dans un tel état d'excitation qu'on le devine près de sauter dans la piscine pour mieux frapper l'ennemi. Peggy a envie de lui crier : « Attention ! Pas si près du bord ! » comme l'on fait avec les enfants.

Le rituel se poursuit sans que la lassitude s'empare des participants. Frapper le squale devient difficile car l'eau de la piscine est de plus en plus rouge et l'on n'y voit plus grand-chose. Boyett s'arrête enfin. Sa peau, telle celle des stigmatisés, paraît recouverte d'une sueur de sang. Il manœuvre son fauteuil en arrière, hurle un ordre. Les hommes cessent de fouiller le bassin du bout de leur fer. Ils sont tous hagards, titubants. Certains ont du mal à respirer. Ils battent en retraite, se heurtant les uns les autres, les mains poissées par le sang qui coule sur la hampe des harpons.

Boyett a jeté son arme, il se dirige vers une glacière posée sous la table du buffet. Il l'ouvre. Enfoncé dans la glace pilée : un énorme morceau de viande maintenu roulé par un fil de fer.

— C'est la bombe ! souffle Peggy. Ils vont la faire avaler au « tigre ».

Les adhérents de l'EAC se rassemblent autour de leur chef qui leur explique le fonctionnement de la machine. Ses doigts courent sur un cadran gradué. Peggy le voit faire tourner un curseur. Cela ressemble à un minuteur de cuisine. Une diode rouge se met à clignoter. Boyett lève l'appât au-dessus de sa tête, pour que tous puissent le contempler, puis il leur fait signe de retourner à la piscine.

C'est alors que l'un des participants s'affaisse sur lui-même comme s'il était victime d'un malaise. Ses camarades ont à peine le temps d'ébaucher un mouvement dans sa direction qu'un second adhérent s'effondre... Ont-ils présumé de leurs forces ? Va-t-on assister à une épidémie d'infarctus ?

Non, car cette fois Peggy a vu la tache rouge exploser sur la chemise du malheureux.

— On lui a tiré dessus ! balbutie-t-elle.

— C'était inévitable, souffle Wong. Les gens pour qui je travaille ne laisseront pas ces dingues détruire le container.

Peggy songe à ceux qu'elle a toujours surnommés les « ninjas de caoutchouc ». Ils sont là ! Ils ont investi le Club et tirent sur les sacrificateurs en utilisant des réducteurs de son. En tendant l'oreille, elle parvient à repérer le *plop* assourdi des détonations. Elle ne voit pas les assaillants, sans doute dissimulés par la végétation. Ils font feu comme au stand de tir, abattant leurs cibles sans difficulté. Mais les amis de Boyett se sont déjà ressaisis. Certains ont renversé la table du buffet pour s'en faire un rempart, d'autres se sont aplatis derrière un muret, ou le cube de brique d'un gros barbecue. Ils ouvrent le feu à leur tour, car beaucoup sont armés. Rien d'étonnant à cela, Peggy n'ignore pas que les handicapés, se sentant plus vulnérables que les autres citoyens, ont pris l'habitude de ne plus se hasarder dans les rues de Miami sans emporter une arme, ceci afin de décourager les voyous qui seraient tentés de voir en eux des proies faciles. Un feu roulant réplique aux salves silencieuses des agresseurs invisibles.

— *La bombe!* balbutie la jeune femme en enfonçant ses ongles dans le bras de Wong.

Le paquet de viande piégé est resté sur l'herbe, là où Boyett l'a abandonné avant de se mettre à l'abri, et le minuteur poursuit sa course à rebours. Il va exploser au milieu du jardin et non au cœur du bassin dont les parois auraient absorbé la déflagration. Peggy n'a aucune idée de la force de l'engin. Boyett, tenant compte du milieu liquide, a dû le prévoir assez puissant, surtout s'il voulait voir les débris du squale s'élever en tourbillonnant dans les airs, comme il l'a plusieurs fois affirmé.

Dehors les coups de feu claquent, tout le monde semble avoir oublié la présence du colis d'explosifs. D'ailleurs, Boyett voudrait-il le récupérer qu'il n'y parviendrait pas car le tir des agresseurs le tient cloué derrière la table du banquet.

— Ça va sauter, lance Wong, il faut s'éloigner des fenêtres. Toutes les vitres vont être soufflées. Vite!

Peggy recule. Wong la saisit par le poignet et l'entraîne derrière un canapé. La jeune femme se recroqueville en se bouchant les oreilles pour ne pas avoir les tympans crevés par la détonation. La fusillade, ainsi amortie, évoque un concert de bouchons de champagne. Et soudain c'est l'explosion, un souffle furieux balaie la maison, les fenêtres sont éjectées de leur encadrement, les vitres se changent en une mitraille de débris qui lacèrent les meubles et la tapisserie. Les tessons se fichent dans le canapé de cuir, une odeur âcre de produit chimique emplit l'air. Peggy sent ses yeux et sa gorge agressés par cette fumée acide qui la fait tousser, pleurer. Wong la secoue, lui signifiant qu'il ne faut pas rester là. La maison a beau être isolée, les coups de feu et l'explosion ont forcément été entendus par quelqu'un. La police va débarquer d'une minute à l'autre.

Peggy se redresse, examine la pièce saccagée par le souffle. Les fenêtres gisent sur la moquette, arrachées de leurs charnières. Le canapé a été poignardé par les tessons des vitres, les rideaux ont pris feu. La fumée est en train de remplir la pièce, les flammes lèchent le plafond.

Wong se précipite dans l'escalier. Tout est fichu, impossible de récupérer le requin avec la menace de la police qui va faire irruption, toutes sirènes hurlantes.

*

Boyett ne perçoit plus qu'un sifflement continu qui lui traverse le crâne d'un tympan à l'autre, comme si ses oreilles avaient été transpercées par une aiguille à tricoter sonore. L'explosion l'a épargné mais tous n'ont pas eu cette chance. Un entonnoir de 7 pieds s'est ouvert au milieu de la pelouse, expédiant une mitraille de terre et de cailloux à une centaine de mètres à la ronde. Le souffle a frappé la maison de plein fouet et déraciné les arbustes, dont certains ont pris feu. Beaucoup de membres du

Club ont été blessés par les débris voltigeant dans les airs. Quant aux mystérieux agresseurs, l'onde de choc les a tués ou mis en fuite car ils ont cessé de tirer. Boyett perçoit tous ces détails à travers le voile rouge de la stupeur et de la déception. Il sait que s'il ne peut mener la cérémonie à son terme, il ne guérira *jamais*. Plus jamais il n'aura l'occasion comme aujourd'hui de mettre à mort un requin, plus jamais... Il doit aller jusqu'au bout, coûte que coûte !

Il ne pense à rien d'autre, ni à la maison en feu, ni aux blessés qui gémissent couchés dans l'herbe, le corps criblé d'éclats... Il ne sait qu'une chose : il doit achever le requin avant l'arrivée de la police ; après il sera trop tard, on ne le laissera plus s'approcher du bassin.

Il veut guérir, il veut se débarrasser de la malédiction qui pèse sur lui.

Il a soudain une illumination. S'élançant sur son fauteuil roulant, il file au fond du jardin, là où est garée la Land Rover qu'il utilise d'ordinaire pour se déplacer d'un État à l'autre. Il déverrouille le treuil installé au-dessus du pare-chocs avant et tire le câble jusqu'à la piscine. Sur l'une des tables disposées à l'intention des invités, il rafle un gros hameçon à requin, y pique l'un des lambeaux de viande que l'explosion a éparpillés sur l'herbe et attache le tout au bout du câble d'acier du treuil. Sa ligne achevée, il la jette dans le bassin. Il a la certitude que le squale ne pourra s'empêcher d'y mordre, en partie parce que l'odeur et le goût de son propre sang l'ont mis en appétit. Ces préparatifs n'ont pas demandé plus de deux minutes à Boyett. Il agit en état second, porté par une énergie surnaturelle. Il lui semble qu'il jouit d'une lucidité extraordinaire, surhumaine. La nageoire dorsale du « tigre » fend l'eau rougie en direction de l'appât. La ligne se tend en vibrant. Le monstre est ferré. Le crochet de 20 centimètres s'est enfoncé dans son palais. Il faut agir vite, avant qu'il ne se mette à tirer sur la ligne.

Boyett fait pivoter son fauteuil et roule vers la Land Rover. Il ne prête aucune attention à ce qui se passe autour de lui. Dès qu'il est près du véhicule, il abandonne son siège d'infirme et se hisse au volant. Ses mains tremblent d'excitation. Soit, il n'a pas réussi à faire exploser le squale, mais il peut le mettre en charpie d'une autre façon ! Rien n'est encore perdu.

Il démarre. En défonçant la clôture, il peut sortir par l'arrière du jardin et filer sur la route, jusqu'à Key Largo... *Le requin va suivre !* Le câble va le faire sortir de la piscine et le traîner dans le sillage de la Land Rover, les aspérités de la chaussée feront le reste, lui arrachant la peau, la viande, le dépeçant jusqu'à ce que son squelette mou ne soit plus lui-même qu'un chapelet de vertèbres. Cette perspective met Boyett au bord de la transe. Il imagine le requin s'éparpillant, se défaisant, écorché vif, usé jusqu'aux entrailles par le frottement des plaques de ciment du sol. Finalement c'est peut-être encore mieux que l'explosion initialement prévue !

La Rover enfonce la clôture sans plus de difficulté qu'un décor de carton. Boyett conduit en surveillant le rétroviseur. Il a peur, l'espace d'un instant, que le requin ne soit trop lourd pour le câble, mais il a la joie brutale de voir le « tigre » jaillir de la piscine, traverser la pelouse et se ruer à sa poursuite. Il accélère. Il veut avoir eu le temps d'écorcher entièrement le squale quand la police l'arrêtera. Ce n'est qu'à cette condition qu'il redeviendra un homme normal, il le sait.

Il roule, le pied au plancher. Le requin se tortille en vain, sa peau s'en va, le frottement lui arrache les ailerons, la queue, les organes sexuels... Boyett est aux anges. Il rit et pleure tout à la fois. C'est une vraie bénédiction que la bombe n'ait pas explosé dans la piscine, sa joie n'aurait pas été aussi vive.

*

Peggy et Wong se sont lancés à la poursuite de Boyett dès qu'ils ont compris ce qu'il projetait. Le Hummer roule maintenant dans le sillage du requin qui se défait. Des morceaux de chair ensanglantée rebondissent sur le capot de la Jeep pour venir s'écraser sur le pare-brise. La route agit comme une meule, usant l'épiderme et les muscles du « tigre ». Un long sillon rouge s'inscrit dans la poussière. Wong veut à toute force récupérer le squale avant que ce dingue de Boyett ne se fasse arrêter par la police. Pour le moment la route est déserte mais une patrouille peut surgir à tout instant. Les essuie-glaces tournent en marche forcée pour essayer de nettoyer les débris qui maculent le pare-brise. Peggy ne sait pas combien de temps le requin tiendra à ce régime. S'il continue à s'éparpiller à ce rythme, le risque est grand qu'il ne perde le container en même temps que ses entrailles.

La jeune femme n'ose se pencher à la portière de peur d'être giflée par les morceaux du requin qui voltigent en tous sens.

Enfin, Boyett commet une erreur de conduite, rate son virage et part dans le fossé. La Land Rover pique du nez dans le talus, le moteur cale. Wong freine et bondit à l'extérieur. Avant de descendre, il a pris dans la boîte à gants un poignard de plongée à lame dentelée. Il court, Peggy lui emboîte le pas. Le « tigre » est dans un état pitoyable mais semble toujours en vie. Ce n'est plus qu'un fuseau de chair vive, une torpille sanglante privée d'ailerons comme de queue. Le frottement de l'asphalte a ouvert de grandes brèches dans ses flancs, des trous par lesquels on peut apercevoir ses organes internes.

L'odeur est épouvantable. Wong se penche sur la bête mais il s'y prend mal, Peggy doit venir à son secours. Il ne lui faut pas longtemps pour repérer le cylindre qui émerge d'un magma de débris en cours d'assimilation. Comme le supposait la jeune femme, Brandon l'a enveloppé d'un filet de Nylon équipé d'hameçons, ceux-ci — à peine le container avalé — se sont plantés dans les parois de la vaste poche stomacale. Peggy essaie de retenir sa respiration. Dans son dos, Wong la supplie de se dépêcher, les flics peuvent débarquer à tout moment. À l'aide du poignard de plongée, elle cisaille le filet. Le tube de métal, gluant de sécrétions gastriques, lui file entre les doigts. Elle voit venir le moment où elle va devoir entrer tout entière à l'intérieur de l'animal, s'enfoncer jusqu'aux chevilles dans l'énorme foie huileux pour récupérer l'étui récalcitrant.

Elle émerge enfin. Wong lui arrache le container des mains. Il essaie de l'ouvrir mais le boîtier est trop visqueux, barbouillé par l'huile suintant du foie crevé, cette huile si abondante (si convoitée !) qui assure la flottabilité des requins. Il ne parvient pas à en dévisser les deux moitiés qui lui glissent entre les doigts.

Une sirène retentit, se rapprochant à vive allure. Wong et Peggy courent vers le Hummer et s'éloignent au plus vite, abandonnant le requin émietté au milieu de la route, et Boyett, coincé derrière son volant, sans connaissance.

La voiture de patrouille montant de Key West les frôle trente secondes plus tard. Les flics ne leur prêtent aucune attention, ils semblent hypnotisés par le spectacle du squale sanglant échoué sur l'asphalte.

Wong roule une dizaine de minutes en jetant de fréquents coups d'œil dans le rétroviseur puis sort de la route pour s'engager dans un bouquet de palmiers. Avec un chiffon il nettoie le cylindre et parvient enfin à le dévisser. Peggy cesse de respirer.

Le container est vide.

17

— Le flacon n'a pas pu tomber dans l'estomac du requin ! vocifère Wong. Tu l'as vu comme moi, le cylindre était bel et bien fermé !

Cela fait dix minutes que le Japonais tempête, les doigts crispés sur le volant. Peggy a dû faire un effort pour ne pas céder à l'abattement. Quand elle songe à tous les risques qu'elle a pris ce matin dans la réserve pour capturer le « tigre » ! Tout cela pour rien ! Elle en pleurerait de rage.

— C'est Brandon, murmure-t-elle enfin, il nous a tous bernés. Je pense qu'il se sentait suivi... Peut-être par tes amis. Il s'est rendu à la réserve pour jeter très ostensiblement le cylindre en pâture aux requins. Il savait bien que personne n'aurait le cran de plonger dans le bassin pour l'en retirer. Seulement c'était un leurre... Le container était vide. Le flacon est caché ailleurs, depuis le début. Tu le prenais pour un débile mais il nous a bel et bien roulés dans la farine. Nous sommes revenus à la case départ.

Wong ne dit rien. Il a les mâchoires serrées, l'air mauvais. Peggy le sent à bout, prêt aux pires extrémités. Il a pris le chemin de son domicile, la maison sur pilotis, le *cheeckee* séminole pour milliardaire branché, là où les attend Brandon. La jeune femme est inquiète, elle a peur que l'Asiatique ne s'en prenne violemment au jeune homme.

— Ça ne servira à rien de le frapper, dit-elle. Mieux vaut tenter de le faire parler en utilisant la ruse... en admettant qu'il dispose encore d'assez de mémoire pour se rappeler ce qu'il a fait du flacon.

— Tu ne comprends pas ! s'impatiente Wong. Nous n'avons plus le temps de faire dans la dentelle. Si nous ne livrons pas le produit cette nuit, nous serons morts à l'aube. Tous les deux. Tu as vu comment ils s'en sont pris aux infirmes du Club ? Rien ne les arrête.

Peggy avale sa salive avec peine. Elle pense à Burly Sawyer, découpé avec art, transformé en assiette de *sushi,* tronçonné en cinquante morceaux et pourtant si joli à regarder... Elle songe à ce que le tueur-cuisinier pourrait faire avec son corps, ses seins, son sexe. Elle l'imagine sculptant des fleurs de viande de la pointe du couteau... Elle lutte contre la nausée qui lui tord le ventre.

Quand ils arrivent chez Wong, elle est presque certaine qu'elle va découvrir la porte enfoncée, la moquette couverte de sang, et Brandon — ou plutôt ce qu'il restera de Brandon — artistement disposé sur la table basse du living, mais elle s'est alarmée pour rien. Tout est intact. Les ninjas de caoutchouc ne sont pas venus. Ils attendent. Le sursis n'a pas encore expiré.

Wong a revissé le cylindre d'acier. Il l'a tenu en évidence lorsqu'il est descendu de la voiture. Sans doute espérait-il duper ceux qui surveillent la maison ? Il gagne du temps... La nuit n'est pas encore tombée. Si l'on réussit à faire dire à Brandon où il a caché le flacon, tout peut rentrer dans l'ordre avant le coucher du soleil.

« C'est notre dernière chance, pense Peggy. Si nous sommes incapables de retrouver la drogue, ils viendront nous punir. »

Ils entrent. Brandon est assis sur la moquette, à

l'autre bout du séjour, il affiche un air boudeur, contrarié.

— Me suis ennuyé..., grogne-t-il en dévisageant Peggy.

Il y a quelque chose de « délabré » dans sa façon de parler, un émiettement des syllabes, comme s'il maîtrisait difficilement l'outil vocal. C'est moins la diction d'un petit garçon que celle d'un étranger luttant pour articuler une langue trop différente de la sienne.

Wong est parti prendre une douche. Il a branché la cafetière électrique. Peggy s'agenouille devant Brandon. Elle essaie de l'amadouer, mais il se dérobe. De toute manière, elle n'a jamais été très douée pour établir le contact avec les enfants. Malgré la peur et l'impatience qui s'insinuent en elle, elle ne peut se défendre d'une certaine tristesse au fur et à mesure qu'elle constate l'état de régression mental du jeune homme. « C'est peut-être passager, se répète-t-elle. Une fois qu'il aura évacué les dernières molécules de drogue charriées par son sang, il recouvrera probablement ses facultés. »

État confusionnel transitoire... elle connaît le terme. On l'emploie à propos des malades sujets aux crises d'épilepsie. *Épisode ischémique*... Elle rassemble ses souvenirs, elle se rappelle les mots qui coulaient de la bouche des médecins lorsqu'une de ses amies a été hospitalisée, il y a trois ans. Elle essaie d'ordonner le chaos, d'y planter des repères. Brandon se dérobe, il chantonne. Il a pris des objets, ici et là — coffret à cigarettes, briquet de salon — et s'en sert comme des jouets. Il mime un accident en le bruitant avec la bouche. Quel âge a-t-il dans sa tête ? Dix ans... encore moins ? Peggy songe à ces vieilles personnes victimes de la maladie d'Alzheimer qui, soudain, du fond de leur grand âge, se mettent à parler avec des voix de gamins, retrouvant tout à coup les intonations et le vocabulaire de leur enfance, comme si le temps se court-circuitait, revenait en arrière.

Elle ne peut s'empêcher de lever la main pour lui caresser la joue. Dieu sait s'il l'a exaspérée au cours des derniers mois avec son machisme d'éternel adolescent, mais aujourd'hui, en ce moment, il l'émeut. Elle le sent en train de glisser... Elle est au sommet d'une colline, et Brandon s'éloigne en dérapant le long de la pente. Elle lui tend la main mais il ne peut la saisir. Il glisse, il glisse, et la nuit qui tombe l'avale peu à peu. Il n'aura pas eu le temps de devenir vieux.

Il n'aime pas la caresse. Il s'en détourne avec exaspération. Il a manifestement atteint cet âge mental où les petits garçons fuient les démonstrations d'affection.

Wong redescend. Avant d'entrer dans la cuisine, il fait signe à Peggy de l'y rejoindre. Le parfum du *Blue Mountain* flotte dans l'air.

— Alors? demande-t-il en versant le café noir dans les tasses.

Peggy hausse les épaules. Le Japonais ne fait aucun commentaire mais lève les yeux vers la grosse horloge d'acier fixée au mur. Les heures filent.

— Ils viendront à minuit, l'heure du rat comme on dit dans mon pays, fait-il sans regarder la jeune femme. Si je ne suis pas en mesure de leur donner le cylindre avec son flacon, nous connaîtrons une mort bien difficile. Tu as vu ce qu'ils ont fait à Burly Sawyer, là-bas, dans les Glades? Je suis certain qu'il est resté vivant jusqu'au bout. Jusqu'à ce qu'on sépare sa tête de son cou. Ça représente beaucoup de souffrance. Les Chinois ont des termes très poétiques pour décrire ce type de torture.

— Tu ne te défendras pas? riposte la jeune femme.

— On ne peut pas se défendre contre ces gens-là. Ce sont des fantômes, des *ninjas*. Ils entrent où ils veulent. Quand tu t'aperçois qu'ils sont là, il est déjà trop tard.

— Des ninjas...

— Oui, ça n'existe pas seulement dans les bandes dessinées, tu sais... Pendant des siècles, ils ont fait le sale travail à la place des *samouraïs*. Ils ont perfectionné des techniques de combat que les seigneurs, les *bushi,* considéraient comme immorales ou vulgaires. Ils se fichent pas mal de l'élégance ou du *fair-play,* leur unique souci est d'être efficaces. Et ils le sont. Horriblement.

Peggy vide sa tasse et lui tourne le dos. Elle le trouve sinistre, résigné.

— Si nous n'avions pas retrouvé le flacon d'ici minuit, je me tuerais, murmure Wong. Je ne veux pas tomber vivant entre leurs mains. Et s'il te reste un atome de bon sens, tu feras comme moi. Je t'aiderai à mourir si tu veux.

Elle ne répond pas. La gorge nouée, elle retourne dans le living auprès de Brandon. Il joue avec les cigarettes qu'il a alignées sur la moquette. Peggy abat une dernière carte.

— Le hold-up..., dit-elle, c'est pour demain. Il y aura beaucoup d'argent à la banque. Beaucoup trop. Tu ne pourras pas tout emporter, ce sera trop lourd. Il faudra plusieurs sacs. Wong et moi avons décidé de t'accompagner. Il y aura des tas et des tas de billets. Nous sommes prêts, il faudra passer à l'attaque dès l'ouverture, avant que le fourgon blindé ne vienne relever les sacs. Tu comprends ?

Brandon a cessé de jouer avec les cigarettes. Il semble réfléchir.

« Il souhaitait tellement ce braquage, pense Peggy, il ne peut l'avoir oublié. Ce n'est pas possible. »

Elle répète son argumentation. Trop de liasses. Il faudra être trois... Une fortune, une véritable fortune. Plus d'argent qu'ils ne pourront en dépenser toute une vie.

Quelque chose scintille dans l'œil du jeune homme, une brève étincelle d'intelligence, comme si quelqu'un venait d'actionner un commutateur.

— Demain ? demande-t-il.

— Oui, chuchote Peggy. Il faut tout préparer pour les piqûres. Les combinaisons d'amiante sont dans la voiture. Mais je ne sais pas quelle dose il faut s'injecter, tu devras t'en charger. C'est compris ?

Brandon hoche la tête. Peggy se lève, comme si tout était dit.

— Okay, fait-elle, je te réveillerai demain à sept heures.

Le garçon fronce les sourcils, lève la main.

— *Attends !* lance-t-il d'une voix à peu près normale. Tu n'as pas la dope...

— Ah ! Oui, c'est vrai, fait négligemment Peggy. Tu l'amèneras. Tâche de ne pas oublier.

Et elle lui envoie un baiser du bout des doigts, comme si elle montait se coucher.

— *Attends !* trépigne Brandon. J'pourrai pas... Elle est pas ici... Faut retourner au bungalow.

— Au bungalow ?

— Ouais, elle est dans l'armoire à pharmacie... au milieu des autres bouteilles.

Peggy tressaille. Mon Dieu ! tant de détours alors que la drogue était sous son nez depuis le début... perdue dans le fouillis des flacons qui encombrent les étagères de la salle de bains.

— Ce n'est pas grave, fait-elle négligemment, je vais aller la chercher. À demain. Dors bien, il faudra être en forme.

Elle se déteste. Elle sait qu'elle est en train de leur sauver la vie mais il lui déplaît de déployer une telle duplicité.

Wong a tout entendu. Il a déjà ses clefs de voiture à la main.

— On y va, souffle-t-il. Bon sang ! Il s'est contenté d'appliquer le vieux truc d'Edgar Poe dans *La Lettre volée*... Mettre en évidence ce qu'on désire dissimuler.

— Je ne pense pas que Brandon ait jamais entendu prononcer le nom d'Edgar Poe, murmure nerveusement Peggy. Il ne doit ce trait de génie à personne.

Trois minutes plus tard, ils roulent vers la plage. Le ciel devient rouge à l'horizon.

— On nous suit, annonce Wong après un bref coup d'œil au rétroviseur. Cette fois, ils ne se cachent même plus.

Peggy regarde par-dessus son épaule. Elle note la présence d'une voiture à 100 mètres en arrière. Ils sont désormais accompagnés... comme ce matin, dans le bassin, quand les requins les prenaient en filature à travers le brouillard de plancton.

Quand ils s'arrêtent devant le bungalow, Peggy voudrait courir mais ses genoux ne la portent plus. Elle tremble si fort qu'elle n'arrive pas à glisser la clef dans la serrure. Exaspéré, Wong lui arrache le trousseau des mains mais il se révèle aussi peu efficace que sa partenaire. Lorsque le battant accepte enfin de s'ouvrir, ils sont tous deux dans un tel état de nerfs qu'ils se flanqueraient des gifles si seulement ils en avaient le temps.

Dans un même mouvement ils se ruent vers la salle de bains. Peggy allume la lumière, ouvre l'armoire de toilette à la volée. Elle essaie de se rappeler la forme du flacon, mais celui-ci n'avait *justement* aucune particularité, sinon qu'il ne portait pas d'étiquette. C'était un flacon comme il y en a des dizaines sur les étagères qui s'alignent sous ses yeux. Lotions anti-moustiques, lotions contre l'érythème solaire, lotion...

— Il n'y est pas, constate Wong d'une voix presque criarde. Ils ont tous des étiquettes... Tous !

Une décharge électrique parcourt Peggy. *Ma'Jameson*... La vieille dame qui vient faire le ménage une fois par semaine... Elle a la manie de mettre de l'ordre dans les placards et de faire la chasse aux médicaments périmés. Normalement elle n'aurait pas dû venir avant lundi prochain.

Peggy sent l'affolement la gagner. Pendant que

Wong s'obstine à examiner les flacons un à un, les débouchant pour les flairer, elle court au téléphone, cherche dans l'aide-mémoire le numéro de la vieille dame. On décroche au bout de trois sonneries.

— Vous êtes passée aujourd'hui ? interroge Peggy après s'être présentée. Ce n'est pourtant pas votre jour...

— Je sais, caquette Ma'Jameson, mais je ne pourrai pas venir la semaine prochaine, je dois aller chez une de mes nièces qui va accoucher, c'est pour ça que je suis passée ce matin, comme ça le ménage vous durera toute la semaine à venir si le *señor* Brandon veut bien faire un peu attention...

Elle se lance dans d'interminables commentaires sur la grossesse difficile de sa nièce, mais Peggy l'interrompt brutalement.

— Vous avez touché à l'armoire à pharmacie ? demande-t-elle. Vous avez jeté des flacons ?

— Bien sûr ! siffle la vieille piquée au vif. Des flacons sans étiquette, comme toujours. Vous gardez trop de flacons sans étiquette, c'est dangereux. Vous risquez de vous tromper et de vous empoisonner. Il ne faut jamais laisser les étiquettes écrites par le pharmacien se décoller. Je l'ai répété mille fois au *señor* Brandon.

Peggy est devenue blême, le sang déserte ses mains.

— Les bouteilles, balbutie-t-elle, qu'en avez-vous fait ?

— Je les ai vidées dans le lavabo et j'ai fait couler l'eau, grogne Ma'Jameson d'un ton outragé. C'est pour votre bien, ma petite ! Normalement je devrais me contenter de nettoyer votre porcherie, mais je vous aime bien, alors je prends soin de vous... Je sais que les jeunes n'ont aucune discipline et qu'il faut prendre les précautions à leur place, c'est comme mes petits-fils, ils...

— Les bouteilles vides, coupe Peggy. Où sont les bouteilles vides ?

— Rincées, elles aussi, répond la vieille femme qui commence à s'irriter de cet interrogatoire. En sortant de chez vous, je les ai jetées dans le collecteur de verre installé au carrefour, avec toutes vos bouteilles de Zinfandel vides qui s'entassaient sous l'évier de la cuisine. Je ne laisse jamais rien traîner, ce n'est pas mon genre. À quoi ça rime toutes ces questions ? Vous avez quelque chose à me reprocher ? Ce serait la première fois qu'on m'accuserait de trop bien faire le ménage !

Elle est agacée, prête à contre-attaquer. Peggy bredouille une excuse et raccroche. Wong se tient à côté d'elle, il a tout compris.

— Elle ne devait venir que lundi prochain, gémit Peg. Brandon en a profité pour cacher le flacon au milieu des autres. Il ne se doutait pas qu'elle ferait du zèle et passerait deux fois dans la même semaine... Elle a tout fichu dans les égouts, c'est sa marotte. Elle a l'obsession des médicaments périmés... Je crois qu'un de ses neveux s'est empoisonné de cette façon.

— Alors nous somme foutus, souffle Wong. Il n'y a plus rien à faire.

18

Ils restent face à face, écrasés, le cerveau tournant à vide. Peggy regarde instinctivement par la fenêtre. Le véhicule qui les a suivis est là, arrêté devant le bungalow. On distingue des silhouettes à l'intérieur. La jeune femme compte 4 ou 5 têtes. Elle se dit qu'elle pourrait fuir par la plage, en enfilant sa combinaison de plongée. Elle nagerait en longeant la côte, jusqu'au port et...

Elle expose son idée à Wong.

— On pourrait louer un bateau, insiste-t-elle, je connais des gens.

— Ça ne servira à rien, soupire l'Asiatique. Ils feront venir un hélicoptère, en moins d'une heure ils nous auront rattrapés... Ils nous liquideront en pleine mer. Ce sera encore plus facile pour eux.

Sa résignation exaspère Peggy. Elle voudrait le voir plus combatif, prêt au baroud d'honneur ; au lieu de cela, il se referme sur lui-même, il s'éloigne.

— Allons trouver la police, lance-t-elle. Mettons-nous sous la protection de la DEA.

Wong secoue négativement la tête.

— Je ne veux pas finir coupé en morceaux dans une baignoire, lâche-t-il. Je ne crois pas à leur foutu plan de protection des témoins. Ça ne fonctionne jamais. Et puis je n'ai rien à monnayer... Je n'ai jamais eu beaucoup de contact avec mes employeurs.

Ces organisations sont très cloisonnées. Tu sais bien que nous autres, Asiatiques, avons la manie du secret.

Il parle d'une voix détimbrée. Peggy s'obstine à penser qu'il faudrait prendre la mer et filer vers les Bahamas, les îles Cayman, n'importe où... C'est vrai qu'elle n'a pas beaucoup d'argent ; en outre elle ne veut pas laisser Brandon derrière elle.

— Rentrons, murmure Wong. Ça ne sert à rien de rester ici.

Peggy ébauche une tentative pour emporter son équipement de plongée mais elle réalise avec colère que les bouteilles d'air comprimé sont vides ; avec les événements des derniers jours elle a oublié de les remplir. À tout hasard, elle jette sa combinaison de Néoprène et ses palmes dans un sac de sport. Ils sortent. La voiture suiveuse est toujours à la même place. Elle attend qu'ils aient démarré pour leur filer le train à distance, sans jamais chercher à se rapprocher.

— On ne pourra pas s'en débarrasser, fait Wong d'une voix fatiguée. Ils peuvent obtenir tout le matériel dont ils ont besoin sur un simple coup de téléphone.

— Tu te résignes trop vite, aboie la jeune femme.

— Je les connais, pas toi, répond paisiblement le Japonais. J'ai vu de quoi ils étaient capables. Ils nous retrouveront où que nous allions. En fuyant nous gagnerons tout juste un répit de 48 heures. Ils ont les moyens de nous faire exécuter n'importe où, même au fond de la cellule d'un quartier de haute sécurité.

Il ne prononce plus un mot jusqu'au moment où il coupe le contact devant la maison sur pilotis. La nuit sera là dans un instant. Peggy ne veut pas encore s'avouer battue, elle essaie de voir comment elle pourrait quitter la villa par-derrière pour gagner la mer. Brandon comprendra-t-il seulement ce qu'elle attend de lui ? Et sera-t-il capable de se déplacer dans les ténèbres sans se faire remarquer ?

Après... Après elle ne sait pas. Elle ira probablement trouver la police. Quelle sera la réaction des agents des Stups lorsqu'elle déballera son histoire ? L'incrédulité ? La colère ? La drogue engloutie par les égouts, elle ne dispose plus d'aucune preuve. On risque de lui rire au nez quand elle décrira les effets du produit. Mais il y a les cadavres... celui de Burly, l'assaut mené contre le Club des Dévorés Vifs... Ces éléments devraient apporter un peu de poids à son récit. Sans oublier Brandon dont l'esprit s'est perdu.

Ils pénètrent dans la maison. Cette fois, Wong allume toutes les lumières sans se soucier d'être vu des sentinelles postées au-dehors. Il disparaît dans la salle de bains. Lorsqu'il revient, il porte un kimono d'intérieur sous lequel il est nu. D'un meuble ancien, il sort un coffret de laque qui contient un petit tube d'où il fait tomber trois comprimés.

— Qu'est-ce que c'est ? demande la jeune femme en se rétractant d'instinct.

— Un poison foudroyant à base de venin de *fugu,* répond-il. Ça vous tue en quelques secondes.

— C'est pour nous ? coasse-t-elle d'une voix qui lui fait horreur.

— Si tu veux, fait l'Asiatique. C'est à toi de voir. Je te laisse libre de ton choix. Quant à moi, il est hors de question que je tombe vivant entre leurs pattes. Tu n'as jamais eu l'occasion de contempler le *Jigoku-zôshi,* le rouleau de la géhenne ? C'est un parchemin qui décrit les horreurs infligées aux damnés dans les 16 annexes de l'enfer. C'est à peu près ce qui nous attend.

Il lui jette un coup d'œil ironique.

— Tu es déçue ? ricane-t-il. Tu t'imaginais que j'allais m'ouvrir l'abdomen dans la grande tradition du *seppuku* ? Désolé, mais je ne suis pas aussi romantique, de plus j'ai horreur de tout ce qui coupe.

— Tu n'envisages aucune autre porte de sortie ? dit Peggy.

— Non, soupire Wong. Il n'y en a aucune. À l'heure qu'il est, ils encerclent déjà la maison. Ils sont partout, devant, derrière. Tu ne parviendras pas à leur échapper par la mer. Ils ont prévu cette ruse, ils ont probablement un dinghy qui patrouille aux abords de la plage, et des nageurs prêts à plonger. Nous avons perdu la partie, mieux vaut s'en aller avec élégance. Ils respectent ce genre de démarche, ils n'interviendront pas, je n'ai qu'à leur passer un coup de fil pour les prévenir de nos intentions. Ils ne viendront qu'à l'aube, pour vérifier que nous sommes bien morts. Cela nous laisse le temps de faire une dernière fois l'amour, de boire une dernière coupe de saké, de fumer une dernière pipe d'opium.

— Et pourquoi pas d'écrire un poème funéraire ? siffle Peggy. Je vais appeler les flics, oui, et pas plus tard que tout de suite !

Elle ébauche un mouvement pour se lever, mais Wong la saisit par le poignet.

— Ne fais pas ça, dit-il, ils entreraient ici dans la seconde qui suivrait pour nous assassiner. Ils écoutent probablement tout ce qui se dit entre ces murs... Je pense qu'ils disposent de micros-canons... ou de lasers capables de décrypter les vibrations de nos voix sur les baies vitrées. S'ils t'entendent appeler le 911, ils enfonceront la porte. Nous serons morts avant que tu aies pu prononcer trois mots.

La jeune femme regarde le téléphone et se rassied. Les trois cachets blancs alignés sur la table à opium lui font horreur. Derrière elle, Brandon dort, allongé sur la moquette comme un enfant que le sommeil a surpris au beau milieu d'une émission de télé.

— Je n'ai pas envie de mourir, gémit-elle.

Wong a un sourire triste.

— Moi non plus, assure-t-il. Je suis jeune, je suis riche, et j'avais encore beaucoup de projets. Ce devait être ma dernière affaire.

Ils se taisent. Étouffé par les baies vitrées, leur parvient le bruit de la mer.

— Ce sera foudroyant, répète Wong en désignant les cachets. Une paralysie du système respiratoire, un collapsus immédiat. C'est beaucoup mieux que ce qu'ils nous réservent. On peut mettre des heures à mourir le ventre ouvert, en regardant grouiller ses entrailles répandues dans la poussière, tout dépend de la main qui vous incise. C'est à toi de voir, mais rassure-toi, je ne te forcerai pas.

Il se lève, va chercher du saké. Il dispose deux coupelles sur la table et sert la boisson froide, comme la buvaient jadis les officiers de la Marine Impériale japonaise pendant les mois de grosse chaleur. Il déglutit avec lenteur, savourant chaque gorgée. Il est très calme, maître de lui. Peggy porte la coupe à ses lèvres et l'imite. Elle se sent atrocement vulnérable. En quittant le bungalow, ils auraient dû tenter de rallier le poste de police...

« Tu ne l'aurais jamais atteint, pense-t-elle. Les types de la voiture nous auraient aussitôt rattrapés. »

Wong ouvre un meuble en laque et en sort une pipe à opium de très belle facture. Il a des gestes précis. Maintenant qu'il a arrêté sa décision, ses mains ne tremblent plus. Il est déjà de l'autre côté.

Soudain, alors qu'il va allumer le réchaud pour préparer la boulette résineuse piquée à la pointe d'une aiguille, il s'immobilise, comme frappé par une illumination.

— Il... *Il y aurait peut-être un moyen,* souffle-t-il. J'aurais dû y penser plus tôt...

Son regard brille de nouveau. Il se redresse. Ses narines palpitent.

— Quoi ? lance Peggy. De quoi parles-tu ?

— Attends, fait Wong. Il faut d'abord que j'en

discute avec eux, je ne suis pas certain que la chose soit possible. C'est juste une éventualité.

Sans plus s'occuper de Peggy, il s'empare de son téléphone cellulaire et entame une longue conversation en japonais avec les hommes qui encerclent la maison. Il parle de manière véhémente, se tait, argumente de nouveau. La jeune femme ne tient plus en place. Va-t-il se décider à lui expliquer de quoi il retourne ?

Wong raccroche enfin. Il pose le cellulaire sur la table, à côté des cachets de poison.

— Il y a bien une possibilité, dit-il en évitant le regard de Peggy. Mais tu vas la trouver... déplaisante.

— Parle ! s'impatiente la jeune femme.

— On peut s'en sortir à condition de leur donner Brandon, dit doucement Wong. Ou plus exactement le sang de Brandon. Ils pensent pouvoir reconstituer la drogue à partir des molécules qui circulent dans les veines de ton ami. Il en a tellement pris que le produit sature ses échanges vitaux.

— Tu veux dire qu'ils viendraient lui faire une prise de sang ? murmure Peg.

Le Japonais détourne la tête.

— Oui..., fait-il. On peut présenter la chose de cette façon. En réalité ils ont besoin de tout le sang contenu dans les veines de Brandon. Ils veulent le... *vider*.

— Quoi ?

— Tu as bien compris. Il leur faut les 6 litres de sang qui circulent dans ses veines et ses artères. Ce n'est qu'à cette condition qu'ils parviendront à récolter assez de molécules pour reconstituer la drogue. Je crois que ça s'appelle une hémolyse ou quelque chose d'approchant. Ça leur permettra de « reconcentrer » le produit une fois le sang évaporé. Je ne connais pas les termes exacts. En tout cas, c'est faisable.

Peggy s'est levée. Elle suffoque.

— C'est horrible! balbutie-t-elle. Tu veux dire qu'ils vont venir le vider comme des vampires?

— Oui, martèle Wong. Notre survie est à ce prix. Il n'y a pas à hésiter. Tu ne vois donc pas que Brandon est fichu? Son cerveau se désagrège à vitesse accélérée. Dans 48 heures il ne sera plus capable de parler. À la fin de la semaine, il perdra le contrôle de toutes ses fonctions. Son organisme tombera en panne... Il ne sera même plus en mesure de respirer tout seul, il faudra le brancher sur une machine qui pompera l'air dans ses poumons parce que son cerveau ne se rappellera plus la marche à suivre. Il est condamné. Il s'est détruit tout seul à force de multiplier les injections de produit non dilué. Tu le sais bien!

— Non! hurle Peggy. Je ne sais pas, je ne suis pas médecin. On ne peut pas exclure la possibilité d'un retour à la normale une fois la drogue résorbée...

— Ne te fais pas d'illusions, lance Wong. Elle ne se résorbera pas. Il en a trop pris, ça coule en lui comme du mercure sans se mêler aux autres fluides. C'est lourd, ça ne se dissoudra jamais. Il s'est empoisonné. Il va crever dans des conditions pitoyables.

Peggy ricane.

— Tu vas bientôt me dire que nous lui rendrons service en permettant à tes copains vampires de le vider?

— Pourquoi pas? Ne te berce pas de contes à dormir debout. Il ne redeviendra jamais comme avant. Son esprit va continuer à régresser. Ses circonvolutions mentales sont peut-être déjà en train de s'effacer. Dans une semaine, il ne te reconnaîtra même plus, il aura perdu l'usage de la parole, ce sera un légume. Tu veux nous condamner tous les deux pour sauver un légume?

Ils continuent à s'affronter de longues minutes durant. Leurs éclats de voix ne parviennent pas à réveiller Brandon qui dort d'un sommeil comateux. La jeune femme fait le va-et-vient d'un bout à l'autre du séjour. La nuit est tombée, compacte, et les baies vitrées sont devenues noires. Quand ils réalisent qu'ils tournent en rond, ils se taisent. Les trois cachets mortels sont toujours sur la table. Peggy n'a aucune envie de mourir mais elle ne peut se résoudre à devenir complice du sacrifice de Brandon. Elle imagine les ninjas se penchant sur le jeune homme, lui enfonçant dans la carotide une grosse aiguille biseautée reliée à une pompe. Elle voit le sang jaillir par saccades dans un bidon de plastique stérile. Elle entend presque le bruit mouillé du jet. Six litres. La matière première à partir de laquelle sera recomposée la drogue perdue. Non, elle ne peut pas accepter ça. Elle ne pourrait pas vivre avec ce souvenir.

Wong est allé faire du café car la fatigue se fait sentir. Peggy redoute de céder, par peur, par lassitude. Par envie de vivre, tout simplement. Elle sait que le temps passe et qu'à minuit, l'heure du rat, Wong devra donner sa réponse.

Elle prend la tasse qu'il lui tend, elle boit dans l'espoir de retrouver sa combativité.

— On ne peut pas faire ça, répète-t-elle, ce serait comme de... de...

Ses idées s'embrouillent, elle est épuisée.

— Ce serait une sorte d'euthanasie, lâche Wong. Une euthanasie perpétrée sur un malade condamné. Brandon savait qu'il prenait des risques insensés, personne ne l'a forcé à s'injecter cette saloperie dans les veines. Il l'a fait de son plein gré. Oui ou non ?

Peggy esquisse un geste pour balayer l'objection mais les forces lui manquent soudain, son élocution se brouille. Ses genoux plient sous le poids de son corps.

— Qu'est-ce que..., bredouille-t-elle. Tu m'as...

— Oui, répond Wong. Je t'ai fait prendre un

somnifère. De l'hydrate de chloral. Tu vas dormir. Excuse-moi, mais il n'y avait pas d'autre moyen. Maintenant qu'ils savent que l'organisme de Brandon est saturé par la drogue, ils ne repartiront pas avant de l'avoir ponctionné. Et ils le feront avec ou sans notre permission. Se révolter ne servira à rien. Si nous faisons mine de nous opposer à eux, ils nous tueront, puis s'occuperont de Brandon comme il convient. Crois-moi, j'ai fait pour le mieux.

— Salaud..., gémit Peggy en s'écroulant sur la moquette.

Elle a honte, mais tout au fond de sa conscience palpite une étincelle de soulagement.

19

Quand Peggy s'est réveillée ce matin, sa tête pesait plus lourd que son corps. Elle était étendue sur un futon, dans l'une des chambres du premier étage. Au souvenir des événements de la veille, elle a voulu se redresser d'un bond, mais tout s'est mis à tourner autour d'elle, et elle a dû se rallonger jusqu'à complète dissipation du vertige.

Trois minutes plus tard elle a découvert Brandon dans la chambre contiguë. Allongé, les bras le long du corps, il avait la peau blême, les joues creuses. L'air d'un mannequin de celluloïd vidé de toute substance. Une enveloppe, rien qu'un emballage. Elle a compris que les vampires avaient fait leur travail. Elle n'a pas eu le courage de s'avancer à son chevet pour le toucher. Wong l'attendait en bas, vêtu d'un costume de lin blanc, ses valises bouclées.

— Je pars, a-t-il annoncé. Et tu as intérêt à en faire autant. Je t'ai laissé une part de l'argent, là, dans la mallette posée sur la table à opium. Ne considère pas ça comme un paiement mais plutôt comme un dédommagement. Tu vas devoir quitter Key West, refaire ta vie ailleurs... Cela impliquera de gros frais. Fiche le camp sans attendre que les flics viennent mettre leur nez dans tes affaires. Boyett a été arrêté, je pense qu'il va t'attribuer la responsabilité de ce qui s'est passé au Club. Quand on aura trouvé Brandon, il ne fera plus aucun doute que tu es mêlée à quelque chose de bizarre. Tout le monde va te tomber dessus, y compris le laboratoire pharmaceutique pour qui tu surveillais les requins. Le patron de la boîte clame sur toutes les chaînes de télé qu'on lui a bousillé une bestiole dans laquelle il avait investi des centaines de milliers de dollars. Tu es grillée. Prends l'argent, et fais-toi oublier. Il y a un canot à moteur sur la plage, derrière la maison. J'ai obtenu des gens qui sont venus cette nuit qu'ils le laissent là, à ton intention.

Il a mis ses lunettes noires, dissimulant le pli mongol de ses paupières. Il a soulevé ses valises.

— Je regrette que les choses aient tourné de cette manière, a-t-il ajouté avant de passer le seuil. Je sais que tu me considères comme un salaud mais je n'ai fait que nous sauver la vie. De toute manière, Brandon était foutu. Si tu ne peux pas t'habituer à cette idée, j'ai laissé l'un des cachets de poison à côté de l'argent. Tu pourras l'utiliser si la culpabilité t'étouffe.

Il a descendu l'escalier et Peggy a entendu ronfler le moteur du Hummer.

Depuis, elle est là, assise devant la table basse. Elle regarde alternativement la mallette pleine et la pilule blanche au venin de poisson. Elle essaie de chasser de son esprit l'image de Brandon, étendu là-haut, avec son visage d'une pâleur de cierge. Ses veines, ses artères, son cœur *vides*... asséchés. Elle ne veut pas penser aux horribles manipulations des ninjas qui sont entrés dans la maison pendant qu'elle dormait. Les ninjas, avec leur pompe, leurs bocaux, leurs tuyaux de caoutchouc...

Triste fin pour un garçon qui s'obstinait à répéter qu'il avait la chance dans le sang !

Elle soulève le couvercle de la valise. Il y a beaucoup d'argent. Wong n'a pas lésiné. Elle oscille entre la nausée et la crise de larmes. Elle sait qu'elle perd du temps, qu'elle doit disparaître avant que la police ne s'occupe de savoir ce qu'elle est devenue. Il y a le bateau sur la plage... Grâce à lui, elle peut rallier Miami sans passer par la route. Après...

Elle se redresse, fait tomber le cachet sur le sol et l'écrase sous son talon. Elle a décidé de vivre.

20

Larker Boyett a été relâché. Il a payé sa caution sans problème. Il n'est pas inquiet. À peine sorti de prison, il a mis sur l'affaire un prestigieux cabinet d'avocats qui a aussitôt porté plainte pour sévices et harcèlement policier envers un infirme. Pendant l'interrogatoire, il s'est cramponné à sa version des faits : il ne savait pas que le requin livré par Peggy Meetchum provenait de la réserve des laboratoires pharmaceutiques. Il pensait sincèrement que l'animal avait été pêché en haute mer. On a abusé de sa bonne foi. Quant à l'attaque dont le Club a été la cible, et qui a fait 4 morts parmi les adhérents, il l'attribue à un commando d'écologistes fanatiques — des Punks verts — comme on en voit de plus en plus sur le territoire des États-Unis. Des défenseurs hystériques des requins, prêts à tuer des infirmes pour sauvegarder les pires prédateurs de l'océan ! Il fera campagne là-dessus, il sait que la population commence à éprouver un certain agacement face aux milices vertes, c'est une bonne chose pour lui.

Pour le moment, il roule au volant de sa Cadillac Sedan de Ville rose, le coude à la portière. La perspective du procès ne l'effraie pas, il est sûr de son bon droit et il s'y présentera accompagné de tous ses adhérents exhibant leurs blessures. Ce qui l'ennuie davantage, c'est l'échec du rituel. Il a eu beau participer activement à la mise à mort du squale, connaître la joie de le mettre en pièces en le traînant sur la route, il n'a pas éprouvé d'amélioration sensible de son état. Les cauchemars sont revenus... et il est toujours incapable de la moindre érection.

Mais il ne se désespère pas pour autant car il a déjà un autre projet en tête.

Pendant qu'il roule à petite allure, il tend la main vers la boîte à gants, l'ouvre, et y prend le flacon de liquide incolore qui s'y trouve. C'est la drogue que Peggy et son ami asiatique cherchaient avec tant d'acharnement, il en a l'intuition. Il l'a subtilisé dans l'armoire à pharmacie du bungalow, le jour où les adhérents préposés à la surveillance de Brandon l'ont averti que le jeune homme se livrait à des manipulations bizarres sur un cylindre de métal inoxydable.

Tout de suite, Boyett a senti que quelque chose d'intéressant se préparait, et il s'est déplacé pour venir retrouver ses gars planqués dans les buissons. Brandon venait de sortir, emportant avec lui le container vide. Boyett a profité de son absence pour pénétrer dans le bungalow. Crocheter la serrure bon marché ne présentait pas de difficulté. Il s'est rendu dans la salle de bains pour renifler le contenu des fioles sans étiquette alignées sur les étagères. De l'une d'entre elles émanait une odeur étrange, inconnue. Boyett a deviné qu'il s'agissait d'un produit peu courant, peut-être une drogue illégale...

Sa première idée a été de la voler pour faire chanter Brandon et obtenir de lui la livraison d'un requin. Sans plus réfléchir, il a transvasé le contenu du flacon dans une bouteille vide récupérée dans la poubelle. Puis il a rincé le flacon d'origine et l'a rempli d'eau du robinet avant de le remettre en place. Ni vu ni connu.

Les jours suivants, il a renforcé la surveillance

autour de Peggy et de Brandon. On lui a rapporté qu'ils s'agitaient curieusement, surtout Brandon...

Un matin, Boyett a vu le jeune homme piquer un sprint insensé sur la plage. On aurait dit qu'il allait s'envoler. Auparavant, l'ancien cascadeur s'était fait une piqûre. Grâce à ses jumelles, Boyett a pu le voir manipuler une seringue sortie de la boîte à gants de la Buick Century. Une piqûre d'un produit dopant d'un genre un peu particulier.

C'est alors que Larker a commencé à réfléchir... Il en a déduit que la jolie Peggy trempait dans un quelconque trafic de drogue, ce qui lui a ôté ses derniers scrupules. Il était décidé à la faire chanter — le requin en échange de la drogue mystérieuse — quand elle s'est mis en tête de sortir un squale de la réserve. Dès lors toute tractation devenait inutile, il suffisait de voler le requin... ce que ses hommes ont fait avec une maestria peu commune pour des infirmes lourdement handicapés.

Aujourd'hui Peggy Meetchum est en fuite. Le Japonais a disparu, Brandon a été retrouvé exsangue dans une villa louée sous un faux nom, et la compagnie pharmaceutique pleure son beau requin mis en pièces.

Mais Larker Boyett, lui, possède à l'insu de tous la drogue qui a causé ce chaos. Elle est là, dans ce petit flacon de verre anodin. Il va la faire analyser par des chimistes compétents, à sa solde. Il verra s'il peut en tirer une solution utilisable, un médicament qui lui permettrait de se déplacer aussi vite que Brandon sur la plage ce matin-là... Boyett n'oubliera jamais l'expression extatique imprimée sur les traits du jeune homme. Il a compris, ce jour-là, que l'effet du produit ne se cantonnait pas à la seule amélioration des performances physiques. *Il y avait autre chose...* Une joie surhumaine, la certitude d'avoir enfin triomphé des servitudes et de la pesanteur du corps humain. Et Boyett se dit depuis un moment qu'une telle sensation pourrait bien le guérir de ses problèmes.

Il va travailler là-dessus... Voir si, tout infirme qu'il est, il ne pourrait pas se payer l'illusion d'être plus rapide que ceux qui vont sur leurs deux jambes, plus rapide que les plus rapides des sportifs américains.

Il y pense. Il y pense même bougrement.

Le président du Club des Dévorés Vifs n'a pas dit son dernier mot !

Composition réalisée par EURONUMÉRIQUE

IMPRIMÉ EN ALLEMAGNE PAR ELSNERDRUCK
Dépôt légal Édit. : 10079-02/2001
LIBRAIRIE GÉNÉRALE FRANÇAISE - 43, quai de Grenelle - 75015 Paris.
ISBN : 2-253-17158-1 31/7158/4